身近な
園芸植物で
俳句がひろがる！

美しい「歳時記」の植物図鑑

『美しい「歳時記」の植物図鑑』
編集委員会【編】
石田郷子【監修】

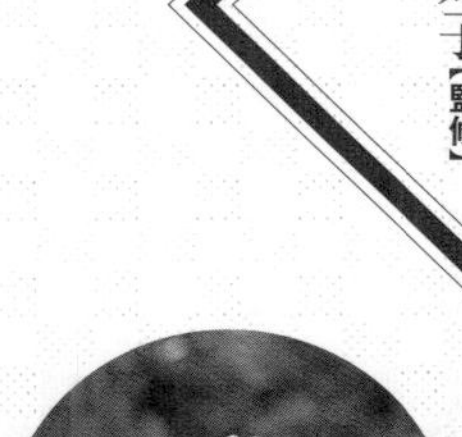
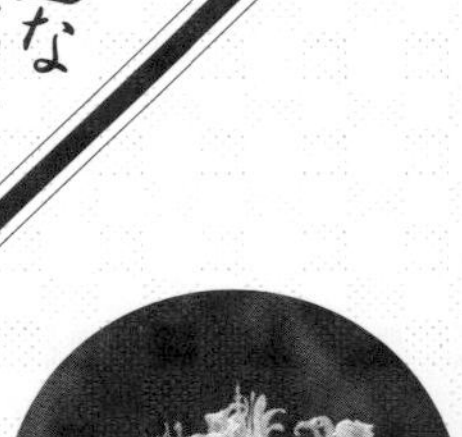
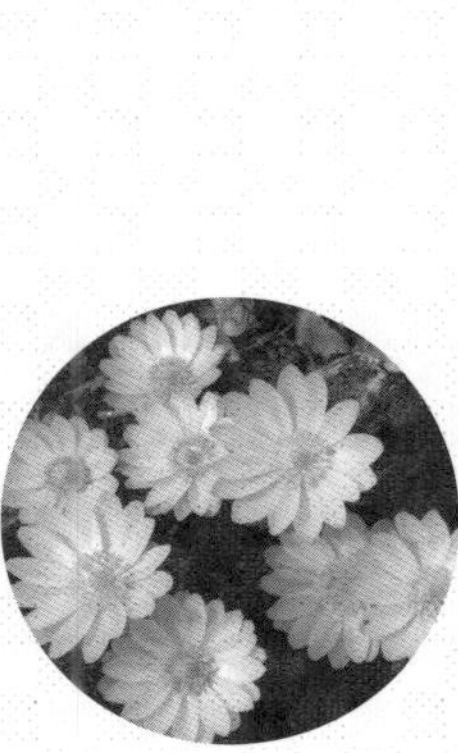

山川出版社

身近な園芸植物で俳句がひろがる！

美しい「歳時記」の植物図鑑

山川出版社

はじめに

『美しい「歳時記」の植物図鑑』は、『俳句でつかう　季語の植物図鑑』の姉妹編にあたるものです。

俳句では、多くの植物が季語として使われてきました。歳時記を見ても「時候」「地理」「行事」「動物」の項目のあとに、かなりのページが植物の解説や例句にあてられているのに気づきます。季節感を失ってしまったともいわれる私たちの日常ですが、そんな現代においても、木々や草花は日々その姿を変えて、私たちに季節を告げてくれるものです。

歳時記から一つ例にあげれば、「桜」は、春の花見が恒例行事になっていて、いつ咲くか、いつ咲くかと待ちわびる人も多いかと思います。それは冬の寒さに縮こまった心身がようやく解放されたようになる時期だからでしょう。「花見」は歳時記では「生活」の項目として分類されています。けれども俳句に親しむようになると、春の花見だけではなく、四季折々の桜に親しむようになります。

満開の桜

冬の桜は「枯木」として葉を落としきった姿を見せていますが、よく見ると枝先には小さな「冬芽」を見つけることができます。早春、その芽がふくらんでくれれば「桜の芽」として春の季語となり、花が咲けば「桜」や「花」として、数え切れないほどの傍題も含めてさまざまに詠まれるようになります。散る様子はもちろん、花弁が散ったあとの萼《がく》と蘂《しべ》がこぼれる様子まで「桜蘂降る」として季語となっています。

枯れ木になった冬の桜

若葉は「葉桜」で夏、

マッチの頭のような小さな実をつければ「桜の実」「実桜」です。そして、秋の紅葉もまた美しく「桜紅葉」として愛でられ、「桜落葉」もよく使われる季語なのです。

そんなふうに樹木や草花の変化に目を向けるようになると、ごく身近な場所、たとえば、自宅の庭の植栽、職場への行き帰りに見る並木や公園の植え込み、よく利用するカフェの窓辺に置かれた鉢植えの植物など、いままで見過ごしてきたものにも目が行くようになります。玄関の脇に昔からある常緑の灌木や、桜以外の街路樹や、忘れられていた鉢植えでも、それぞれ花が咲き、実が生り、それらが道にこぼれていることに気がつくようになったりして、しだいに興味が湧いてきます。

そんなとき、まず知りたいのがその植物の「名前」でしょう。

この本で取り上げられている植物は、どれも私たちの身近に見られるものです。自然が少ないと思われる都市部にも、思いがけず多くの植物が見られます。その名を知るだけでも、こんなに嬉しいものなのかと、心の弾むような楽しみが一つ増えることでしょう。

また、すでに俳句に親しんでいる方ならば、あのとき出合った一句に詠まれているのはいったいどんな花なのだろうと、ずっとわからずにいたものを、この本の中で見つけることができるかもしれません。それもまた、胸がすっとするような楽しさがあるのではないでしょうか。

見慣れていたはずの、何気ない日常の風景を、季語としての植物を通じて再発見してゆく――。それは、もしかしたら、日々を生きる力にもつながってゆくかもしれません。

『美しい「歳時記」の植物図鑑』は、いつか出合ったことのある、いつかきっと出合えるに違いない、そんな季語の植物たちの図鑑です。

令和元年一〇月

石田　郷子

【本書の使い方】

あるときは一人で、機会ができたときは俳句仲間たちといっしょに吟行に出かけ、自然の中で日常では接することのない植物を見つけて俳句をつくるのは楽しいものです。でも、私たちに身近な園芸植物の中にも、季語になっているものがたくさんあります。

それらを知れば、俳句が大いにひろがっていくことでしょう。

本書では街で見かけることの多い園芸植物の中で、季語になっている植物３００種以上を選びました。それらの姿を精細で美しいカラー写真で確認できるだけでなく、その特徴や知識、季語・傍題などを知ることができます。

❖――季語の配列

春・夏・秋・冬・新年の順で構成しました。また、一つの季節を次のように分けて構成しました――春を例にすると、「三春」（春全体）、「初春」（春の初めの頃）、「仲春《ちゅうしゅん》」（春の半ばの頃）、「晩春」（春の終わりの頃）。

❖――各項目の構成

各項目は、①見出し季語　②傍題（関連季語）　③植物の種類　④花期／果期　⑤解説　⑥例句の順序で構成しています。また巻末には本書に登場する季語に関するさくいんがあります。

春
晩春

スノーフレーク

鈴蘭水仙《すずらんすいせん》
大松雪草《おおまつゆきそう》
ヒガンバナ科　球根草

花期　4～5月

❖――名前のスノーフレークは英名をそのまま使用したもの。Snowflakeは「雪片」の意味で、可憐な白い花を〝ひとひらの雪〟に見立てた名である。和名の鈴蘭水仙は、花がスズランに、葉がスイセンに似ているところからの名。ヨーロッパ南部原産。高さは30センチほど。4～5月に、釣《つ》り鐘《がね》形の花を咲かせる。花弁の縁には緑色の小さな斑点がついていて、まるでデザイナーがデザインしたような花である。種子にアリを引き寄せる物質があるとされている。

スノーフレークみなうつむきて留守の家　満田玲子

❖スノーフレーク／はまかんざし❖

浜簪

はまかんざし

アルメリア
まつばかんざし
イソマツ科　多年草

花期　4～5月

❖――一般にはアルメリア（海辺に自生する植物の意）の名で呼ばれている。和名の「浜簪」は、花茎の先に小さな花が集まって球状についている姿が簪に似ていて、その花が海岸に咲いていることから名づけられた。また、松葉に似た葉が群がり生えるので、マツバカンザシの別名もある。ユーラシア大陸と北アメリカに広く分布。日本には明治の中頃に渡来した。丈は20センチくらい。葉の間から花茎を伸ばし、4～5月に小さな淡紅色の花を球状に咲かせる。

艀《はしけ》待つ郵袋《ゆうたい》ひとつ浜かんざし　久保千鶴子

048

①見出し季語
原則として現代仮名遣いの読みを表記し、原則として歴史的仮名遣いがあるものは（ ）内に表記した。

②傍題（関連季語）
難読語については原則として歴史的仮名遣いで表記した。

③植物の種類
被子植物の分類についてはＡＰＧ体系によった。

④花期／果期
花の咲く時期と果実がなる時期を目安として示した（果実が見出し季語の場合は注意されたい）。

⑤解説
見出し季語の植物に関する解説。一ページのものには植物名・花名に関する「名前の由来」も付した。

⑥例句
見出し季語、もしくはその関連季語が使われている句を一例として引用した。なかには一部、本書の見出し季語と傍題（関連季語）に登場しない句も含まれる。

⑦さくいん
本書に登場する、すべての見出し季語と傍題(関連季語)を五十音順に並べた。太字が見出し季語。読みは、現代仮名遣いと歴史的仮名遣い両方を掲載する場合は（ ）内に併記した。

❖もくじ❖

※本書の季語やその読み方については左記を参考にした。

【参考文献】

『新日本大歳時記』（講談社）／『日本大歳時記』（講談社）／『四季花ごよみ』（講談社）／『平井照敏　NHK出版　季寄せ』（NHK出版）／『角川　季寄せ』（角川学芸出版）／『必携季寄せ』（角川書店・編　角川学芸出版）／『草木花　歳時記』（朝日新聞社）／『日本の野草』（菅原久夫・小学館）／『野草の名前』（高橋勝雄・山と渓谷社）／『樹木の名前』（高橋勝雄・長野伸江・山と渓谷社）／『季語の花』（佐川広治・TBSブリタニカ）／『日本の樹木』（中川重年・小学館）／『山渓カラー名鑑　園芸植物』（山と渓谷社）／『園芸植物　庭の花・花屋さんの花』（小学館）／『園芸植物　鉢花と観葉植物』（小学館）

春

菫

すみれ

菫草《すみれぐさ》　**相撲取草**《すまふとりぐさ》
花菫《はなすみれ》　**紫花地丁**《すみれ》
スミレ科　多年草

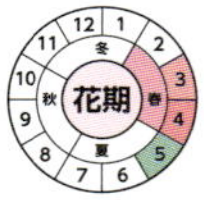

3～5月

❖――うつむき加減に紫の花を咲かせる可憐な花である。名前の由来には、花の形が大工の使う墨入《すみい》れ（墨壺《すみつぼ》）に似ているからという説と、戦のときに使う旗印の隅取紙《すみとりがみ》の形に似ているためという説がある。菫の仲間は世界で約５００種あるといわれ、そのうちの50種ほどが日本に自生し、『万葉集』の時代から親しまれている。野道から低山地にかけての日当たりのよい場所に生えている。庭などでよく見かけるのは、淡紫色のノジスミレやタチツボスミレなど。

菫程な小さき人に生まれたし　夏目漱石

雛菊

ひなぎく

デージー　**延命菊**《えんめいぎく》
長命菊《ちやうめいぎく》
キク科　一年草、多年草

2～11月

❖――名前は「小さな菊」の意味。可憐な姿からこの名に。2月頃から秋まで咲き続けるので、長命菊、延命菊とも呼ばれる。デージーという英名は、日中だけ花を開くことに由来する古い英語のデイジイス・イージ（昼の眼）からきている。ヨーロッパ原産。日本へは明治初期に渡来した。春の花壇などに好んで植えられる。キク科の多年草だが、夏に弱いので、園芸上は秋まき一年草の扱いに。もとは雑草だったが、園芸用に改良され、今では数多くの品種がある。

雛菊や亡き子に母乳滴りて　柴崎左田男

芥菜

からしな

芥子菜《からしな》　青芥《あをからし》
菜芥《ながらし》　芥菜《からしな》
アブラナ科　越年草

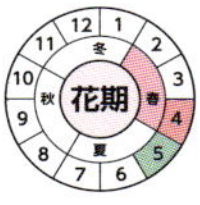

4～5月

❖――原産は中央アジアからヒマラヤ地方。野菜用・搾油《さくゆ》用に品種改良されてきた。日本には中国を経由して渡来。種子からカラシ（芥子）を得たことから、この名前になった。別名は菜辛《ながらし》。葉柄が長く、茎も葉も濃緑色のものと紫色を帯びた緑色のものとがある。春先に、薹《とう》の出始めたところを採って漬物にする。独特の香りと辛味が喜ばれる。4月頃に黄色い小さな十字の花を開く。寒さに強いので、秋まきすると越冬して春に収穫する。

からし菜を買うや福銭《ふくせん》のこし置き　長谷川かな女

春菊

しゅんぎく（しゅんぎく）

菊菜《きくな》
しんぎく
キク科　一年草

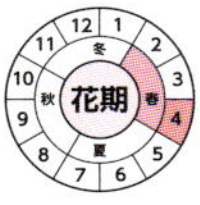

4月

❖――地中海沿岸原産。草丈は50センチ～1メートルになる。4月頃に黄色か白色の花を咲かせる（どちらの色も芯は黄色）。日本、中国、東南アジアでは本種の茎と葉を食用にする。春先に若葉を摘んで、おひたしや和え物や鍋などに入れて独特の香りを楽しむのである。ただし、関東地方では葉に欠刻《けっこく》（葉の縁にある切れ込み）の大きい品種を、関西では欠刻の小さいものを用いる。花も美しいので切り花用に栽培されている。

夕支度《じたく》春菊摘んで胡麻《ごま》摺《す》って　草間時彦

片栗の花
かたくりのはな

堅香子《かたかご》の花　ぶんだいゆり
かたばなうばゆり　かたばな
はつゆり　ユリ科　多年草

3～4月

❖——九州を除く全国の山地に自生。とくに北海道や本州北部の寒冷地に多く、群落をつくっている。発芽から開花まで平均8年もかけて一花が咲く。葉を1枚しか出さない株が多く、葉の模様が鹿子《かのこ》模様に似ているので、1枚の葉の鹿子「片葉《かたは》鹿子」と呼ばれ、これが転訛《てんか》して堅香子、さらに転訛して片栗になったとされる。『万葉集』にも堅香子《かたかこ》の名前で出ている。初夏に本種の鱗茎を掘り出して砕き、水にさらして精製したものが「片栗粉《かたくりこ》」である。

かたくりの花の韋駄天走りかな　綾部仁喜

シクラメン

篝《かがり》火《び》草《さう》
豚の饅頭《まんぢゆう》
サクラソウ科　球根多年草

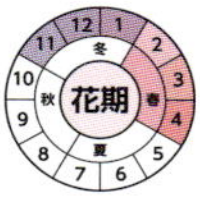

11～4月

❖——名前の由来は、学名のCyclamen（正しい発音はキクラメン）。別名の篝《かがり》火花《びばな》、篝火草《かがりびそう》は、花びらが炎のように見え、篝火が燃えているように見えることから、植物学者・牧野富太郎が名づけた。地中海東北部沿岸の山岳地帯が原産地。16世紀の終わりにヨーロッパに渡ってから、多くの園芸品種が生まれた。もともとは早春花であるが、栽培技術の発達によって、近年では仲秋から正月にかけて楽しむようになっている。もっとも普及した園芸植物の一つである。

シクラメン風吹き過ぎる街の角　飯田龍太

クロッカス

春咲きサフラン　花サフラン

アヤメ科
球根植物

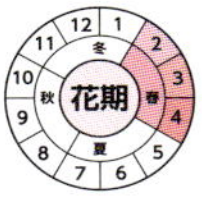

2〜4月

子が植ゑて水やり過ぎのクロッカス　稲畑汀子《いなはたていこ》

❖──名前は学名のCrocus（クロクス）に由来。また、アルプス山麓の猟師のライオネルが、一人息子のクローカスをオオカミにさらわれて悲嘆にくれて流した涙がこの花になったという伝説もある。アルプス地方、地中海沿岸地方の原産。わが国には明治の初めに渡来。早春の花壇、鉢植えの花として広く親しまれている。

❖──福寿草やスノードロップとともに春の訪れを告げる花である。朝日が当たると花を開き、夕方になるとしぼむ性質がある。

早春の日を浴びて一斉に花を開く。

松葉に似た葉の間から短い花茎を伸ばし、葉や茎の大きさと比較すると不釣り合いに大きな花を2月頃から咲かせる。よく見かけるのは春咲きクロックスであるが、さわやかな秋空の下や冬の寒空の下に咲く種もある。しかし、〝秋のクロッカス〟と呼ばれているコルキカムと混同されていたので、存在はあまり知られていない。

髭に似ておどけ細葉のくろっかす　上村占魚

日が射してもうクロッカス咲く時分　高野素十

ワンポイント　クロッカスは世界で70種以上が知られている。園芸上は、観賞用として好まれている春咲きのものをクロッカスといい、秋咲き種はサフランと呼ばれている。サフランはおもに薬用。

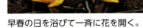

黒文字の花

くろもじのはな

新しい葉が出ると同時に淡黄色の花を下向きに咲かせて春を呼ぶ。

七七忌くろもじの黄の花の壺　岡井省三

❖——枝や葉にさわやかな香りがする、淡黄色の可憐《かれん》な花である。名前の由来については、木の肌に黒斑があり、これが文字のように見えるので、という説と、枝に黒い藻類が着生し、この黒い藻類が文字に見えるので、という説がある。本州、四国、九州に分布。山地の半日陰に自生する。樹高は1〜3メートルくらいになるが、ときには6メートルくらいだ林内・林縁に生えるが、やや乾燥したところに多く見られる。

クスノキ科
落葉低木

4月

❖——4月頃、葉の出るのとほぼ同じ時期に小さな花を傘形に咲かせる。材に清涼感のある芳香があり、皮付きのまま楊枝として用いられてきたことから、楊枝《ようじ》の代名詞にもなっている。伊勢神宮では用材を切り出す前に本種でつくられた祭壇で神をまつるなど、山の神との関わりが深い木である。

くろもじの花虔《つつま》しき山の風　山田みづえ

黒文字のつぼみ風筋雨のすぢ　難波禾人

ワンポイント 香り高い材を、楊枝だけではなく箸にも使う。樹皮や葉、果実からはクロモジ油と呼ばれる香料をとる。また、枝を陰干しして、垣根の材料にする。庭木にするには、移植か種まきがよい。

山茱萸の花
さんしゅゆのはな（さんしゅゆのはな）

春黄金花《はるこがねばな》
秋珊瑚《あきさんご》
ミズキ科　落葉小高木

3～4月

❖――江戸時代に渡来した生薬・山茱萸（本種の種を抜いて乾燥させた果肉を煎じていた）を音読みしてこの名前に。原産地は中国、朝鮮半島。薬用植物としてわが国に伝わったのだが、今日では観賞用として広く栽培されている。木の高さは3～6メートルになる。早春、葉の出る前に黄色の小さな花が球状に集まって開く。木全体が黄金色に見えるところから春黄金花とも呼ばれる。また、秋に赤く熟する実が美しいので、秋珊瑚、ヤマグミとも呼ばれる。

さんしゅゆの花のこまかさ相ふれず　長谷川素逝

鈴蘭
すずらん

君影草《きみかげさう》
リリー
ユリ科　多年草

4～6月

❖――壺形の花が白い鈴のように見え、全体がラン(蘭)科の植物に似ているので、「鈴」と「蘭」を合わせてこの名前になった。鈴蘭といっても蘭ではなく、ユリ科の多年草である。北海道や本州西部、関西、九州の草原や高山に自生している。草丈は約20センチ。春の終わりから夏に、純白色の可愛らしい、芳香のある小さな花を数輪咲かせる。平地に植えると暑さのために生育が悪いため、洋種の鈴蘭が使われる。季寄せによっては夏の季語としているものもある。

ふまれずに鈴蘭落ちし道の夜　高木晴子

州浜草

すはまそう
（すはまさう）

三角草《みすみさう》　雪割草《ゆきわりさう》
洲浜細辛《すはまさいしん》　洲浜菊《すはまぎく》

キンポウゲ科
多年草

2～5月

州浜草鞍馬はけふも雪降ると　後藤比奈夫

花弁のような萼片が6～10枚ある。

❖――雪の間に、白い可憐《かれん》な花をのぞかせる、山の草である。洲浜というのは、海中に洲が突き出て、海岸線が入り組んでいる浜のことで、洲《す》浜形《はまけい》というのは、その洲浜を上から見下ろしたような形のことであり、曲線の輪郭に出入りのある形のこと。3つに裂けた葉の形が洲浜形であるところからこの名に。別名の三角草は、3つに裂けた葉の角が、いずれも尖っていることから。

❖――一般には雪割草と呼ばれることが多い。しかし、同名異種に、サクラソウ科の高山植物ユキワリソウがあるので、注意が必要である。本州の山形県以南の、おもに太平洋側に分布。山地のやや湿った場所に自生する。新潟県を中心に分布しているものには変異が多く、オオミスミソウと呼ばれ、山草愛好家の間で珍重されている。

みんな夢雪割草が咲いたのね　三橋鷹女《みつはしたかじょ》

花終へし雪割草を地にかへす　軽部烏頭子

ワンポイント　葉の先端が尖っているものをミスミソウ（三角草）、丸いものをスハマソウ（洲浜草）、葉に毛が多いものをケスハマソウ（毛洲浜草）と呼び、区別することがある。葉は冬も枯れない。

❖すはまそう❖

節分草

せつぶんそう
（せつぶんさう）

いへにれ

キンポウゲ科
多年草

3月

ふたり棲む節分草をふやしつゝ　黒田杏子

❖——日本特産種である。節分の頃になると、ちょうど節分草が花の時期を迎え、江戸の町中に本種の花が出回った。そのため、この花にセツブンソウという名前がついた。関東以西、中部の石灰岩の出るような地域に自生。小さな球形の地下茎で冬を越して、早春のまだ凍っている地面に顔を出す。そして、素早く茎葉を伸ばし、花を咲かせると、初夏にはもう、ふたたび地下茎に閉じこもってしまう。

❖——このようなはかなさをもっている植物は、スプリング・エフェメラル(Spring ephemeral)と呼ばれている。エフェメラルは「つかの間の、はかない」という意味なので直訳すると「春のはかないもの」ということから、春の妖精とも呼ばれている。ニリンソウ、カタクリも仲間である。

花径２cmで花弁状の萼片は５枚。

節分草つばらなる蕊もちゐたる　加藤三七子

咲くだけの光あつめて節分草　高橋悦男

ワンポイント　節分には、昔も鬼遣《おにやらい》という、鬼を払う豆まきが行われていて、年の数だけ豆を食べると病気はしないといわれていた。その際に、鬼除《おによ》けで、柊《ひいらぎ》の枝にイワシの頭を刺し玄関に飾っていた。

猫柳

ねこやなぎ

ゑのころやなぎ
川柳《かわやなぎ》
ヤナギ科　落葉低木

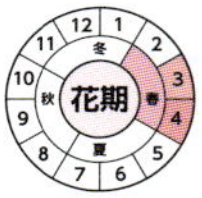

3〜4月

❖――雪解けの3〜4月頃に、ビロードのような白毛に包まれた花穂《かすい》をつける。この花穂が猫の尻尾《しっぽ》に似ているのでこの名前がつけられた。また、川べりなどの水辺に自生する柳の一種なので、川柳とも呼ばれている。

庭木としても植えられ、高さは50センチ〜2メートルほどである。川べりで水面に枝を伸ばし、花穂が銀色に輝くさまは、見る者に、冬がやっと去っていく安堵感と春の到来を感じさせてくれる。園芸的には、本種は切り花用に栽培されてきた。

誰通りても猫柳光りけり　佐々木有風

スノードロップ

松雪草《まつゆきそう》
ゆきのはな（和名）
ヒガンバナ科

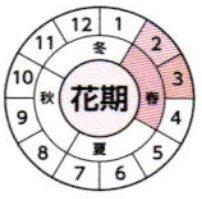

2〜3月

❖――スノードロップは英名で、「雪の雫《しずく》」の意味。英名の由来は、アダムとイブの神話から。楽園から追放された日、一面が雪になり、イブが雪に触れると天使がそれをスノードロップに変えた、という。イギリスでは「聖母の小ロウソク」とも呼ばれ、祭壇に供える花となっている。原産地はヨーロッパ・西南アジア。わが国には明治初期に渡来。庭園などに栽培される。2月頃に開花する。剣《つるぎ》状の2枚の葉の間から花茎を伸ばし、白い花を1つ、下向きに咲かせる。

スノードロップ春告ぐ花として白し　山崎ひさを

金縷梅

まんさく

金縷梅《まんさく》の花　金縷梅《きんろばい》
銀縷梅《ぎんろばい》　満作《まんさく》

マンサク科　落葉小高木・低木

花期
3～4月

❖――植物図鑑のような、直接俳句に関連していない本の場合は、「満《まん》作《さく》」と表記されているが、俳句に関係している本では「金縷梅《まんさく》」と表記する場合がほとんど。ただし、漢名に金縷梅をあてるのは本来誤用。また、本種と同じ「金縷梅」と書いてキンルバイと読む、バラ科の落葉低木の高山植物があることにも要注意。マンサクという変わった名前の由来は、早春に一番先に花が咲くので、〝まず咲く〟が、東北で〝まんず咲く〟と訛《なま》りマンサクにという説が有力。

まんさくや小雪となりし朝の雨　水原秋櫻子

胡葱

あさつき

浅葱《あさつき》　糸葱《いとねぎ》　せんぶき
千本分葱《せんぼんわけぎ》

ユリ科　多年草

花期
6～8月

❖――山野にも自生するが、食用に畑で栽培される。日本産のエゾネギ、シロウマアサツキなどの種類がある。草丈は30センチほど。葉は薄緑で管状で細い。花は紅紫色で球形の散形花序につく。地下茎はラッキョウに似ていて食べられる。9月頃に鱗茎《りんけい》(地下茎)を植えて、翌春に収穫する。春先の若い葉や茎は、色が清々しくて、匂いもあまり強くないので好まれる。汁の実やゆでて酢味噌和えなどにする。浅葱《あさつき》とも書き、分葱《わけぎ》によく似ている。

あさつきよ香をなつかしみ妹が里　紫筍

海老根

えびね

化偸草《えびね》　蝦根《えびね》　藪《やぶ》えびね
鈴ふり草　ししのくびすの木
ラン科　多年草

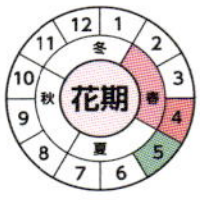

4～5月

❖――本種の地際《じぎわ》（植物が地面と接するところ）にはサトイモの形をした球根が連なっている。この球根の形が海老の背中に似ているのでこの名前に。全国に分布し、山林や竹藪《たけやぶ》などに自生している。庭に植えられていたり鉢植えにされているのもよく見かける。春先に花茎を伸ばして、10個ほどの可憐な花をつける。花は5枚の花びらと一枚の唇弁《しんべん》（唇状の目立つ花びら）からできている。花茎は直立し、高さは30～40センチほど。葉は笹に似ている。

隠者には隠のたのしみ花えびね　林　翔

君子蘭

くんしらん

大花君子蘭《おおはなくんしらん》
ヒガンバナ科　常緑多年草

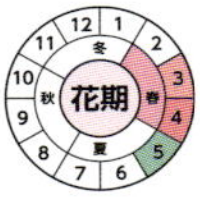

3～5月

❖――君子蘭といっても蘭の仲間ではない。この名は、学名のクライヴ・ノベルスに基づいていて、クライヴ家出身の公爵夫人の名前にちなんだもの。南アフリカの原産で、わが国には明治初期に渡来した。一般にクンシランとして知られているものは、ウケザキクンシランのことで、3～5月に、太い花茎の先に10～20個、漏斗《ろうと》状の花を上向きに咲かせる。通常、鉢植栽培で観賞される。花の色はふつう緋紅色。満開時には半球状となって、美しい。

君子蘭の鉢を抱《かか》へる力なし　阿部みどり女

春蘭

しゅんらん
（しゅんらん）

ほくり　ほくろ　えくり
はくり　ぢぢばば

ラン科
多年草

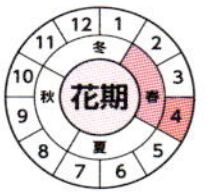

4月

春蘭や雨をふくみてうすみどり　杉田久女《ひさじょ》

❖——日本や中国に分布。日本では北海道の奥尻島と本州以南に分布。雑木の多い山地などに自生している。東洋では古来から、その清々しい姿を愛で、庭植えにしたり鉢に仕立ててきた。名前は漢名の「春蘭」を音読みしたもの。寒蘭は冬に咲き、春蘭は春に咲く。それでこの名前がつけられたのではないかといわれている。春蘭という言葉は江戸時代以前の文献には出ていない。

❖——この名前で呼ばれるようになったのは明治以降である。木漏れ日が射し、水はけのよい斜面などに群生する。4月の初め頃に、緑色の細長い葉から花茎が立ち、薄緑色の唇形花を開く。花弁に赤紫色の斑点があり、これをほくろになぞらえて、ほくり、ほくろ、えくり、はくりなどとも。花弁に赤紫色の斑点がないものは珍重されている。

春蘭を掘り提《さ》げもちて高嶺《たかね》の日
高浜虚子

春蘭やひとりの音の山仕事
細井新三郎

名前の由来　本種の花びらを全部取ってしまうと、弓形の蕊柱《ずいちゅう》が残る。その形が腰が曲がった老人に似ているということで、「ぢぢばば」という名前もつけられている。

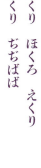

諸葛菜
しょかつさい
（しよかつさい）

むらさきはなな
おほあらせいとう
菲息菜《ひそくさい》　花大根

アブラナ科
一年草・越年草

2〜5月

全国に野生化し、可憐な4弁花を次々と開く。

諸葛菜咲き伏したるに又風雨　水原秋櫻子

❖——原産地は中国。日本には江戸時代に渡来した。草丈は20〜50センチくらい。花壇用として栽培されていたが、今は野生化していたるところで見かける。花期は2〜5月と長い。4〜5月が盛り。花はダイコンの花に似た十字形。花色は淡紅紫色が一般的だが、藤色になるものも。

❖——和名がたくさんある植物で、ムラサキハナナ（紫花菜）は、花が紫色で食べられるので〝菜〟がついている。オオアラセイトウは、アラセイトウ（ストックのこと）よりも本種のほうが大きいので〝オオ〟がついた。ハナダイコンは花がダイコンの花に似ているが、その花よりも美しいから頭に〝ハナ〟がついた。ショカツサイ（諸葛菜）は、蜀《しょく》の軍師の諸葛亮《しょかつりょう》が、野菜不足の対策として陣中に、本種に近い野菜の種をまかせたことに由来。

諸葛菜隣へ飛びてあまた咲く　木村美保子

諸葛菜また咲きいでて忌の日来る　角川源義《げんよし》

名前の由来　解説でも少し触れているが、諸葛菜は『三国志』の英雄・諸葛亮にちなむ中国名。諸葛亮が辿ったあとにはこの紫色の花がおびただしく咲いたという。十字形の趣のある花である。

紫雲英《げんげ》

げんげん　げんげばな
五形花《げげばな》　蓮華草《れんげそう》　れんげ
マメ科　越年草

4～6月

❖――蓮花《れんげ》と呼ぶのは、小さな花を輪状に咲かせるさまが蓮《はす》の花に似ているところから。ゲンゲはレンゲが訛《なま》ったもの。江戸時代には、レンゲとゲンゲの両方が定着していたが、明治に入って、ゲンゲが標準和名となった。古くから栽培され、春の田圃や野原に咲きあふれる花として親しまれてきた。茎が枝分かれして地表を這《は》って広がる。花は紅紫色で、花茎の先に花を7つつけることが多い。奈良の明日香村はゲンゲ畑が見られることで有名。

げんげ田《だ》に寝て白雲《はくうん》の数知れず　大野林火

辛夷《こぶし》

木筆《こぶし》　山木蓮《やまもくれん》　幣辛夷《しでこぶし》
やまあららぎ　こぶしはじか
モクレン科　落葉高木

3～4月

❖――秋にごつごつした感じの赤い実（袋果《たいか》が集まった集合果）をつける。この実の形が人の拳《こぶし》に似ているのでこの名前がついたという説がある。また、蕾の形が赤子の拳の形に似ているから、という説もある。北国では、コブシの花の開花を春の仕事を始める目安にしていたので、田打ち桜と呼ばれている。日本各地の山地、とくに東北地方に自生し、庭園や公園に植えられることが多い。樹高は5～10メートルで、山地には20メートルに及ぶものがある。

一山に一樹のみある夕辛夷　能村登四郎

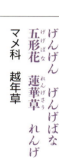

山椒の芽

さんしょうのめ
（さんせうのめ）

きのめ
ミカン科
落葉低木

4〜5月

❖――日本原産。古名の椒《はじかみ》は『古事記』にも出てくる。「椒」という漢字は〝辛いもの〟という意味である。中国から渡来していた胡椒《こしょう》、花椒《かしょう》と区別するために、〝山に生えている椒〟だから、山椒と呼んだのではないかといわれている。北海道〜九州に分布。丘陵や低山地の林内に自生している。春、棘《とげ》が目立つ枝から赤っぽい芽を吹く。しばらくして、淡い緑色のやわらかい葉を広げる。この頃の葉はとくに香りが強い。兵庫県但馬地域の「朝倉山椒」は昔から有名である。

日もすがら機織る音の山椒の芽
長谷川素逝

沈丁花

じんちょうげ
（ぢんちやうげ）

ちやうじぐさ　瑞香《ずいかう》
沈丁《ぢんちやう》　丁字《ちやうじ》
ジンチョウゲ科　常緑小低木

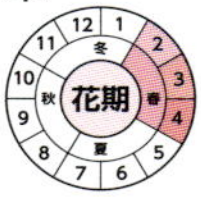

2〜4月

❖――春の到来を香りで知らせてくれる花である。名前も花の香りに由来していて、香料の「沈香《じんこう》」と「丁《ちょう》子《じ》」にたとえたという説と、沈香に、蕾の形をチョウジノキ（丁字の木）にたとえたという説がある。中国原産。日本には室町時代に渡来した。最初は根を薬用にするためだったが、かたまって咲く清楚な姿が好まれ、古くから栽培されてきた。庭園や公園に植えられ、生け垣をつくるときや鉢植え、生け花にも使われている。ただし果実は有毒である。

沈丁花どこかでゆるむ夜の時間
能村登四郎

貝母の花

ばいものはな

編笠百合《あみがさゆり》　母栗《ははくり》　春百合《はるゆり》
初百合《はつゆり》

ユリ科
多年草

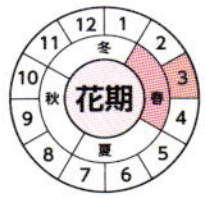

3月

鐘形の花の内側に紫色の網目状の紋がある。

貝母咲く僅かな日数惜しむかな　菊池智子

❖──庭先にさりげなく咲く、渋みのある花である。中国原産のユリ科の球根植物。古い時代に中国から日本に渡来した。平安前期の『新撰字鏡』という本に、ハハクリという名前で登場している。地下の球根（親球）が2つに割れて中から子球が出てくるが、そのときの親球が貝の殻に似ているので貝母に。また花姿が、虚無僧《こむそう》がかぶる深編み笠に似ていて、花が少しユリに似ていることからアミガサユリという名前もついている。

❖──現在は、中国名の「貝母」を音読みにしたバイモという名に。栽培種なので、山や野原にはない。草丈は40～60センチ。ユリ科の中ではもっとも早く咲く。3月頃に、釣鐘形の花を垂らす。鱗茎（球根）は薬用。中国の唐の時代に、不治のおできが治ったという説話があり、以来霊薬とされている。

白き蝶貝母の花にまぎれくる　大場白水郎

こころやさしくなる花貝母蕾して　及川貞

ワンポイント　日本では、鱗茎《りんけい》が多数の鱗片《りんぺん》からなるクロユリと、2枚だけのバイモの仲間が知られている。巻きひげのないコバイモ（天蓋百合《てんがいゆり》）類が本州中部や四国の山中に自生する。

一人静

ひとりしずか
（ひとりしづか）

吉野静《よしのしずか》
眉掃草《まゆはきそう》

センリョウ科
多年草

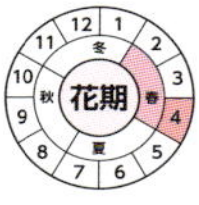

4月

逢ひがたく逢ひ得し一人静かな　後藤夜半

❖――北海道、本州、四国、九州に分布。低山地や丘陵地の林の中や森の縁などの、いつもは陰になっているような場所に自生。裏庭などに植えられることも多い。日陰にひっそりと、白い花穂《かすい》（穂のような形で咲く花のことで、ススキ、ケイトウなどがこれにあたる）を静かに伸ばして咲く、しとやかな花ではあるが、名前から連想される〝一人立ち〟ではなく、株立ちで、なおかつ必ず群生している。

❖――名前の〝一人〟は花穂が1つであることに由来している。また、〝静〟は、白く美しい花糸《かし》を、義経の愛妾で清楚な美人の静御前にたとえて名づけられた。高さは20～30センチ。4枚の葉に守られているかのように、白い花穂がそっと伸びている風情は、ヒトリシズカの名によく似合う。吉野山の静御前《しずかごぜん》の意から吉野静《よしのしずか》の別名がある。また、眉掃草《まゆはきそう》という別名も。

糸状の雄しべの白い花糸が目立つ。

きみが名か一人静といひにけり　室生犀星

一人静坂越し山越す誰が恋も　中村草田男

ワンポイント 花は、まっすぐに伸びた紫色の茎の最上部についている4枚の葉の中心から、花軸を出して咲き始める。穂状の小さな花は、花といっても花弁も萼《がく》片《へん》もない、雌しべと花糸だけの花である。

土佐水木
とさみずき
（とさみづき）

蠟弁花《とさみづき》
しろむら
日向水木《ひうがみづき》

マンサク科
落葉低木

花期
3〜4月

峡空の一角濡るる土佐みづき　上田五千石

黄花の花が７〜８個穂状について垂れ下がる。

❖——トサミズキ属はヒマラヤと東アジアに特産の珍しい属で、約20種あり、そのうちの4種が日本に自生していて、よく栽培されるのは、トサミズキとヒュウガミズキである。トサミズキは土佐（高知県）の山地の石灰岩地域に多く自生しているのでこの名前に。四国の特産とされてはいるが、観賞用の庭木として各地で栽培されている。

❖——日照を好み、適度な湿気があれば、たいていの場所でよく育つ。3〜4月頃、葉が出る前に可憐な淡黄色の花が穂状に垂れ下がって半開状に咲く。本種は葉が円形から広卵形で厚く、左右が非対称で、若い枝や葉柄に毛があるので、よく似たヒュウガミズキと区別できる。また、枝がジグザグ（鋸《のこぎり》の刃や稲妻のような形のこと）に伸びているので、目印になる便利な木である。

土佐みづき山茱萸も咲きて黄をきそふ　水原秋櫻子

巡礼に浅黄明りの土佐みづき　池田日野

名前の由来　〝土佐の水木〟の意味で、四国地方の特産種であることに由来。また、枝などを切ると勢いよく樹液を吹き出すことと、葉の形がミズキに似ていることから名前に〝水木〟がつけられている。

❖とさみずき❖

花簪

はなかんざし

ローダンセ
ヘリプテラム
キク科　一年草

7〜9月

❖——銀桃色の小さな花が簪にしたいくらい可憐《かれん》なのでこの名がつけられた。通称はローダンセ。オーストラリア原産。わが国には明治初年に渡来。高さは30〜50センチ。寒さにやや弱く、氷点下だと寒害を受けるので、フレームなどに入れて軽く保温して越冬させれば、早春に小花を総状につける。種子には綿毛が生え、熟すとタンポポのように風で飛ぶ。切り花、花壇、鉢植え、ドライフラワーとして珍重される。

ローダンセ娘は莨火《たばこび》をくはへをり　石原八束《やつか》

＊莨火は、タバコの火、また、火のついているタバコのこと。

三椏の花

みつまたのはな

結香《むすびき》の花《はな》
ジンチョウゲ科
落葉低木

3〜4月

❖——明治より日本の紙幣には本種が用いられてきた。現在では、国産のミツマタに、輸入したミツマタを混ぜている。中国原産。古くからわが国に渡来。上質和紙の原料として日本の各地で盛んに栽培されてきたが、洋紙の普及とともにしだいに廃《すた》れた。今日では珍しい花木《かぼく》として庭木や鉢植えにされている。新枝が3本ずつ分かれて出てくることが名前の由来。そのため、枝の分岐点の数で樹齢がわかる。3〜4月頃に、葉に先立って、枝先に黄色い花を咲かせる。

三椏の花はじめから和紙の味　瀧春一

榛の花

はしばみのはな

カバノキ科
落葉低木

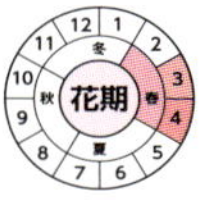

3〜4月

はしばみにふためきとぶや山がらす　飯田蛇笏

❖――北海道、本州、九州に分布。やや乾燥した林の縁、明るい林の中に自生する。庭園などにも観賞用として植えられる。樹木としても季語としてもあまり名前が知られていない樹木だが、この木の近縁のセイヨウハシバミの実はヘーゼルナッツと呼ばれ、よく知られている。知名度は低いようだが、「はしばみ」の名前は平安時代の辞典にも掲載されていて、かつては、本種の実から採取した油を灯明に用いていた。

❖――3〜4月頃、葉に先だって花を咲かせる。黄褐色の雄花が動物の尾のような形の花穂《かすい》となって小枝から数本垂れ下がる。本種の若葉は中央に茶色の斑《ふ》が入るのが特徴。ハシバミ属は、北半球の温帯に15種ほどあり、日本には2種、いくつかの変種が自生する。ツノハシバミがその代表である。また別種のハンノキの花も、季語「榛《はん》の花」として俳句によく用いられる。

榛の花かむさつてくる空があり　石田郷子

名前の由来　食用とするその実を「榛柴実」と呼び、それが転訛《てんか》したものといわれる。名の由来については他に、〝葉にシワがある実〟なので〝ハシワミ〟、鳥が〝嘴《くちばし》で食《は》む〟ので〝ハシバミ〟という説も。

木蓮
もくれん

木蘭《もくれん》　もくれんげ　紫木蓮《しもくれん》
更沙木蓮《さらさもくれん》　もくらに　白木蓮《はくもくれん》
モクレン科　落葉低木または小高木

3～4月

❖——中国原産。庭に植えられる代表的な花木《かぼく》である。本種の仲間には、モクレンの変種で花が小さい唐木蓮《とうもくれん》や樹高が10メートルにもなる白木蓮などがあり、それら全部をモクレンと呼ぶことがある。そのため、種類の違いをはっきりするために、本種は花の色が紫なので、紫木蓮と呼ぶ場合がある。本種は幹が叢生《そうせい》(根株から複数の幹が群がって生えること)し、高さは4～5メートルなので狭い庭に向く。

木蓮のつぼみのひかり立ちそろふ　長谷川素逝

嫁菜
よめな

莵芽木《うはぎ》　薺蒿《おはぎ》
よめがはぎ　はぎな
キク科　多年草

7～10月

❖——本種の花期は7～10月なのだが、「嫁菜摘む」が春の季語なので、本書でも「春」に仕分けしている。ヨメナの古名は「ウハギ」で、万葉集にもこの名で登場している。ヨメナの名の由来は〝嫁が摘む菜〟説が有力で、婿菜《むこな》(シラヤマギク)に対して、ヨメナの若芽が美味で美しいのでこの名がつけられたようだ。本州、四国、九州の山野や畑の畔道などに自生している。春の若芽を摘み、ゆでて、和え物などにする。本種の秋の花は〝野菊〟と呼ばれている。

みちのくの摘んでつめたき嫁菜かな　細川加賀

令法《りょうぶ》

(りやうぶ)

リョウブ科　落葉小高木

はたつもり　令法摘《りやうぶつ》む
令法飯　令法茶《りやうぶちや》

6〜8月

❖―本種の新芽は山菜のように食用になるが、若葉も食用になり、保存食として知られている。律令時代に、飢饉《ききん》用に本種の若葉を保存するよう官から命じられていたため、この名前がついたのではないかといわれる。若葉を刻み、米と炊き込んで令法飯《りょうぶめし》にすると、ご飯の量を増せるので、貧しい農家では大助かりだった。令法飯は木曽御岳の行者の食物として有名である。樹皮の美しさから床柱に用いられ、材質が緻密なので細工物にも用いられる。

指あをき昼愁ひあり令法摘む　　小松崎爽青

連翹《れんぎょう》

(れんげう)

モクセイ科　落葉低木

いたちぐさ
いたちはぜ

3〜4月

❖―漢名の「連翹」に基づいて命名されたのだが、中国で連翹と呼ばれるものは本種ではなく、大連翹のトモエソウと小連翹のオトギリソウである。この2種の植物はともに連翹という漢方薬になる。それを勘違いして本種の名にあて、レンギョウと音読みしたとされる。本種の漢名は「黄寿丹」で、中国が原産。現在では、北海道から沖縄まで、各地で庭木として栽培されている。3〜4月頃、葉に先だって開花し春を告げる。

連翹のまぶしき春のうれひかな　　久保田万太郎

雪柳

ゆきやなぎ

小米花《こごめばな》　小米桜《こごめさくら》　ゑくぼ花　噴雪花《ふんせつくわ》　こめやなぎ

バラ科
落葉低木

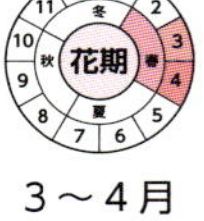

3～4月

鉄橋のとどろきてやむ雪柳　山口誓子

ピンクを帯びた花を開く〝フジノピンキー〟。

❖――関東以西の本州、四国、九州に分布。川沿いの石や岩の上などに自生しているが、ふつうは庭木として栽培される。葉の形がヤナギに似ていて、白い小さな花がびっしりと咲いている姿が、雪が柳に積もっているように見えるのでこの名前がつけられた。

❖――小花は、3～4月頃に、葉と同時に開く。晩春になって、季節風に吹かれながら花を散らすさまはまるで吹雪のようで、漢名の「噴雪花」は、その情景から名づけられたものだろう。樹高は1～3メートル。横に広がる。枝は意外にもろく、増水時に自生地で枝が折れているのをよく見かけるが、それは株を守るためかもしれない。根は乾燥地に強く、伸ばした根の各所から新しい個体をつくる。分類学上の品種はないが、切り花用の早生種、晩生種などに分けられる。

花屋の荷花をこぼすは雪柳　大谷碧雲居

雪柳老いの二人に一と間《ま》足り　富安風生

ワンポイント　小米花という別名があるのは、花の形が米粒のように小さくて細かいから。また、小米桜の異名があるのは、本種の花が小さな5弁花であるところから。

❖ゆきやなぎ❖

アザレア

オランダ躑躅《つつじ》　西洋《せいよう》躑躅《つつじ》

ツツジ科
常緑小低木

アザレアに触れしドレスの裾ひらく　福田清秋

❖——アジア原産のシナノサツキやサツキなどの種をベルギー、オランダで鉢植え用に品種改良した品種群の総称をアザレアと呼ぶ（正式名はベルジアン・アザレア）。また、ツツジとシャクナゲは現在では同属（ツツジ属）だが、以前は、落葉性であるツツジ属と常緑性であるシャクナゲ属に分けられていて、ツツジ属をアザレアと呼び、シャクナゲ属には別の呼び名をつけて区別していた。

❖——花色が豊富で八重咲きが多い。開花期は4～5月だが、促成栽培され、冬から春にかけて鉢物用として出回ることが多い。多くの園芸品種があり、日本でつくられるものだけでも150種以上ある。ちなみに、躑躅《つつじ》は「てきちょく」と読み、行きつ戻りつする意味。名前にこの字を使ったのは、家畜が本種を誤って食べ、躑躅《てきちょく》したあげく死んだからだ、という説がある。なお俳句の世界では、一般的に「躑躅」がメジャーな季語で、「アザレア」はその傍題として扱われる。

八重咲きの豪華な花を咲かせる。

名前の由来　アザレアは古い学名で、ギリシア語のazaleos（〝乾燥〟の意味）に由来する。乾燥地に生える植物、と誤認されたための名であろう。西洋ツツジ、オランダツツジとも呼ばれる。

4～5月

❖あざれあ❖

木五倍子の花

きぶしのはな

キブシ科　落葉低木

花期　3〜4月

❖「五倍子《ふし》」は、ヌルデ（ウルシ科の樹木）の葉に寄生するアブラムシの一種がつくる〝虫こぶ〟のことで、この虫こぶにはタンニンが多く含まれているので、お歯黒の染料に利用された。しかしヌルデの五倍子は採れる量が少なく、高価だったので庶民のおかみさんたちは五倍子の代用として、安価なキブシの実の粉をお歯黒染めに使った。その結果、五倍子と区別するために、本種は木《き》五倍子《ぶし》と呼ばれるようになった。日本特産種で、全国の山地に自生する。

枝しなひきぶしの金の鎖垂れ　岡田日郎

馬酔木の花

あしびのはな（あせびのはな）

あせび　あせぼ　あせみ　あしぶ　花馬酔木《はなあせび》

ツツジ科　常緑低木

花期　3〜5月

❖本種の枝葉には有毒な成分がある。牛や馬が食べると酔っ払ったように見えるのでこの漢字名に。アシビという名は、本種を食べると足がしびれるので、「足しびれ」からきたという説が妥当である。日本の特産種、古典植物のひとつで、『万葉集』に10首詠まれている。本州、四国、九州に分布。山地に自生するが、庭木や盆栽としても親しまれている。本種は、鹿が放し飼いされている奈良公園にも植えられているが、鹿は毒性のあることを知っていて食べない。

来し方や馬酔木咲く野の日のひかり　水原秋櫻子

金盞花

きんせんか
（きんせんくわ）

常春花《じゃうしゅんくわ》　長春花《ちゃうしゅんくわ》
ときしらず
唐金盞《たうきんせん》　カレンジュラ

キク科
一年草または多年草

花期
11〜4月

シックな色合いの品種〝コーヒークリーム〟。

金盞花も炎ゆる田水《たみず》に安房《あは》の国　角川源義

❖――南ヨーロッパ原産。日本には、江戸時代の嘉永年間に渡来した。イギリスでは本種をポットマリーゴールドと呼ぶ。マリーゴールドは「聖母マリアの黄金」という意味で、本種の黄金色の花の清純さを聖母マリアになぞらえたとされる。高さ30〜50センチほどの茎の先端に、キクに似た黄色の花をつける。

❖――花は、朝開き、夕方にはしぼむ特性をもっている。観賞用として庭や鉢に植えられるほか、切り花、仏花《ぶっか》用として畑などでも栽培される、印象の強い親しみやすい花である。房総や渥美半島などでは、露地栽培が盛んで、冬の間から市場に出している。全体に軟毛が生え、また強い匂いがある。現在、一般的に栽培されているキンセンカは、大形の唐金盞花《とうきんせんか》（中国のキンセンカの意）である。

仏花たることに輝き金盞花　文挾夫佐恵

金盞花畑に立てり朝の海女　深見けんニ

名前の由来　漢名の「金盞」に由来している。金盞は、〝金のさかずき〟の意。花の形が盃に似ているのでこの名に。4月頃から数か月間も咲き続けるので、常春花とか長春花などと呼ばれる。

❖きんせんか❖

アネモネ

紅花翁草《べにばなおきなぐさ》　はないちげ
ぼたんいちげ
キンポウゲ科　多年草

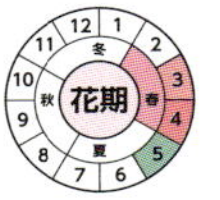

3～5月

❖――名前は学名のAnemoneから。ギリシア語で「風の娘」の意味で、本種の種子が風で飛ぶことが由来のようだ。原産は地中海沿岸。ギリシア神話の中の、狩りが好きな青年アドニスが猪《いのしし》に牙で腹を刺されて死に、その死を悲しんだ女神アフロディテが流した涙がアネモネの花になった、という話は有名。わが国には明治初年に渡来。花壇や鉢植えで広く栽培されている。秋に植えた球根から芽を出して、3～5月頃に、花茎を伸ばし罌粟《けし》に似た花を咲かせる。

アネモネやきらきらきらと窓に海　草間時彦

銀杏の花

いちょうのはな
（いちやうのはな）

公孫樹《こうそんじゅ》の花　ぎんなんの花
花銀杏《はないちょう》
イチョウ科　落葉高木

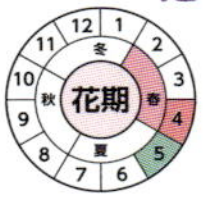

4～5月

❖――イチョウという名前の由来は、宋の「鴨脚《イーチャオ》」の転訛《てんか》。葉の形がアヒルの脚に似ているため。中国原産。日本には6世紀に渡来。イチョウは中生代から新生代にかけて世界的に多くの種類が繁栄していたが、氷河期にほぼ絶滅し、現在見られるイチョウはそのうちの一種が生き残ったもの。わが国の街路樹でもっとも多く使われている樹種で、東京・神宮外苑や大阪・御堂筋《みどうすじ》などの並木道は有名。樹高は約30メートルにもなるが花は目立たない。実はぎんなん。

銀杏の花や鎌倉右大臣《うだいじん》　内藤鳴雪

紫羅欄花

あらせいとう

ストック　こあらせいとう
ひめあらせいとう
にほひあらせいとう

アブラナ科
多年草

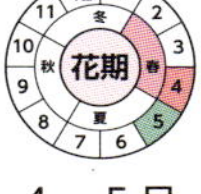

4～5月

4弁の一重咲きが本来のもので、種子を採る。

磯波のややきらめきぬあらせいとう　大西桑風

❖――一般にはストックの名で呼ばれている。南欧の海岸地方原産。地中海から中央アジアおよび大西洋諸島に分布していて、約50種が知られている。わが国には江戸時代の寛文年間に渡来した。渡来した植物の中には庭などから種が運ばれ自生しているものを見かけるが、本種は自生しておらず、もっぱら、切り花や花壇用、鉢植えとして栽培されている。

❖――4～5月頃に、茎の先に径3センチほどの十字形の美しい花をつけ、芳香を放つ。花色は多彩で、一重咲きと八重咲きがある。八重咲きのものは温室で栽培されていて、花屋さんで見かけるものはこの種である。日本での栽培種は三十余種もあり、栽培地は千葉、伊豆などの海に近い暖地が多い。春の光を受けながら花畑一面に咲いている様は実に美しい。

老教師あらせいとうの花愛す　宮田正和

あらせいとう積みて海女小屋廃《すた》れをり　田中敦子

名前の由来　葉がラシャに似た毛織物「raxeta（ラセイタ）」に似ていることから、葉ラセイタ→アラセイタ→アラセイトウと変化したとされる。

錨草
いかりそう
（いかりさう）

碇草《いかりさう》

メギ科
多年草

花期
3〜4月

碇《いかりそう》草生れかはりて星になれ　鷹羽狩行《たかはしゅぎょう》

下向きに咲く花の形がユニークで人目を引く。

❖——北海道と本州に分布。山地や丘陵などの樹下に自生する。草丈は20〜40センチほど。4月頃に、茎の先に小さな花を数個、下向きに咲かせる。花弁が4枚あり、花弁は牛の角の形をしている。4枚とも細長い筒状で、中は空洞で先端側に蜜が入っていて、先が尖っている。この花びらが変化したものを距《きょ》といい、この距があるので、花全体が船の錨の形をしているように見える。

❖——花色は、白色から濃紅色まで多彩。茎に3本の枝（柄）があり、それぞれの枝に3枚の小葉がつくので、三枝九葉草《さんしくようそう》とも呼ばれている。別名に、かりがねそう、くもきりそうなど（ともに古名）。古来、本種は薬草として知られていて、茎や葉を乾燥させたものは、強壮薬として珍重される。

袈裟とって尼が近づくいかり草　梶浦さだ

錨草花の錨のあまた垂れ　吉川裕美

ワンポイント　イカリソウの仲間のバイカイカリソウ（梅花錨草）は、花びらに距がないので、花の形が錨には見えない。それでも名前に「錨草」を使っているのは、イカリソウの仲間だからである。

一輪草（いちりんそう）（いちりんさう）

裏紅一花《うらべにいちげ》　一花草《いちげさう》

キンポウゲ科
多年草

4～5月

道なき谿《たに》一輪草の寂しさよ　加藤知世子

❖――茎を1本だけ出して、その先に咲かせる花が常に1輪だけなので一輪草という。ちなみに、同じキンポウゲ科の二輪草は、1本の茎に常に2輪の花をつけることから名づけられたとされるが、実際にはつける花が1輪の場合も3輪の場合もある。なお、本種は、花びらのように見える萼《がく》の裏面が、紅色を帯びることがよくあるので、裏紅一花《うらべにいちげ》の名で呼ばれることがある。

❖――日本の特産種で、本州北部から九州、四国までの山すその草地、雑木林の中、森のへりなどに自生する。腐植土の多い肥沃《ひよく》な場所を好む。地下茎の先から茎を1本だけ出し、まっすぐに伸びて、高さは20センチほどになる。4～5月頃に、その茎の先に1輪の花を咲かせる。花はウメの花に似ている。しかし、花びらのように見えるものは、実は萼片である。

５枚の白い花弁状のものは萼片。

一輪草木橇《きぞり》をつかひすててあり　木津柳芽《きづりゅうが》

一輪草石に還りしほとけかな　小串歌枝

名前の由来　茎を1本だけ出し、茎の途中に3枚の葉をつけ、茎の先端に常に1輪の花を咲かせることに由来。学名にnikoensis とあるのは、日光（栃木）で採集された標本に基づいているため。

黄心樹

おがたま
（をがたま）

小賀玉《をがたま》の花　黄心樹木蓮《をがたまもくれん》
モクレン科　常緑高木

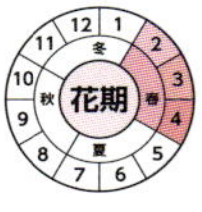

2～4月

❖古来から、植物には神が宿り、とくに先端が尖った枝先は神が降りるとされていたので、神の依《よ》り代《しろ》、つまり、神霊《しんれい》が依《よ》り憑《つ》く対象物として、若松や本種など、さまざまな常緑植物が用いられた。オガタマの名前は、神前に供えて神霊を招く〝招《おぎ》霊《たま》の木〟が訛《なま》ったものとされる。本種は現在でも招霊の木として使われてはいるが、近年は、もっと身近な植物で枝先が尖っていて、神の依り代にふさわしいサカキやヒサカキが定着している。

をがたまの花咲き社家の娘が嫁ぐ
大橋敦子

霞草

かすみそう
（かすみさう）

群撫子《むれなでしこ》　こごめなでしこ
ナデシコ科
一年草・多年草または小木

4～6月

❖薔薇《ばら》やカーネーションなどの〝添え花〟としてもっとも利用されている花である。名前は、白い小花が密生して咲いていて、まるで霞がかかったように見えるためにつけられた俗称で、正しい名前は群撫子《むれなでしこ》である。コーカサス原産。わが国へは大正初期に渡来した。本種は4月から咲き始め6月には咲き終わるのだが、ちょうど入れ替わるように咲き始めるのが園芸種のシュッコンカスミソウである。この花は分枝が多く、花が密で四方に広がるので切り花向き。

乳母車通ればそよぐ霞艸
石原八束《やつか》

シネラリア

蕗菊《ふきぎく》　菊蕗《きくふき》　蕗桜《ふきざくら》　白妙菊《しろたへぎく》
富貴菊《ふうきぎく》　サイネリア
キク科　一年草

1～4月

❖――シネラリアは旧学名で「灰色の」の意味。新学名はセネキオで「白髪の翁」の意味。新旧どちらの学名も、本種が灰色の綿毛をもっていることに由来している。本種にサイネリアという名前が使われているのは、シネラリアの「シネ」が「死ね」を連想させ、病気見舞いには使えないことから、花店が使い始めたといわれている。アフリカのカナリー島原産。日本には明治時代に渡来。現在では代表的な鉢植え花で、冬から春にかけての鉢物の主役の一つ。

サイネリア咲くかしら咲くかしら水をやる　正木ゆう子

こでまりの花

小粉団《こでまり》の花　小手毬《こでまり》の花
小手鞠《こでまり》の花　団子花《だんごばな》
バラ科　落葉低木

4～5月

❖――名前は、5弁の白い小花が群がり咲き、花全体の形が小手鞠のように見えることから。原産地は中国。わが国には江戸時代に渡来したといわれる。高さは1～2メートル。4～5月頃に、新葉と同時に、小枝の先に白い小花を数十個、まり状につけ、弓なりに垂れる。強い木で、土質を選ばないので、庭木として手軽に楽しめるため、全国で栽培されている。生け花にすると本種の枝がいろいろな花に合うので好まれる。オオデマリはスイカズラ科なので関係がない。

こでまりに向けて小さき机置く　保坂伸秋

エリカ

蛇の目エリカ　ヒース

ツツジ科
常緑中～低木

2～3月

エリカ咲くひとかたまりのこむらさき　草間時彦

白い壺形の花を吊り下げるスズランエリカ。

❖――早春に、壺や筒や鐘の形をした、紅色の鈴のような愛らしい花を咲かせる花木である。花は木全体を埋め尽くすように咲く。ヨーロッパ、南アフリカ、北アフリカ原産。現在は、南アフリカからヨーロッパにかけて数百種が分布している。わが国には、大正時代に渡来。房総、伊豆、鹿児島などで栽培されてきた。

❖――暖地性植物なので、他の地域にはあまり広がらない。かつては、日本で出回るのはジャノメエリカをはじめとする数種類だったが、最近は数多くの種類が流通している。２～３月に小花を無数につける。花色は淡紅色、濃紅色など。ヨーロッパではヒース（荒地の意味）の名前で呼ばれている。なかでもスコットランド人はとくにこの花を愛し、『嵐が丘』『マクベス』『リア王』の背景は、ヒースの荒野である。

花エリカ雪後《せつご》のごとくさびしけれ　角川源義

鷗《かもめ》啼《な》くエリカや折ればこぼるるも　小池文子

ワンポイント　日本には、桃赤色の花のジャノメエリカ、濃い赤色の花のベニエリカ、耐寒性があり、花がやや細長いエイカンなどがある。ベニエリカは日本におけるジャノメエリカの突然変異種。

オキザリス

花酸漿草《はなかたばみ》

カタバミ科
多年草(球根)

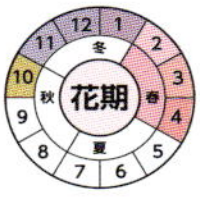

10～4月

オキザリス白雲の浮く離任の日　福富みさ子

❖——花形も葉姿もカタバミによく似ていて、葉はクローバーにも似る。その葉の間に茎をスッと伸ばして咲く愛らしい花である。原産地はアフリカなどだが、オキザリス属の植物は世界に約850種が分布している。日本には江戸末期に渡来したようだ。栽培種はそんなに多くはないが、繁殖力が旺盛で、南アフリカから帰化したムラサキカタバミのように、雑草化しているものもある。

❖——一般に、カタバミ属の園芸品をオキザリスと呼ぶ。野生のカタバミは、世界中に分布していて、日本にも自生している。花色が豊富で、愛らしい5弁花を、秋から春にかけてたくさん咲かせる。本種の和名のハナカタバミは、「観賞用の花をつけるカタバミ」の意味である。花は晴天の日に咲いて、曇りや雨の日は閉じ、夜は花だけではなく葉も閉じている。葉には酸味がある。

花も葉も大きなハナカタバミ。

幸福という不幸ありオキザリス　石《いし》寒太《かんた》

オキザリス雨の茶房に人在らず　中谷朔風

名前の由来　学名のOxalisは、ギリシア語のOxys(酸)に由来し、葉に酸味(シュウ酸)があることによる。葉に酸味があることから、スイモノグサ、スイグサとも呼ばれる。他にコガネグサの名も。

翁草
おきなぐさ

白頭翁《はくとうをう》　うばがしら
しやぐまさいこ
ぜがいさう　ねこぐさ

キンポウゲ科
多年草

4～5月

土の香のなにかたのしく翁草　飯田蛇笏

白い羽毛をかぶって名の由来となった種。

❖——花後、茎の先端がタンポポの綿毛のような白い毛に変化する。タンポポの場合は白い毛のかたまりは丸いが、本種の場合は、カツラをかぶったような形になる。白い毛は根元に種をつけて、綿毛のかたまりの中心部分に集まっているのだが、強風が吹くと、中心部分の毛が飛んでいってしまい、強風が吹くまでは種がついていた部分(=花托《かたく》)が丸見えになってしまう。そのときの様子が、ちょうど、頭のてっぺん部分が禿《は》げてしまい、頭の周りに白髪が残っている状態になっている老人に似ているのでこの名前がついた。

❖——本州、四国、九州の野山の日なたに自生する。春、茎の先端に暗赤紫色の花を1つ咲かせる。花弁はなく、萼片《がくへん》は6個で、この萼片が筒状になって下向きに咲く。ちなみに本種は古文書によく登場する。

翁草銀の絮かな祭り笛　飯田龍太

ほつほつと咲いてひなたの翁草　今井杏太郎

名前の由来　白頭翁と呼ばれることがあるが、漢名の「白頭翁」は、中国に産するヒロハオキナグサのことである。なお、キンポウゲ科では本種のような赤系の色の花をつけるものは珍しい。

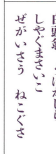

十二単《じゅうにひとえ》（じふにひとへ）

シソ科　多年草

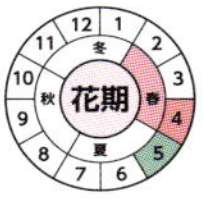

4～5月

❖──本州と四国に分布。日本特産種。花が段々に重なって咲くので、その様子を、王朝の女官が着ていた十二単の衣装に見立ててこの名前がついた。丘陵地、山里近くの林の中などの日当たりのよい場所に自生している。茎は直立して、高さは15～18センチほど。4～5月頃に、茎の先に花穂《かすい》をつくり、数段に輪生して淡紫色の唇形花を円錐状に咲かせる。茎や葉には縮れた白い毛が密生している。同属のキランソウは本種によく似ているが、花がやや大形。

蔓の裾のべたる十二単かな　　松本秋陵

白樺の花《しらかばのはな》

樺《かば》の花　かんばの花
花かんば
カバノキ科　落葉高木

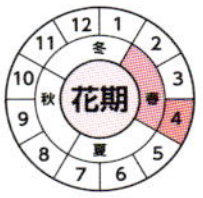

4月

❖──カバノキ科の樹木で、名前は、「樹皮の白いカバノキ」の意。本州中部以北から北海道に分布。低い山の日当たりのよい適潤地に群生する。樹高は約15メートル。4月頃、白い清潔な印象の幹には不似合いな、茶色っぽく垂れた花をつける。樹皮が白いのは、抗菌作用を持つベチュリンという太陽光を反射する物質が含まれているため。明治末から大正にかけて文学青年に支持された文芸雑誌の名前が『白樺』だったので、本種に文学的なイメージがついた。

耳聡き犬に白樺の花散るも　　堀口星眠

スイートピー

麝香連理草《じやかうれんりそう》　麝香豌豆《じやかうえんどう》
にほひ豌豆《ゑんどう》
マメ科　一年草

4～5月

❖――甘い香りがするのでこの名前に。イタリアのシチリア島原産。17世紀に発見され、ヨーロッパ中に広まった。イギリスでは20世紀初頭エドワード7世時代にもてはやされ、宴席を飾るのに欠かせない花だった。蝶形の花が愛らしく、切り花としても人気が高い。茎は直立し、つるの高さは3メートルにもなる。葉はエンドウに似ている。花は、1本の花柄に4～8個咲く。花色は、淡紫色、白、紅、青、黄などがあり、春咲き種と夏咲き種がある。

スヰートピー指先をもて愛さるる　岸風三楼

鈴懸の花

すずかけのはな

プラタナスの花
釦《ぼたん》の木の花
スズカケノキ科　落葉高木

4～5月

❖――名前の由来は、花後にできる球形の果実が枝にぶらさがっている様子が、山伏が着ている装束の鈴懸の房飾りに似ているため。バルカン半島からヒマラヤまで、温帯に分布。西欧では16～17世紀から街路樹に使用。日本には明治時代に渡来。仲間には西アジア原産のスズカケノキ、北アメリカ原産のアメリカスズカケノキ、この2種の交配種のモミジバスズカケノキがあり、日本の街路樹などでもっとも多く使われているのはモミジバスズカケノキである。

すずかけの花咲く母校師も老いて　河野南畦

苧環の花
おだまきのはな

をだまき
いとくり
糸繰草

キンポウゲ科
多年草

4〜5月

薪割るやみやまをだまき萌える辺に　木村蕪城

うつむき加減にピンクの花を咲かせる園芸種。

❖──春の花壇に映える、落ち着いて優雅な感じがする瑠璃色の花である。原産地は東アジア。名前は、花の姿形が糸巻きの一種である苧環に似ているため。もとは北海道や本州の高山地帯に生える山草（ミヤマオダマキ）であるが、古くから観賞用に庭に植えたり、鉢植えにされている。何年も栽培しているうちに、種で更新するようになり、草姿も次第に大きくなった。

❖──高さ20センチくらいで、4〜5月頃に、茎の上にやや下向きの碧《へき》紫《し》色の美しい花を開く。萼片《がくへん》は花弁状で5枚あり、淡黄色の花弁の下に突起状の距《きょ》がある。また、セイヨウオダマキはヨーロッパ、シベリアに分布するものを、カナダオダマキは北アメリカに分布するものを母種としている。近年はこの欧米産がよく植えられている。

をだまきや老いゆく夫の齢《とし》を追ふ　岩城のり子

をだまきや乾きてしろき吉野紙　水原秋櫻子

名前の由来　やや下向きに咲く美しい花の姿形が、糸巻きの一種である苧環に似ているためにこの名前がついた。苧環は、麻糸を丸く巻きつけて、中を空洞にした糸(苧《からむし》)を巻く糸巻きのこと。糸繰草ともいう。

纈草

かのこそう
（かのこさう）

鹿子草《かのこさう》　はるをみなへし

オミナエシ科
多年草

4月

鹿子草こたびも手術寧からむ　石田波郷

❖——ハルオミナエシ(春女郎花)、ケッソウ(纈草)、サクラガワソウ(桜川草)、センシンハイソウ(穿心排草)、キツソウ(吉草)、ノガンショウ(野甘草)というように、別名・異名は多い。比較的珍しい草のためか、例句はきわめて少ない。歳時記等の例句欄には「鹿子草こたびも手術寧《やす》からむ」という石田波郷の一句のみを掲載しているケースがほとんどである。

❖——サハリン、南千島から九州および朝鮮、中国東北部に分布。山地の湿地などに自生する。茎は直立して40〜80センチになり、4月頃、その先に小花を多数つける。花色は美しい淡紅色で、見るからに可愛い花である。実は冠毛《かんもう》をもち、風に乗って飛び散ってゆく。根茎をひげ根とともに採り、乾燥したものが吉草根で、鎮痙剤にする。

つくばひに影ゆれてをり鹿の子草　金子寿々

鹿子草謝り癖の母なりし　木寺仙游

名前の由来　「纈草」は漢名ではない。日本で〝カノコソウ〟に漢字を当てたものである。花序についた蕾の色と雰囲気がかのこ絞りに似ているので、名づけられたとされる。医薬界では「纈草《けつそう》」という。

枸橘の花

からたちのはな

枳殻《からたち》の花
枳殻《きこく》の花

ミカン科
落葉低木

4～5月

からたちの咲く頃は雲浮き易《やす》し　栗原米作

❖——中国中部原産。古く朝鮮半島を経て渡来した。奈良時代には渡来していたことがわかっている。枝にたくさんの棘《とげ》があるので、かつては生け垣として多く利用されていたが、最近は少なくなっている。一方、ミカンの台《だい》木《ぎ》用（接ぎ木繁殖の場合、根のついているほうを台木、接ぐほうを穂木《ほぎ》という、カンキツ類の台木としてはカラタチが使われている）にミカン園の周囲に植えられているのはよく見かける。

❖——樹高は2～3メートル。4～5月、新葉をつける頃に、棘の付け根に白い花を咲かせる。花は甘い香りがする。秋になると香りのよい実をつける。実は黄色でピンポン玉ほどの大きさ。葉が落ちた後も長く枝に残る。実は乾燥させて生薬として利用する。本種は、柑橘類の中ではもっとも耐寒性があるが、庭植えにした場合、日当たりが悪いと実のつきが悪くなる。

黄熟して芳香を放つ実は秋の季語。

からたちは散りつつ青き夜となる　藤田湘子

人まれに花からたちの雨を過ぐ　目迫秩父《めさこちちぶ》

名前の由来　中国のミカン「唐橘（カラタチバナ）」を略した名称。日本固有の柑橘である〝橘〟に対して、〝唐（中国産）の橘〟、つまりカラのタチバナであることをはっきりさせるためについた名前。

スノーフレーク

鈴蘭水仙《すずらんずいせん》
大松雪草《おほまつゆきさう》
ヒガンバナ科　球根草

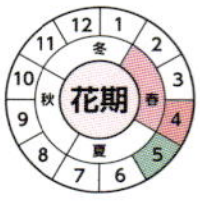

4～5月

❖——名前のスノーフレークは英名をそのまま使用したもの。Snowflakeは「雪片」の意味で、可憐な白い花を〝ひとひらの雪〟に見立てた名である。和名の鈴蘭水仙は、花がスズランに、葉がスイセンに似ているところからの名。ヨーロッパ南部原産。高さは30センチほど。4～5月に、釣《つ》り鐘《がね》形の花を咲かせる。花弁の縁には緑色の小さな斑点がついていて、まるでデザイナーがデザインしたような花である。種子にアリを引き寄せる物質があるとされている。

スノーフレークみなうつむきて留守の家　満田玲子

浜簪

はまかんざし

アルメリア
まつばかんざし
イソマツ科　多年草

4～5月

❖——一般にはアルメリア(海辺に自生する植物の意)の名で呼ばれている。和名の「浜簪」は、花茎の先に小さな花が集まって球状についている姿が簪に似ていて、その花が海岸に咲いていることから名づけられた。また、松葉に似た葉が群がり生えるので、マツバカンザシの別名もある。ユーラシア大陸と北アメリカに広く分布。日本には明治の中頃に渡来した。丈は20センチくらい。葉の間から花茎を伸ばし、4～5月に小さな淡紅色の花を球状に咲かせる。

艀《はしけ》待つ郵袋《ゆうたい》ひとつ浜かんざし　久保千鶴子

浜大根の花《はまだいこんのはな》

アブラナ科　越年草

4～6月

❖—大根の親戚。名前は「海岸に生える大根」の意味。浜の砂地に寂しげに花を咲かせる日本在来の植物。葉は大根に似ているが、根が大根のようには太くならない。ちなみに、大根は欧州原産で中国を経由して渡来したといわれている。本種の根は太くてかたく、食用にはならない。4～6月に、総状花序を出し、淡紅紫色あるいは白色の花をつける。花茎が出る前の根を塩漬けやしょうゆ漬けにする。若芽はおひたし、和え物にする。萼《がく》は4片、花弁は卵形。

浜大根咲いて三里の砂丘鳴る　白井眞貫《まつら》

ヒヤシンス

風信子《ふうしんし》　夜香蘭《やかうらん》
錦百合《にしきゆり》
ユリ科　球根多年草

3～4月

❖—早春の代表的な草花の一つである。花壇、鉢植え、水栽培などによって広く栽培されている。名前はギリシア神話に出てくるスパルタの王子のヒヤキントスに由来するとされる。地中海沿岸、南アフリカ原産。わが国には江戸時代末期に渡来し、観賞用に栽培された。その頃はヒヤシントと呼ばれ、「風信子」と書かれていた。3～4月に、葉の間から花茎を伸ばし、たくさんの小花を総状に密に咲かせる。

園丁《えんてい》や胸に抱き来しヒヤシンス　島村元

*園丁は造園を職業とする人のこと。庭師。

華鬘草

けまんそう
（けまんさう）

華鬘牡丹《けまんぼたん》　けまん　瓔珞牡丹《やうらくぼたん》
藤牡丹《ふぢぼたん》　鯛釣草《たひつりさう》　黄華鬘《きけまん》　紫華鬘《むらさきけまん》

ケシ科
多年草

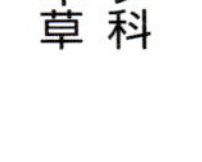

4～5月

華鬘草の立ちそよぐ雨黄なりけり　堀口星眠

❖――英名はブリーディング・ハート（血の流れる心臓）。そういわれてこの花を見直してみると、心臓のようにも見える。日本では、花序についた花の形や色が、鯛を釣ったように見えるところから鯛釣草《たいつりそう》という別名がある。さて、華鬘草という名前だが、そもそも華鬘とは、インドの女性たちの装飾品のことで、本種の花の形が、仏像の首からぶら下げられている装飾品（銅に金メッキした団扇《うちわ》形のもの）に似ていることからこの名前がつけられた。

白花を咲かせるものもある。

❖――中国の東北部と朝鮮には自生しているが、日本には古くに渡来し、観賞用として栽培されている。花の色や形は、高山植物の女王といわれるコマクサに似ているが、コマクサより大きい。4～5月に、2つの萼《がく》片《へん》を開花前に落とし、美しく咲く。

華鬘草海女ら葬の米を磨ぐ　橋本鶏二

姥捨の山みち険し華鬘草　高木良太

名前の由来　花鳥や天女などを透かし彫りして、仏前を荘厳な雰囲気にする金銅製の仏具を「華鬘」という。本種の花がたくさん並んで垂れ下がって咲くさまが似ているのでこの名前がつけられたという説もある。

❖けまんそう❖

満天星の花

どうだんのはな

満天星躑躅《どうだんつつじ》
ツツジ科　落葉低木

4～5月

❖──本州の静岡以西、四国、九州の山地に自生する。観賞用の庭木として重要な木で、刈り込みに強いので生け垣にも利用されている。枝は1か所から3本以上伸ばすことが多く、樹姿が美しい。4～5月頃、新葉とともに、鈴蘭に似た壺状の白い花を枝垂れるように咲かせる。葉は枝先に輪を描くように並んでつき、秋には紅葉して鮮やかになる。ドウダンツツジ属は日本にはドウダンツツジ、サラサドウダン、アブラツツジ、シロドウダンの4種が自生している。

触れてみしどうだんの花かたきかな　星野立子

花筏

はないかだ

ままつこ
ミズキ科　落葉低木

4～6月

❖──水に散って流れゆく桜の花びらを筏《いかだ》に見立てて「花筏」というが、本項の「花筏」は、それとは別で、葉の表面にぽつんと花をつけ、谷間や森の日陰にひっそりと生えていることで知られる樹木のことである。この木は4～5月頃に葉の中央部に緑色の小さな花をつける。秋には葉の中央に直径1センチほどの実を結ぶ。実は熟すと黒くなる。花も実も、葉の中央部にちょこんと乗っているように見えるので、花や実を人に、葉を筏にたとえてこの名前がついた。

花筏蕾《つぼ》みぬ隈《くま》なき葉色の面《も》に　中村草田男《くさたお》

山帰来の花

さんきらいのはな

さるとりいばら
（猿捕茨）

サルトリイバラ科
落葉つる性半低木

4～5月

岩の上に咲いてこぼれぬ山帰来　村上鬼城

黄緑色の小さな花が球状に多数集まって咲く。

❖――俳句の世界では、本種のことを山帰来と呼び、例句もいろいろあるので、この木の名前を山帰来と思い込んでいる人がいるかもしれないが、山帰来は俗称（漢方の名前）で、正しい名前はサルトリイバラ（猿捕茨）である。

❖――北海道、本州、四国、九州に分布。山地や丘陵地、林の縁などに自生する。樹高は2メートルほど。托葉《たくよう》の先が巻きひげとなり、他の木などにからみつく。つる状の茎は丈夫で光沢があり、まばらに棘がある。葉は円形で厚く光沢があり、しばしば赤紫色の斑紋が見られる。5月頃に、黄緑色の目立たない小花が集まって咲く。本来の山帰来は、よく似ているが同属別種で、日本には自生していない。台湾や中国の華南地方に分布する熱帯植物である。若芽を天ぷらや和え物にする。

ひと葉づつ花をつけたり山帰来　加賀谷凡秋《ぼんしゅう》

山帰来の花の終んぬる山の音　岸田稚魚《ちぎょ》

名前の由来　正式名のサルトリイバラの名の由来は、枝がかたく、ところどころに棘があり、おまけに節ごとに曲がり、絡み合って藪をつくるため、猿をこの藪に追い込んで捕らえていたことから。

山査子の花

さんざしのはな

メイフラワー
西洋《せいやう》山《さん》査《ざ》子《し》

バラ科
落葉低木

花山査子古妻ながら夢はあり　石田あき子

❖――中国原産。日本には江戸時代の中期（享保年間）に薬用植物として渡来。その後、観賞用に庭植え、鉢植えにされるようになった。現在は、北半球に1000種以上もあり、おもな種類には、一重咲きで白花のサンザシ、黄色い実がつくキミノサンザシ、黒い実がつくクロミサンザシ（エゾサンザシ）、実が大きいオオミサンザシ、セイヨウサンザシなどがある。セイヨウサンザシはイギリスでは牧場の周囲に、枝を曲げて生きたまま組み上げて、丈夫な垣をつくった。

セイヨウサンザシの園芸品種。

❖――樹高は1～2メートル。枝はよく分枝し一部は棘になる。4～5月、梅や梨に似た白い5弁花をつける。秋には赤または黄色の実を結ぶ。キリストが受難の際にかぶった荊冠《けいかん》はこの枝でつくったという伝説があり、西洋では〝聖なる木〟とされている。

思ひ凝らせば山査子に日の戻りくる　手塚美佐

さんざしの花の三等郵便局　松本雨生

名前の由来　中国の生薬の名である「山樝子」を音読みしたもの。セイヨウサンザシは、イギリスでは5月に咲くことからメイフラワーとも呼ばれる。17世紀に編纂された『日葡辞書』にもこの名が出てくる。

4～5月

三色菫

さんしきすみれ

パンジー
遊蝶花《いうてふくわ》
胡蝶菫《こてふすみれ》
胡蝶花《こてふくわ》

スミレ科
多年草

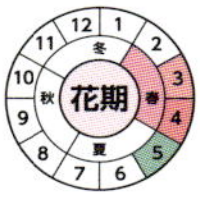

3〜5月

❖——「紫、黄、白の3色が交じるスミレ」のことで、パンジーをさす。日本には五十数種のスミレの仲間が自生していて、早春から夏の間は、どこへ行ってもその姿を見かけるほどなじみ深い花である。

❖——本種の原産地は北ヨーロッパ。オランダやイギリスで園芸化され、アメリカでさらに改良が進められた。日本には江戸末期の文久年間に渡来している。花柄から大きな花を横向きにつけたその姿形は、蝶が羽を広げているようで美しい。三色菫の基本色は紫、黄、白だが、単色の赤、褐色、青、ほかにも多色のものや斑紋入りなどがあり、実に多彩である。ちなみに、パンジーの名前はフランス語のPenser（考える）に由来している。この花がやや下向きにつき、物思いにふけっているように見えるからである。

バニータイプのビオラはユニークな花形で人気。

パンジーは考へる花稿起こす　下村ひろし

ワンポイント 日本には多くの種類のスミレが自生しているが、花壇でよく見かけるのは外国産のスミレである。パンジー以外のスミレについては、本書8頁の項「菫」を参照。

藤

ふじ（ふぢ）

くたびれて宿かる頃や藤の花　芭蕉

山藤《やまふぢ》　野藤《のふぢ》　白藤《しろふぢ》　八重藤《やへふぢ》　野田藤《のだふぢ》
赤花藤《あかばなふぢ》　南蛮藤《なんばんふぢ》　藤の花《ふぢのはな》　白花藤《しろばなふぢ》
藤波《ふぢなみ》　藤棚《ふぢだな》　藤見《ふぢみ》　藤房《ふぢふさ》

マメ科
落葉つる性木本

4～5月

❖——世界中で愛されている人気の高い花木で、数多くの園芸品種があるが、これらの元になっているのは、日本原産のノダフジ（花房が長い）とその近縁種のヤマフジ（花房が短い）、そして中国原産のシナフジである。ノダフジ系は本州、四国、九州に分布し、葉裏に毛がなく、つるは右巻き。ヤマフジ系は本州西部から四国、九州に自生し、葉裏に軟毛が生えていて、つるは左巻き。シナフジ系は中国原産で、つるは左巻き。

❖——フジは山野に自生しているが、観賞用として藤棚などに栽培されるつる性の植物で、樹高が10メートル以上になる。4～5月頃、枝先に長さ15～20ミリの香りのよい青紫色の花をたくさんつける。長いものは1～2メートルにもなる。房のように垂れて蝶のような形の花を咲かせる風姿はすこぶる優雅であり、古くから日本人に愛されてきた。

ヤマフジの園芸品種、赤花美短。

白藤《しらふじ》は水田《みずた》のひかり得て咲けり　佐川広治

梢の子躍り満樹の藤揺るる　中村草田男《くさたお》

ワンポイント 新潟県燕《つばめ》市八王寺にある安了寺境内の大白藤はじつに見事である。樹齢は推定350年で、幹回りは約7メートル。無数の枝が四方に広がり、東西28メートル、南北18メートルにおよぶ。

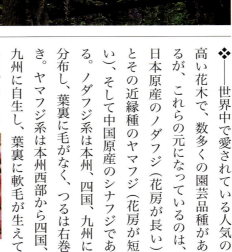

芝桜

しばざくら

花爪草　**モスフロックス**

ハナシノブ科
多年草

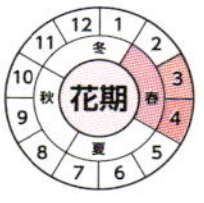

3〜4月

どの道を往きても墓へ芝桜　福田甲子雄《きねお》

サクラに似た5弁花を株いっぱいに咲かせる。

❖——和名のシバザクラは桜に似た花を咲かせ、芝のように伸びることから命名されたと思われる。英名のモスフロックスは、フロックス(草夾《くさきょう》竹桃《ちくとう》)に似た花を咲かせ、モス(苔《こけ》)のように地に這《は》っていることから名づけられたようだ。両方とも、〃地を這って生長〃している点に着目したネーミングである。北アメリカ東海岸地方の原産。1786年にヨーロッパに渡ってから各国に広まった。

❖——茎は高さ10センチくらい。基部はやや木質化する。晩春から初夏にかけて、石垣や花壇に、まるで絨毯《じゅうたん》を敷き詰めたようにびっしりと咲く。花壇の土どめや吊《つ》り鉢《ばち》状に育てたり、石垣づくりに使用したりする。桜の花が散りかけた頃に、日当たりのよい庭や土手などにいっせいに咲き始めるさまは見事である。踏みつけられてもよく咲く。

芝ざくら好天あますところなし　石原舟月

芝ざくら遺影は若く美しき　角川源義《げんよし》

ワンポイント　開花期は高さ10センチほどになり、葉や茎が見えないくらい、びっしりと花を咲かせる。園芸種の花色は白、淡藤、淡青、桃、濃桃など。花壇の周囲や石垣のすき間などに植え付けても見栄えがする。

猩々袴

しょうじょうばかま
（しやうじやうばかま）

ユリ科
多年草

3～4月

花は茎の先にかたまってつく。

猩々袴ひつそりとして陽の匂ひ　藤田湘子

❖——雪渓《せっけい》の近くなどで咲いていると、思わずハッとさせられる鮮やかな花である。花後、一時的に花が赤くなるのを、能《のう》の猩々《しょうじょう》（中国の想像上の動物）の赤頭《あかがしら》に、下方に広がる葉を袴《はかま》に見立ててこの名前ができている。日本各地の山野の日の当たる湿地や渓流沿いに自生し、群生していることが多い。

❖——葉は地面に広がり、葉の間から伸びる花茎は10～20センチ。花茎のてっぺんに花柄をいくつかに分け、群がって咲く。花びらは6枚。花期は3～4月で、花色は淡紅色から濃紫色までいろいろある。花後、茎が長く伸びる。葉は冬も枯れず、古い葉の先に新芽ができる。四国と九州に自生して白い花をつけるシロバナショウジョウバカマ、九州だけに自生する淡紅色の花をつけるツクシショウジョウバカマといった変種もある。

猩々袴搏《う》つ雨雪解《ゆきげ》了《おは》りたり　太田蓁樹

猩々袴咲くやそぞろの神がゐて　森田公司

ワンポイント 古い葉の先に若芽をつける性質を利用して、発生生理学研究の実験植物として用いられている。屋久島猩々袴は、石垣島にも分布しているが〝屋久島〟とつけたほうが販売しやすいらしい。

柃の花

ひさかきのはな

野茶

サカキ科
常緑低木～小高木

3～4月

ひさかきや心にとめし墓小さく　望月たかし

5弁の小さな花が集まって下向きに咲く。

❖——山地でよく見かける親しみのある花木である。原産地は日本、朝鮮半島、台湾、中国。青森県を除く本州、四国、九州、沖縄に分布。名前は、神事に使う榊《さかき》より小さいので姫榊《ひめさかき》と呼んでいたのが縮まったという説や、サカキに似ているがサカキではないということで〝非榊《ひさかき》〟の意であるという説などがある。

❖——現在では真正の榊よりも本種が一般的に用いられている。とくに、サカキのない東北地方では、神事に本種を用いる。サカキと異なり、本種は仏前に供えることもある。樹高は4～8メートル、大きいものでは10メートルほどになる。茶に似た葉をつける。葉は厚くて光沢があり、葉のへりに浅い鋸歯《きょし》がある。3～4月頃、やはりやや茶に似ている白い小花をつける。花は鐘形～壺形で下向きに咲き、臭気がある。

あしらひて柃の花や適《かな》ふべき　富安風生

名前の由来　榊の代わりに神棚に供えられる。大気汚染に強いので庭木や生け垣によく用いられている。10～12月に果実が熟すが、この実を野鳥が好むので、鳥寄せに植える人もいる。

チューリップ

牡丹百合《ぼたんゆり》
鬱金香《うこんかう》

ユリ科
球根草

3～5月

美しい大輪の花を1つつける。青以外が全部そろっている、といわれるくらい花色が豊富で、花形も一重咲き、八重咲き、花弁の縁が切れ込むものなど、変化に富む。17世紀に、西欧で異常な人気を博し、球根取引への投機が加熱して恐慌を引き起こし、ヨーロッパの経済が大混乱した。これを「チューリップ恐慌」という。

チューリップ喜びだけを持つてゐる　細見綾子

それぞれに浮かぶ宙ありチューリップ　皆吉爽雨《みなよしそうう》

名前の由来　1554年、オーストリアの大使が、トルコの市街地でチューリップを見かけ、通訳に花の名前を尋ねたところ、通訳がターバンと勘違いして「テュルバン」と答えたことが由来とされる。

チューリップの花には侏儒《しゅじゅ》が棲むと思ふ　松本たかし

八重咲きの品種、モンテカルロ。

❖――世界に約150種が分布するが、園芸的に利用されているものはごく一部。トルコ、アフガニスタン、および中央アジア一帯を原産とする種が、今日の園芸種の親とみられている。日本に渡来したのは江戸時代末期で、『本草図譜』に記録が残っている。本格的な輸入は明治40年頃から。今日では、島根、富山、新潟などの砂丘海岸地で栽培されている。

❖――春に葉を2～3枚出し、花茎（葉をつけず花だけつける茎）の先に

黄楊の花

つげのはな

あさま黄楊の花
姫黄楊《ひめつげ》

ツゲ科
常緑低～小高木

3～4月

黄楊の花ふたつ寄りそひ流れくる　中村草田男

❖——山形、新潟以西から四国、九州に分布。山のやせ地に自生する。石灰岩、蛇紋岩上《じゃもんがんじょう》にも生える。樹高は1～5メートル。葉の表面はなめらかで、美しい光沢を放つ。葉のわき、枝先に淡黄色の小花を咲かせる。花色が葉色とよく似ているので、注意深く観察しないと気づかない地味な花である。実は10月に熟す。こんもりと茂るので庭木や生け垣にする。また、葉が密に茂るので、いろいろな形に仕立てられる。

❖——葉が小さなヒメツゲやセイヨウツゲ（ボックスウッド）などの近縁種も庭園樹として人気が高い。薄黄色の材は緻密でかたく、櫛、印鑑、版木、将棋駒などの工芸材に使われる。ヨーロッパではセイヨウツゲで楽器のリコーダーなどを作る。鹿児島県と御蔵島《みくらじま》（伊豆七島の一つ）は黄楊材の山地として有名。

大虻《あぶ》に蹴られて散りぬ黄楊の花　小野蕪子《ぶし》

閑かさにひとりこぼれぬ黄楊の花　阿波野青畝《あわのせいほ》

名前の由来　光沢のある厚い葉が次々と密に生えてくるために、〝次《つぎ》〟が〝ツゲ〟に転じたとする説が有力である。生け垣などに用いられる姫黄楊、葉が橙色の珊瑚樹《さんごじゅ》黄楊などがある。

二輪草
にりんそう
（にりんさう）

鵝《が》掌《しやう》草《さう》

キンポウゲ科
多年草

3～4月

膝折ればわれも優しや二輪草　草間時彦

❖――日本（本州中部以北、北海道）、東アジア原産。現在では日本全土、サハリン、中国北部、アムール地方にも分布する。山地や林の下などにふつうに見られる草だが、花壇で見られるアネモネの仲間である。若葉は食べられるが、毒草のトリカブト類に似ているので注意が必要。群がって繁殖し、夏と冬には茎、葉ともに枯れる。

❖――茎は高さ15センチぐらいで、全体にまばらな毛で覆われている。葉も花もイチリンソウに似ているが、イチリンソウよりやや小さい。3～4月頃、白い花をつけるが、雨の日には閉じてしまう。花びらのように見えるものは萼片《がくへん》で、裏面は紅色がかっている。なお、本種はセツブンソウ、カタクリ、イチリンソウなどと同じくスプリング・エフェメラル（春の妖精）（15ページの節分草で詳述）である。

花は一輪草より小さく径1.5～2.5cm。

二輪草の一輪すこしおくれけり　岡林英子

人ごゑに気品ただよふ二輪草　雨宮抱星

名前の由来　イチリンソウは茎を1本だけ出して、その先に花を1輪だけ咲かせるからその名前に。ニリンソウとサンリンソウの場合は、名前通りには咲かない。1輪の場合も4輪の場合もある。

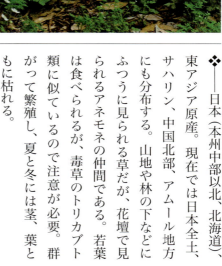

接骨木の花

にわとこのはな

接骨《たづ》の花《はな》
みやつこぎ

レンプクソウ科
落葉低木〜小高木

3〜5月

ひそやかに老ゆ接骨木の花や葉や　向笠《むかさ》和子

丸くて大きな蕾が規則正しく枝に並ぶ。

❖――原産地は日本、朝鮮半島、中国。本州、四国、九州に分布。山野の林縁に自生している。関東では早春にもっとも早く葉をつける樹木の一つで、春を告げる木である。名前の漢字は接骨木、庭常とも書く。接骨木と書くのは、本種の材を、接骨時のギプスの副《そ》え木として利用していたからである。日陰で、白い粉がふいたようになっているのをよく見かけるが、これは、ウドンコ病に侵されている状態。

❖――樹高は3〜5メートル。3〜5月に、緑黄白色の小さな花をいっぱいつける。香りが淡く、素朴な花である。ヨーロッパ原産の近縁種セイヨウニワトコは、古くから聖なる木とされ、今も魔除けなどに使われることが多い。このセイヨウニワトコの赤く熟した実は食用にするが、日本原産種の実は食べられない。

接骨木はもう葉になつて気忙《ぜは》しや　富安風生

接骨木の花石塀は日を好み　後藤光穂

名前の由来　古くはミヤツコギ（宮子木、御奴木）だったようで、八丈島でミヤトコと呼ばれるのは、その名残といわれる。「接骨木」は中国名で、材を副え木にして骨折の治療に用いられることに由来。

薊

あざみ

薊《あざみ》の花《はな》　眉《まゆ》はき　眉《まゆ》つくり
野薊《のあざみ》　浜牛蒡《はまごぼう》　浜薊《はまあざみ》

キク科
多年草

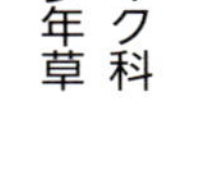

5～10月

今日を生き薊に旅の口漱《すす》ぐ　野見山朱鳥《あすか》

ノアザミの改良品・ドイツアザミ。

❖――アザミはキク科アザミ属の総称。北半球の暖帯と温帯に分布していて、約250種ある。日本にはそのうちの70～80種があるが、春に開花するのは野薊《のあざみ》（他の季節に咲くものは、それぞれ夏薊、秋薊、冬薊とその季を冠していう）で、日本のアザミの代表ともいえる。

❖――ノアザミは早咲きで春～夏に咲く。茎は枝分かれせず、花は上向き。総苞は球形で、触るとねばねばする。ハナアザミはノアザミの園芸品種で、花つきがよく、花色が豊富で鮮やか。5～6月に開花し切り花にされる。オオアザミは南ヨーロッパ、西アジア原産で、5～6月に花を咲かせる。花は小さいが、葉に銀白色の斑《ふ》が入っている。夏以降に咲くアザミは、ノハラアザミ（夏～秋）、タイアザミ（秋）、モリアザミ（夏～秋）、オニアザミ（夏～秋）、フジアザミ（夏～秋）。

川鼠顔を干し居る薊かな　内田百間

薊咲き下田通ひの船がゆく　臼田亜浪《うすだあろう》

名前の由来 花に惹《ひ》かれると葉の棘に刺され、あざむかれる。そこから〝あざむく〟が〝あざみ〟に転訛《てんか》したという説がある。また、頭花《とうか》が女性の用いる眉刷毛《まゆはけ》に似ているので〝眉はき〟の名も。

❖はなあざみ❖

海棠

かいどう（かいだう）

眠《ねむ》れる花　睡花《ねむりばな》　海紅《かいこう》
垂糸海棠《すいしかいどう》　花海棠《はなかいだう》

バラ科
落葉中木

4月

海棠の雨に愁眉《しゅうび》をひらきたる　行方克巳《なめかたかつみ》

❖——花盛りになると圧倒的な華やかさを誇る中国原産の花木である。庭や寺院、植物園、公園などに植栽されている。海棠は中国名で、カイドウは音読みしたもの。江戸時代に中国から渡来。樹高は2～8メートル。

4月頃、赤みを帯びた若芽と同時に、その中心部から細い花柄が垂れ下がり、淡紅色の5弁花を開く。

❖——中国では本種は美人の代名詞になっていて、唐代の玄宗皇帝が、酒に酔って眠りについてもなまめかしい楊貴妃の姿を「海棠睡りいまだ足らず」と、海棠に例えた故事も残っている。花の美しい花海棠、実が食用になる実海棠《みかいどう》、野に自生する野海棠がある。宮崎県のえびの高原には野海棠の群落がある。自生地は世界でえびの高原だけということで、国の天然記念物に指定されている。

この雨のやめば海棠散りそめん　星野立子《たつこ》

海棠の日陰育ちも赤きかな　一茶

名前の由来　花海棠には、楊貴妃の故事にちなんだ「睡れる花」と、花の姿からの「垂糸《し》海棠」の別名がある。実が食用になる実海棠には「海紅」と、長崎に渡来したので「長崎林檎《ながさきりんご》」の別名も。

❖かいどう❖

ヘリオトロープ

香水木《かうすいぼく》
匂《にほ》ひ紫《むらさき》

ムラサキ科
常緑小低木

花期 4～10月

一鉢のヘリオトロープ愛し嗅ぐ　上村占魚《うえむらせんぎょ》

❖——夏目漱石『三四郎』のヒロイン美禰子《みねこ》がハンカチにつけていた香水はヘリオトロープである。本種の強い芳香のある花は香水の原料となり、ヨーロッパでは古くから親しまれている。南米ペルーまたはエクアドルの原産。温帯から暖帯まで分布するが日本に野生種はない。わが国へは明治初年頃に渡来したとされる。

❖——樹高は50～60センチ。枝先に濃い紫色やあずき色の小さな花が密集して咲く。花の色は開花後、少しずつ白くなる。寒地では冬に落葉することが多い。花には強い芳香があり、一房咲けば、温室中が優雅な香りで満たされる。ただし、気温が20度以上になると香りがしなくなる。ビッグヘリオトロープは近縁種のヨウシュキダチルリソウ（洋種木立瑠《る》璃《り》草《そう》）の園芸品種で、花は大きいのだが、香りがやや弱い。

ヘリオトロープ紫の呼吸ひそやかに　文挾《ふばさみ》夫佐恵

ヘリオトロープ咲き極りて強き香を　古川芋蔓

名前の由来 ヘリオトロープという名前は学名そのままで、「太陽に向かう」という意味がある。瑠璃草の仲間で、常緑小低木のため、標準和名は木立瑠璃草である。ハーブとしてよく知られている。

❖へりおとろーぷ❖

紫荊 はなずおう（はなずはう）

花蘇枋《はなずはう》　蘇枋《すはう》の花

マメ科
落葉低木

花期　4月

遠目にも男の彼方蘇芳咲く　森澄雄

裸の枝が小さな花で埋めつくされるさまは見事。

❖──枝全体が1つの花でもあるかのように、紅紫色の花をびっしりと群れ咲かせ、遠くから見てもすぐにわかる独特の姿形をした花木である。中国原産。江戸時代初期に渡来した。現在では各地の公園や庭園に植えられている。自生地の中国では樹高が10メートル以上になるが、日本では3〜7メートルで、枝はあまり横に張らず、ほうき状に直立する。

❖──4月頃に、葉に先がけて紅紫色の小さな蝶形花が群がって咲き、花の終わらないうちに葉が出始める。花後は豆果を結び、冬も枝上に残る。樹皮を乾燥した「蘇木」は漢方薬で、止血、健胃などに効く。なお、仲間のセイヨウハナズオウ（西洋紫荊）は地中海地方の原産で、キリストを裏切ったユダが首を吊った木という伝承から、ユダの木と呼ばれる。

いまはむかしのいろの蘇枋の花ざかり　飯田龍太

愚直《ぐちょく》なる色香の蘇芳咲きにけり　草間時彦

名前の由来　本種と同じマメ科の植物で、熱帯アジア原産のスオウでつくる染料の〝蘇芳《すおう》〟で染めたような紅紫色の花を咲かせて、春の庭を鮮やかに彩る花木なのでこの名前がつけられたといわれる。

花水木

はなみずき
（はなみづき）

あめりか山法師《やまぼふし》

ミズキ科
落葉高木または小高木

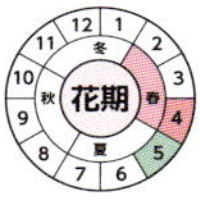

4～5月

花みづき十あまり咲けりけふも咲く　水原秋櫻子《しゅうおうし》

❖――北米原産。明治45（1912）年に、東京市長であった尾崎行雄がワシントンにサクラを贈り、その返礼として、大正時代にアメリカ政府から本種が40本贈られた。これらが、日本に渡来した最初のハナミズキである。わが国に入ってきた当初は、日本産のヤマボウシに似ているためにアメリカヤマボウシという名前がつけられたが、後にハナミズキが一般的な呼び名となった。

❖――関東地方ではゴールデンウイークに花を咲かせるため、梅雨頃に咲くヤマボウシに比べて人目につく。花色は白色がふつう。赤い花の品種が見られるが、これは白い花の台木に接ぎ木をしたものである。庭木や街路樹などとしてよく植えられ、樹高は3～5メートル、大きなものでは10メートルを超えるものもある。8月頃に蕾をつくり、翌年の4～5月に開花する。

花弁のように見えるのは白い苞。

昏《く》るるとき白き極みよ花みづき　中村苑子

一つづつ花の夜明けの花みづき　加藤楸邨《しゅうそん》

名前の由来　北米原産のミズキの仲間で、ミズキよりも花が目立つのでこの名前がつけられた。英名の Dogwood(犬の木)は、樹皮の煮汁が犬の皮膚病治療に使用されたことに由来するといわれている。

二人静

ふたりしずか（ふたりしづか）

狐草《きつねぐさ》
早乙女花《さおとめばな》

センリョウ科
多年草

花期 4～5月

前の世の罪許されて二人静　檜紀代

❖——北海道、本州、四国、九州に分布。山林の日陰地に自生するが、一人静のように群生はしない。茎は直立し、高さ30～50センチ。一人静は茎頂近くに4枚葉を対生するが、本種は茎の上部に3～4枚の葉を、2、3層にわたって対生させる。葉は一人静より大きくて7～15センチ。下部の葉は鱗片状《りんぺんじょう》（うろこ状）に退化している。

❖——4～5月頃、一人静より遅れて、葉の間からふつう2本（3～5本あるものも多い）の花穂《かすい》を伸ばし、白い球状の小花をつける。丈夫で栽培しやすく、庭植え、鉢植えともに向いている。株がよいと花穂の数が多くなる。庭植えの場合は直射日光の当たる場所だと葉が焼けることがある。風情ある姿が好まれ、茶花《ちゃばな》にもよく用いられる。

二人静をんなの髪膚《はっぷ》ゆるみくる　河野多希女

そよぎつつ二人静の一つの穂　土井荻女

名前の由来　名前は、能《のう》の『二人静』に由来。この能は、静御前が取り憑いた菜摘《なつみ》女《おんな》と静の亡霊がまったく同じ姿で踊るという内容。二人静の花穂の本数が定まらないのは静の亡霊がこの花になったから。

フリージア

香雪蘭《かうせつらん》　浅黄水仙《あさぎすいせん》

アヤメ科
多年草

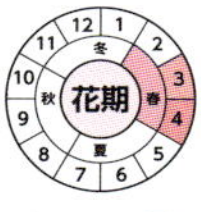

3～4月

フリージアを挿して拝みぬ父の墓　今井千鶴子

❖——南アフリカ・ケープ半島南部原産。日本には大正時代の初め頃に渡来。甘い香りを漂わせて春の到来を知らせてくれる花として古くから親しまれている。温室で栽培され、切り花として寒いうちから出回るが、花壇や鉢植えでも栽培される。香りのよいことで知られているが、改良を急ぎすぎたことが原因で、最近は香りが淡くなったものが多い。

❖——細長い葉が数枚出たあとに、中央から花茎が伸び、先端に数個の蕾をつけ、上に向かって咲く。花色は白、薄紫、黄、紅、橙など多彩。伊豆諸島の八丈島は、本種の大規模な切り花栽培の生産地として知られているが、近年は沖永良部島がわが国のフリージア生産の中心になっている。なお、和名は浅黄水仙で、これは日本に初めて渡来したのが淡黄色の品種だったため。現在、この名前は使われていない。

漏斗状の花は６枚の花被片が開く。

熱高く睡《ねむ》るフリージヤの香の中に　古賀まり子

フリージヤのあるかなきかの香に病みぬ　阿部みどり女

名前の由来　南アフリカで植物採集をしていたデンマークの植物学者エクロン(Christian Friedrich Ecklon)が、発見した植物に、敬愛するドイツ人の医師フレーゼ(F・H・T・Freese)の名前をつけたとされている。

木瓜の花

ぼけのはな

緋木瓜《ひぼけ》　白木瓜《しろぼけ》　更紗木瓜《さらさぼけ》
蜀 木瓜《しょくぼけ》　広東木瓜《かんとんぼけ》　唐木瓜《からぼけ》
花木瓜《はなぼけ》　後天木瓜《こうてんぼけ》

バラ科
落葉低木

3～5月

初旅や木瓜もうれしき物の数　正岡子規

❖——中国原産。日本には平安時代に渡来し、庭木として広く植栽されるようになり、古くから春の花木として親しまれている。樹高は2メートルほどになる。幹には棘状の小枝が生える。花は3～5月に、葉が出る前に咲く。花弁は5枚で、緋色、白、白と淡紅の咲き分けなどがある。実は9～10月に黄熟し、果実酒に使われる。古くから園芸用や盆栽用に栽培されているので、母種不明の品種も数多い。

芳香のある実は秋の季語。

❖——品種は、緋色の花の緋木瓜、純白の花の白木瓜などさまざまである。江戸時代に小石川養生所で栽培されるなど、漢方薬としても利用されている。なお、枝が横に這《は》うように伸びるクサボケは近縁種で日本原産である。一般の草木よりも手間がかからず、花つきがよいので、鉢物の初心者には最適である。実は美味しそうに見えるが酸味・渋味が強すぎて食べられない。

木瓜白し老い母老いし父を守り　有働 享

木瓜咲くや漱石拙を守るべく　夏目漱石

*「拙を守る」とは、目先の利に走らず不器用でも愚直に生きること。

名前の由来 中国名の「木瓜」に由来する。「木瓜」は、〝瓜《うり》のような実をつける木〟という意味。日本では、最初の頃は木瓜を「ボッカ」などと読んでいたが、転じてボケになったと考えられている。

松の花

まつのはな

松《まつ》の花粉《くわふん》　十返《とかへ》りの花

マツ科　常緑高木

4月

❖——松は世界中に200種、北半球だけでも約100種あり、日本にも多くの自生種がある。雌雄同株で、4月頃に、枝先に少数の雌花が、枝の基部に多数の雄花がつく。花とはいっても美しいわけではなく、雄花は薄茶色で米粒ほどの目立たない花だが、風が吹けば、花粉を煙のように飛ばすのでそれなりの季節感はある。雌花は後に松かさとなる。クロマツは男《お》松《まつ》と呼ばれ、樹高が40メートルにも達するので海岸の防風林に使われる。アカマツは女松《めまつ》と呼ばれ山野に自生。

風呂沸くやしんと日あたる松の花
清原枴童《かいどう》

山吹

やまぶき

面影草《おもかげぐさ》　かがみ草《ぐさ》　白山吹《しろやまぶき》　八重山吹《やへやまぶき》　濃山吹《こやまぶき》　葉山吹《はやまぶき》

バラ科　落葉低木

4～5月

❖——山に吹く微風にも枝がさやさやと振れ動くので、「山振」とされ、これが転訛《てんか》してヤマブキという名前になったといわれる。外国では「日本のバラ」と呼ばれる。樹高2メートル。山野、日本原産で日本全国に分布。山野、渓谷などに自生しているが、庭にも植えられる。4～5月に枝先に黄色い5弁花をつける。一重咲きと八重咲きがあり、一重咲きは実を結び、八重咲きは結ばない。『万葉集』には本種を詠んだ歌が17首もあるが多くは八重咲きを題材にしている。

しばらくは山吹にさす入日かな
渋沢渋亭

都忘れ

みやこわすれ

のしゅんぎく

キク科
多年草

4〜6月

都忘れふるさと捨ててより久し　志摩芳次郎

愛らしいピンクの花を咲かせる品種"浜乙女"。

❖——和名は野春菊《のしゅんぎく》。野菊はふつう秋に咲くが、本種は珍しく春に咲くことから野春菊の名に。本州、四国、九州の山野に自生するミヤマヨメナ（深山嫁菜）の栽培品種。紫色の清楚な美しさが好まれ江戸時代から栽培されている。

❖——草丈は約30センチ。茎は上方で枝を分け、卵形の細長い葉は互生する。晩春から初夏にかけて枝先に紫色の小菊のような花を咲かせる。花色は白、紫、ピンクなどの品種があるが、よく見かけるのは濃紫色で、この色がいちばん好まれているように思われる。園芸種は桃、空色など変種も多い。花後は、ロゼット状になって夏越しする。日当たりのよい場所を好み、場所が合えば、植えっぱなしで毎年よく咲く扱いやすい多年草である。

都わすれ夜はむらさきの沈みけり　鈴木桜子

灯に淋し都忘れの色失せて　稲畑汀子

名前の由来　鎌倉幕府は、朝廷側の首謀者の一人である順徳上皇を佐渡島へ流した。佐渡でこの花を見た上皇が、「心が和み、都《みやこ》の栄華を忘れることができる」と語ったことが、都忘れの名前の由来とされている。

山吹草

やまぶきそう
（やまぶきさう）

草山吹《くさやまぶき》

ケシ科
多年草

4～5月

藪中《やぶなか》や日の斑《ふ》とゆらぐ山吹草　金尾梅の門

❖――日本、朝鮮半島、中国原産。本州、四国、九州に分布。山野の林の中、森陰などに自生。やわらかな草で、群生することも多い。とくに中部日本に多く自生する。新緑の林床《りんしょう》を彩る、山吹に似た花である。草丈は30～40センチほどになる。茎、葉ともにやわらかくて折れやすい。4～5月頃、鮮やかな黄色の花を上向きに咲かせる。緑色で先の尖った2つの萼《がく》は、花が咲く前に落ちる。葉はケシの花に似て、羽状に裂けている。葉や茎を傷つけると黄色い液が出てくる。

鮮黄色の花は径4～5cm。

❖――春に花を咲かせた後、初夏にはもう地上部を枯らして休眠してしまう植物のことをスプリング・エフェメラル（春の妖精）と呼ぶが（15ページの節分草で詳述）、本種もその仲間である。日陰地を好むため、本種の周辺は薄暗く、鮮やかな黄色い花は人の目をひくが、受ける印象は物静かである。

森陰に山吹草の金散らす　今井千鶴子

町までは山吹草の道一里　羽吹利夫

名前の由来　本種の直径3～4センチの比較的大きな黄色の4弁花が、花弁の数こそ違うが、その名の通り、バラ科の木のヤマブキ（山吹）の黄色い花に、形も色もよく似ている草なのでこの名前がつけられた。

ライラック

紫丁香花《むらさきはしどい》　**リラの花**　**リラ**

モクセイ科
落葉低木

4～6月

ライラックと呼ばれる品種で、野生種と区別される。寒地を好むので、日本では東北や北海道の公園や庭園に植えられる。4～6月頃、たくさんの小花が穂状《すいじょう》に集まって咲き、芳香を放つ。花色は淡い紫色が一般的だが、白色、淡青色、青紫色、赤色などの種類もある。

舞姫はリラの花よりも濃くにほふ　山口青邨

さりげなくリラの花とり髪に挿し　星野立子

名前の由来　リラよりも英語名のライラックが一般的になったのは、本種を日本に最初にもたらした人がスミス女史というアメリカ人だったからではないか。ちなみに日本に現存する最古のライラックは北海道大学の植物園にある。

筒形で先が４裂する小さな花を房状につける。

真昼間の夢の花かもライラック　石塚友二

❖——英語名はlilac、フランス語名はlilasなので、綴《つづ》りを比べると1字（cとs）しか違わない。しかし、この綴りを発音すると、英語名の場合は「ライラック」、フランス語名の場合は「リラ」となる。日本に初めて入ったのは、明治時代の札幌で、北星学園の創設者サラ・クララ・スミス女史がアメリカからもたらしたといわれる。ヨーロッパ原産。

❖——一般に親しまれているのは、庭園などで栽培されているガーデン・

ロベリア

瑠璃蝶々《るりてふてふ》
キキョウ科　一年草

5〜6月

❖——名前は、学名のLobelia erinus（ロベリア・エリナス）から。Lobelia は、ベルギーの植物学者M・ロベルの名に由来。和名の瑠璃蝶々は、瑠璃色（濃い紫味を帯びた冴えた青色）の蝶のような花をたくさん咲かせることから。南アフリカ原産。高さは15〜30センチ。春から夏にかけて蝶の形の1〜2センチの花をつける。花色は瑠璃色のほかに桃色、白などもある。1か月以上も花を咲かせ続けるので、花壇や鉢物などに広く使われる。吊り鉢にも最適。

ロベリアや朝の海光異人墓地
飯山　修

桜草

さくらそう
（さくらさう）

プリムラ　常磐桜《ときはざくら》　乙女桜《をとめざくら》
雛桜《ひなざくら》　化粧桜《けしょうざくら》　一花桜《いちげざくら》
サクラソウ科　多年草

4〜5月

❖——名前は〝サクラ（ヤマザクラ）の花に似ている花を咲かせる草〟という意味で名づけられた。北海道、本州、四国、九州に分布。原野の川岸や山間の低湿地に自生する。日本原産。観賞用に、庭植え、鉢植えとしても栽培される。4〜5月頃、15センチくらいの高さの花茎を立て、淡紅色の花を5、6個つける。江戸時代には本種の栽培が流行し、300種もの品種があったという。近年は外来種のセイヨウサクラソウ（プリムラ）の栽培も盛んである。

少女の日今はた遠しさくら草
富安風生《とみやすふうせい》

勿忘草

わすれなぐさ

ミヨソティス
わするな草《ぐさ》
藍微塵《あゐみぢん》

ムラサキ科
多年草

4〜5月

雨晴れて忘れな草に仲直り　杉田久女

❖——ヨーロッパおよび西アジア原産の帰化植物。日本には明治時代に渡来、花壇や鉢植えにして栽培していた。しかし、1950年頃から北海道や長野県で野生化し、その後も日本のところどころで増えていて、標高の少し高いところの水辺や湿地などに群生している。地下茎から茎を伸ばす。高さは30センチくらい。晩春から初夏にかけて、茎の先に瑠《る》璃《り》色で中心が黄色の可憐《かれん》な小花をつける。

青色の美しい花は中心部の黄色がアクセント。

❖——園芸品種にはピンクや白花もある。ワスレナグサ属は、ユーラシア、アフリカ、オーストラリア、ニュージーランドに分布し、約50種を数えているが、日本にはエゾムラサキだけが、北海道、本州中部の木陰に自生する。これらの植物は総称して「ワスレナグサ」と呼ばれることが多いが、園芸品種も多種つくられている。

勿忘草わかものの墓標ばかりなり　石田波郷

シャンソンを聴く薄明の勿忘草　きくちつねこ

名前の由来　英名の花言葉「フォゲット・ミー・ノット」を訳したもの。恋人のために岸辺の花を摘んでいて、あやまって川に落ち、「私を忘れないで」と言って水中に消えたという伝説に由来する。

夏

蒲
がま

香蒲《こうほ》　蒲の葉

❖がま❖

ガマ科
多年草

6～8月

たち直るいとまもなけれ風の蒲　嶋田光子

長くて白い綿毛をつけた「蒲の絮」は秋の季語。

❖——北半球の温帯や暖帯に広く分布。日本では北海道、本州、四国、九州の湿地、沼、池などに自生する。茎は青々として太く、人の背丈以上になる。6～8月頃、茎の上部にソーセージに似た円柱状の花穂《かすい》（蒲の穂）をつける。この蒲の穂は雌花の穂が熟したもので、花の時期には、上に雄花の穂がついている。晩秋、花が終わると、ソーセージ形の穂がほぐれて、毛のついた無数の種子が風に乗って飛び出していく。

❖——『古事記』に出てくる〝因幡《いなば》の白兎《しろうさぎ》〟という物語の中で、皮をはがされ赤裸にされた白兎が、ガマの花粉で回復する話は有名だが、本種の花粉は実際に切り傷や火傷の薬に使われている。ガマにはガマ、コガマ、ヒガマの3種類があるが、3種類とも薬効は同じため、採取しやすいコガマの花粉が生薬に利用されている。

唯今只《ただいまただ》蒲生《お》ふるなり院の池　高浜虚子

馬が顔出し蒲にはるかな山西日　森　澄雄

名前の由来　本種を組んで莚《むしろ》としたことに由来する「くみ」が転じたものとする説、トルコ語のカスミまたはカムスに由来するという説、アルタイ語で葦《あし》を意味する〝ガマ〟が語源という説がある。

金蓮花

きんれんか（きんれんくわ）

凌霄葉蓮《のうぜんはれん》
ナスタチューム
ノウゼンハレン科　一年草

5〜6月

❖――ペルー、コロンビア、ブラジル原産。金蓮花という名前は、蓮のような葉をつけ、金色（黄色、オレンジ）の花をつけることから名づけられた。別名の凌霄葉蓮《のうぜんはれん》は、花がノウゼンカズラに、葉が蓮に似ているため。わが国には、江戸時代の末期にオランダから渡来した。草丈は30〜60センチほど。茎はつる状《じょう》で2〜3メートルくらい伸びる。葉、花、果実、種子は食用になる。葉には辛味があり、花とともにサラダや彩りによく利用される。

金蓮花かがめば金の濃くなりぬ　草間時彦

玉簾の花

たますだれのはな

ゼフィランサス
ヒガンバナ科　春植え球根

7〜10月

❖――7月頃には、葉が線状に群がって伸び、その葉の間から葉より短い花茎を出し、先端に白い花を上向きに咲かせる。その様子を近くで見ると、線状に群がり生えている葉が簾《すだれ》に見え、その中でぽっかりと咲く花が玉に見えるのでこの名前がつけられた。雨後の翌日、花茎が一気に伸びているのがわかるので、レインリリーの別名がある。中南米原産。日本には明治初年に渡来した。花壇の縁取りなどに使われているのをよく見かける。花は純白で半開き。

教会の戸開けて無人玉すだれ　貞　弘衛

下野草

しもつけそう
（しもつけさう）

くさしもつけ

バラ科
多年草

6〜7月

下野草頭挿《かざ》して少女羞《はじ》らへり　富山広志

直径4〜5mmの小さな花をふわふわと密につける。

❖——日本原産。本州の中部以西、四国、九州に分布。山地、草原、林の中、急斜面の草やぶなどに自生。夏《か》緑《りょく》樹林帯（冬に落葉する広葉樹を主体とする樹林）ではよく見られるが、照葉《しょうよう》樹林帯（光沢の強い深緑色の葉を持ち、冬でも落葉しない広葉樹を主体とする樹林）ではほとんど見られない。太い丈夫な根茎を持つ。

❖——草丈は30〜100センチ。6〜7月に、枝先に小さな花をたくさん咲かせる。花色は紅色で、花柄（花を支える茎）の上部も紅色となる（花柄は通常緑色）ので艶っぽく感じられる。シモツケソウの名前は、江戸時代の『草木図説《そうもくずせつ》』『大和本草《やまとほんぞう》』などに登場している。「しもつけ」は栃木県の旧国名で、古い時代には〝下毛野《しもつけの》〟といった。そこから〝下野〟になり、栃木県に変わった。

むれ咲いて下野草は雨を恋ふ　船迫たか

下野草登路たちまち霧がくれ　平賀扶人

名前の由来　花が、落葉低木のシモツケの花にそっくり。そのため、「花が、シモツケの花にそっくりな草」なのでシモツケソウ、と名付けられた。江戸時代では本種のことを草下野《くさしもつけ》などと呼んでいた。

ジギタリス

きつねのてぶくろ
ゴマノハグサ科　二年草

花期　5〜7月

❖——ジギタリスという名前は、ラテン語のdigitus(指)に由来していて、「指のような」の意味。花の形が指サックに似ているため。南ヨーロッパ原産。日本には明治時代に渡来。今日まで観賞用、薬用として花壇で栽培されている。薬としては、葉を乾燥させたものをジギタリス葉と呼び、利尿剤や強心剤として用いられる。ただし、有毒植物なので、取り扱いには十分注意する必要がある。草丈は1〜1・5メートル。5〜7月に、釣鐘状の花をつける。

少年の夢ジギタリス咲きのぼる　河野南畦《なんけい》

酔仙翁草

すいせんのう
(するせんをう)

水仙翁《すいせんをう》
フランネル草
ナデシコ科　多年草

花期　4〜6月

❖——南ヨーロッパ原産。日本には江戸時代末期に渡来。全体が灰白色の柔らかい綿毛に覆われている。綿毛に覆われた姿が毛織物のフランネルに似ているので、フランネルソウとも呼ばれている。枝先に丸弁の花をつけ、初秋の頃まで次々と花を咲かせる。花色は濃紅色と白色などで、とくに濃紅色の花は白緑色の葉とのコントラストが美しい。丈夫な植物で、庭から逃げ出して、道路際などで大株に育っているのを見かけることがある。学名からリクニスとも呼ばれる。

留守に来て酔仙翁草に去りかねつ　土田早竹

ゼラニューム

天竺葵《てんじくあふひ》
フウロソウ科
一年草、多年草または低木

4～6月

❖——南アフリカ原産。江戸時代に渡来。当時、舶来品の名前に「天竺《てんじく》」と冠する習慣があり、本種の葉が葵《あおい》に似ているので天竺葵《てんじくあおい》という和名がついた。本種は欧米ではベランダや窓辺に欠かせない。園芸品種が多く、花色も豊富で一重や八重咲きがある。気温が下がると葉色の発色がよくなる斑《ふ》入り葉の品種や、星形で光沢のある葉をつけるアイビーゼラニウムなどもある。本種は雨のあたらない窓辺などで管理するのが理想である。

ゼラニューム咲かせアビタシオンの窓々　成瀬櫻桃子

＊「アビタシオン」はフランス語で中高層の分譲住宅の意。

時計草

とけいそう
（とけいさう）

ぼろんかづら
トケイソウ科
つる性常緑低木

周年

❖——中央・南アメリカ原産。花弁と雌雄の蕊《しべ》が、十字架に架けられたキリストを連想させるので、欧米では「キリスト受難の花」という意味でパッシフローラの名に（英名はパッションフラワー）。日本では、花を時計の文字盤、雄しべと雌しべを針に見立てて時計草と名づけられた。本種の仲間には果実が食用になる種類があり、その果実はパッションフルーツと呼ばれている。茎は4メートルぐらい伸び、葉は深く裂け、夏から秋にかけて大きな花をつける。

時計草耳を寄せれば波の音　山崎ひさを

野牡丹《のぼたん》

姫野牡丹《ひめのぼたん》
草野牡丹《くさのぼたん》
ノボタン科　常緑低木

5〜8月

❖——屋久島以南の島々の日当たりのよい山野に原生する。本種の呼び名は原生地によって異なり、例えば那覇市の首里であれば「テーニー」、沖縄本島北部の山原《やんばる》であれば「ミーファンカ」、西表島《いりおもてじま》であれば「ハンクワ」など。名前は、本種が野生種とは思えないほど美しいことに由来。牡丹に似ているわけでもないし、牡丹の仲間でもない。一見すると草かと思えるような小さな木に大柄で落ち着いた紫の花を咲かせる。鉢植え用に人気があるのは紫紺野牡丹《しこんのぼたん》。

野牡丹を夢見顔して捧げきし　澁谷　道

パセリ

オランダ芹《ぜり》
セリ科
二年草または宿根草

7〜8月

❖——地中海沿岸原産。古代ギリシア・ローマ時代に、すでに香味料や毒消しに利用されていた。香りのある鮮緑色の若い葉(人参の葉に似ている)を料理のつまにする。サラダやスープに入れてもよい。わが国には明治の初年にオランダより渡来。その後、オランダゼリの名前で改良された。近年は料理用として一年中、野菜売り場に出ているが、自家栽培もできるため、最近では、庭や鉢などで栽培して料理に使う家庭も多くなった。夏の終わりに白い小さな花をつける。

パセリまできれいに食べて誕生日　加古みちよ

美女桜

びじょざくら
（びぢよざくら）

バーベナ
クマツヅラ科　多年草

5〜10月

❖——サクラソウに似た花を咲かせ、花色が豊富で美しいことからこの名前がつけられた。園芸名はバーベナ。原種は南アメリカに自生する多年草で、市販されているのは交配された園芸種である。そのため、花色、花形、草姿などに多くの変異が存在する。茎は直立して30センチほどになる。葉は長楕円形《ちょうだえんけい》で鋸歯《きょし》がある。花期は春から秋までの長期間で、特に、夏に茎頂に多数の花をつける。花色は赤、白、紫など多くの種類がある。耐寒性にすぐれ、再生力旺盛。

美女桜露地にいろ濃き風生れ　長谷部房江

一つ葉

ひとつば

いはぐみ　いはのかは
唐一葉《からひとつば》　石蘭《せきらん》　石韋《せきゐ》
ウラボシ科　常緑性シダ植物

3〜5月

❖——まるで全草がたった一枚の葉であるかのように見えるシダ植物で、乾いた岸壁や太い幹に着生する。千葉県以南の暖地に自生。本種の生薬《しょうやく》（生薬は漢方薬の原料。漢方薬の原料として使われない生薬も存在するので、生薬と漢方薬は同義ではない）は〝石韋《せきい》〟と呼ばれ、利尿、淋病に薬効があった。太い根茎が地上を這うようにして伸び、その根茎のところどころから、長さ20〜30センチの皮質の単葉が次々に生える。鉢植えや庭植えにされる。夏の新葉が美しい。

なつ来てもたゞひとつ葉の一つかな　芭蕉

日日草

にちにちそう
（にちにちさう）

日日花《にちにちくわ》
四時花《しじくわ》
そのひぐさ

キョウチクトウ科
一年草

6〜10月

日々草ほかに花なき海女の庭　原　菊翁

❖——日本の夏の高温多湿な気候条件下で花を咲かせ続けられる植物はきわめて少ないが、本種は真夏でも咲き続けて、夏の寂しい庭に彩りを与えてくれる貴重な花である。街中の公共の花壇でもよく見かける。咲き終わった花は、しぼむ前にポロリと落ちるので毎日新しい花が咲いているように見える。マダガスカル原産で熱帯では代表的な花である。

❖——日本には江戸時代の安永年間にオランダから渡来。本来は高さ30〜50センチになる半低木であるが、園芸的には春播き一年草として育成され、切り花、花壇、鉢植え用として栽培されている。ちなみに、近い種のヒメツルニチニチソウはヨーロッパ原産で、青い花を咲かせて、中世ヨーロッパでは亡霊の魔除けになると信じられていて、墓地に植えられた。沖縄県糸満市の市の花に選定されている。

日々草なほざりにせし病日記　角川源義

紅さしてはぢらふ花の日々草　渡辺桂子

名前の由来　一日花と誤解される場合があるが、一日花は一輪が1日だけ咲いて、その日のうちに枯れてしまう花のことでアサガオやハイビスカスなどがその例。日々草は一輪が3〜5日もつ。

雛罌粟《ひなげし》

虞美人草《ぐびじんさう》　美人草《びじんさう》　麗春花《れいしゅんくわ》
ポピー　コクリコ
ケシ科　一年草

5〜6月

❖——園芸的に栽培されるケシはヒナゲシ、アイスランドポピー、オニゲシの3種。本種は、花の様子が鳥の雛《ひな》のように愛らしいのでこの名前に。ヨーロッパ中部原産。虞美人草《ぐびじんそう》と呼ばれているのは、楚の国王・項羽《こうう》が、漢の劉邦《りゅうほう》の軍に攻め滅ぼされたときに、愛妃・虞美人が自殺し、彼女が流した血から本種の花が咲いたと伝えられているから。草丈は50〜60センチ。白、赤、ピンク、紫の一重や八重の花を次々に咲かせる。庭先などでよく観賞用に植えられる。

夜明けいま雛罌粟浄土湖《じょうどうみ》の風　古賀まり子

ベゴニア

シュウカイドウ科　多年草

3〜11月

❖——ベゴニアの仲間は、オーストラリアを除く熱帯から亜熱帯にかけて約2000種が分布していて、木立性ベゴニア、根茎性ベゴニア、球根性ベゴニア等に分類される。現在、花壇や鉢植えで親しまれているベゴニア・センパフローレンス（四季咲きベゴニア）は、ブラジル産の原種から育成された品種で、初夏から秋にかけての花壇に欠かせないもの。花色は赤、白、桃色、白に覆輪（花びらや葉の外縁部分が地と違う色で縁どられているもの）などがある。

屑籠に骸のベゴニア骸のちちろ　金子兜太

*「ちちろ」はコオロギ。

ペチュニア

衝羽根朝顔《つくばねあさがほ》
ナス科
一年草または半耐寒性多年草

5～10月

❖——南アメリカ原産。明治末期に日本に渡来。日当たりのいいベランダなどによく似合う花である。大柄な花を長期間にわたって咲かせるので、鉢植えだけでなく花壇でも欠かせないものになっている。初夏から仲秋までの間、花の直径が5センチくらいの小輪種から、15センチにもなる大輪種まで、アサガオ状の花を次々と咲かせる。日本はペチュニアの先進国で、雨に強いサフィニアを代表に、国内でつくられた品種が世界中で栽培されている。

夕風やペチュニア駄々と咲き続け　八木林之助

松葉菊

まつばぎく

仙人掌菊《さぼてんぎく》
ハマミズナ科
半耐寒性多年草

5～6月

❖——南アフリカ原産。花が菊のように美しく、松葉状の多肉質の葉をしているのでこの名前がつけられた。雨天や曇天では開かないが、晴天の日には藤紫、赤、黄、桃などの花がキラキラと輝きながら株の表面を覆うように咲く。初夏の光を受けていっせいに開く様子は、思わず息をのんでしまうほど美しい。なお、デロスペルマと本種を見間違えることがよくあるが、別属の耐寒性松葉菊である。花が小型で小さな葉が密につく姫松葉菊も栽培されているのを見かける。

石垣に咲くや下田の松葉菊　阿部筲人

鼠黐の花

ねずみもちのはな

女貞《ねずみもち》の花《はな》
やぶつばき

モクセイ科
常緑小高木

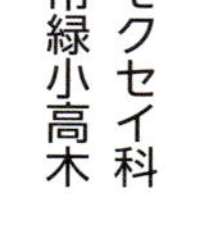

6月

ねずみもちの花散りて地を浄《きよ》めけり　松崎鉄之介

よく似たトウネズミモチはネズミモチより葉や花序が大きい。

❖——原産地は日本、朝鮮半島。関東以西、九州、沖縄、小笠原諸島に分布。おもに暖地の海岸や山地に自生する。葉が密に茂り、刈り込みにも耐えるので、生け垣仕立てにすることも多い。庭園や街路樹としても栽培される。樹高は2〜3メートル。6月頃、枝先にたくさんの白い小花を咲かせる。花には特有のにおいがある（香りはあまりよくない）。秋には楕円形の紫黒色の果実をつける。

❖——高級家具や工芸品に向いている良材だが、ネズミモチという名前のイメージが高級家具に不似合いなので、その分野ではタマツバキ（玉椿）という別名が使用されている。この別名は、本種の葉が椿に似ていることに由来する。『神農本草経《しんのうほんぞうきょう》』には強壮、強精剤としての記述があり、果実は古くから薬用として利用されてきた。

ねずみもち咲き終日の片曇　福永耕二

くれがたの雨こまかなりねずみもち　三宅応人

名前の由来　果実がネズミの糞《ふん》に似ていて、葉がモチノキに似ているのでネズミモチの名に。仲間に、本種より少し大きいトウネズミモチがあるが、もともとこの仲間の漢名が「女貞《ねずみもち》」である。

茉莉花

まつりか（まつりくわ）

素馨《そけい》　ジャスミン
毛輪花《もうりんか》

モクセイ科　常緑低木

6～8月

❖──東南アジアが原産地。梵語でミルリカという。これが名前の由来とされている。本種はジャスミン茶に使うジャスミンのことで、熱帯や亜熱帯で広く栽培されている。わが国には1614年に渡来した。樹高は1.5～3メートル。6～8月頃、枝先に小さな白い花を集めて咲かせる。花は夜に咲く習性があり、芳《かぐわ》しい香りがある。花からは香油（ジャスミン油）をとり、香料とする。フィリピンの国花。

茉莉花の香指につく指を見る　横光利一

ユーカリの木

フトモモ科　常緑高木

7～10月

❖──オーストラリアのタスマニア原産。本種の名前の由来は、属名のユーカリプトゥス。オーストラリアの主要な樹木で、コアラの食樹《しょくじゅ》として知られている。日本には明治10年に渡来。本種は、根を地下深くまで伸ばし、地下水を吸い上げる力が強いので、成長が早く、樹高は30メートル。原産地では80メートルにもなる。その特徴を生かし、砂漠化した地域などの緑化樹として用いられている。日本でも鑑賞用などとして栽培・出荷する農家が徐々に増えている。

ユーカリを仰げば夏の日幽《かす》か　高浜虚子

ラベンダー

シソ科　常緑小低木

6～8月

❖――カナリア諸島、地中海沿岸からインド原産。ラベンダーは北海道富良野町の、青紫色の絨毯《じゅうたん》を敷き詰めたようなラベンダー畑が有名で、この畑を紹介した観光写真などによって、ラベンダーの名前が広く知られるようになった。本種はハーブ（ヨーロッパで伝統的に、薬草や料理、香料として用いられた植物）の一種。ラベンダーの香りの主成分には鎮静作用があるといわれ、アロマテロピー（芳香療法）に用いられている。石鹸、化粧品香料、香水の材料にも。

火の山の裾より青しラベンダー　北村敏男

木苺

きいちご

バラ科　落葉低木

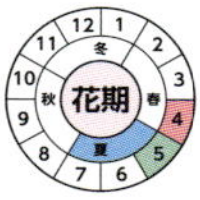

4～5月

❖――「木に生《な》る苺」が名前の由来。黄苺と書かれている場合は「黄色の苺の実」が由来。木苺はバラ科イチゴ属に属する樹木の総称で、原種・園芸種を含め多くの種類がある。ブルーベリーやラズベリーなどは、ヨーロッパや北アメリカ原産のグループ。日本原産の本種も50種類はあり、平地から山野にわたって自生する。4月頃に可憐《かれん》な白い花をつけ、5～9月には透明なみずみずしい黄色い実をつける。有名な種類はモミジイチゴで中部以北の東日本に分布。

書庫までの小径木苺熟れてゐる　山口青邨

渓蓀《あやめ》

花あやめ　白あやめ

アヤメ科
多年草

花期
5～7月

衣をぬぎし闇のあなたにあやめ咲く　桂信子

❖――日本各地の原野や山地の乾燥地に群生。菖蒲《しょうぶ》や杜若《かきつばた》のように水中や水辺などには生えない。水中では育たず、乾いた草原に自生しているが、江戸時代から栽培もされている。花が葉の上に出て咲くので、すっきりとした上品な草姿である。花弁の付け根に黄色に青紫の網目の模様があることが特徴。よく似ている杜若は湿地に生え、花弁に白いすじが入るので見分けられる。

❖――『万葉集』や『源氏物語』に登場する菖蒲《あやめ》や菖蒲草《あやめぐさ》は本種ではなく、サトイモ科のショウブのことである。アヤメ類の品種としては、早春あるいは秋に開花する寒咲きアヤメ、山草的な味わいがあるカリフォルニアアヤメ、大輪の花をつけるルイジアナアヤメ、大形の蝶が舞うような花をつけるスプリア・アイリスなどがある。

あやめ咲く野のかたむきに八ケ嶽　木村蕪城

野あやめの離れては濃く群れて淡し　水原秋櫻子

名前の由来　剣状の細い葉が茂る様子が文目模様に似ているからという説、大きな花びらの基部に美しい綾目（文目）模様があるのでアヤメという説などがある。なお、名前の「渓蓀」は漢名から。

カーネーション

和蘭石竹《おらんだせきちく》
和蘭撫子《おらんだなでしこ》

ナデシコ科
多年草

7〜8月

❖——ローマ時代に、偉大な業績を残した画家や詩人たちに贈る「栄誉の冠」を作ることが仕事だった一人の女性が、妬《ねた》みによって同業者に殺されたときに、その冠をもらったことがある画家や詩人たちがひどく悲しみ、神アポロンも彼女に祭壇を美しく飾ってもらったことがあったので、アポロンが彼女をカーネーションに変えたという神話が残っている。

❖——カーネーションは古代ギリシア時代から栽培されていたようで、

17世紀には多くの花色が出現している。日本には江戸時代にオランダから渡来。当時はオランダナデシコ、花の香りがよいので「麝香《じゃこう》ナデシコ」などと呼ばれていた。昭和の初めには田園調布に温室村がつくられて生産が始まった。現在の多くの温室咲きの品種は、今世紀にアメリカで改良されたものである。

ケビンいまカーネーションがびびびびと　阿波野青畝

花売女カーネーションを抱き歌ふ　山口青邨

灯を寄せしカーネーションのピンクかな　中村汀女

名前の由来　英名の carnation は載冠式を意味する coronation が転じたとする説や、花の色からラテン語の caro（肉）に由来するとも。渡来した頃の名前はオランダナデシコ。

カラー

海芋《かいう》
和蘭海芋《おらんだかいう》

サトイモ科
多年草もしくは
春植え球根

種類によって異なる

❖——初夏の頃にミズバショウに似た白い大きな花（花に見えるものは仏炎苞《ぶつえんほう》という苞葉で、本来の花はこの中にある）を咲かせる。苞葉の形はラッパのようにしゃくれた漏斗状で、茎の先についている。原種にちかいオランダカイウと呼ばれるものは、水辺などで野生化している。

波音をはこぶ風ある海芋かな　加藤松薫

島の畦ひかり洽《あまね》し海芋見ゆ　西村逸朗

*「洽し」はすみずみまで広く行き渡るさま、の意。

名前の由来　英名のカラーリリーは修道女の僧服のカラー（衿）をイメージしたもの。日本でも本種の花がワイシャツの衿(Collar)の部分に似ているので「カラー」と呼ばれるようになった。

田に海芋咲かせて岬にひと住むか　富岡掬池路

❖——「カラー」という名前は俗称で、正式な植物名は「オランダカイウ」である（「海芋」は「海を渡ってきたサトイモ」の意味）。南アフリカ原産。日本へは江戸時代の弘化年間にオランダから渡来した。乾燥地で育つタイプと湿地で育つタイプがあるが、もともと暖かい地方を好むため、北海道や東北での栽培は難しい。ちなみに、湿地で見かけるのは白花で、花壇で見かけるのはピンクや黄色の華やかな花色である。

繡線菊

しもつけ

繡線菊《しもつけ》の花

バラ科
落葉低木

5～8月

しもつけを地に並べけり植木売　松瀬青々

小さな５弁花が集まり、雄しべが突き出て咲く。

❖——原産地は日本。北海道～九州に分布。山地の草原や明るい林の中、岩礫地《がんれきち》などに自生するほか、庭木として栽培される。落葉小低木であるが、主幹がなく、樹高は1メートルくらいなので、一見、草のように見える。５～８月、小枝の先に小花が群がって、いっせいに咲く。花色は淡紅色～濃紅色、白色など。葉は葉先がとがっていて、へりに鋸歯《きょし》がある。実は9～10月に熟して裂開《れっかい》する。なお、シモツケソウは同じバラ科だが多年草である。

❖——花が本種に似ているのでシモツケソウと名づけられているがまったくの別種である。かつては、本種をシモツケソウと区別するためにキシモツケ（木下野）ともいった。本種は『枕草子』にも掲載されているが、シモツケソウは江戸中期の『大和本草』で初めて登場している。

しもつけの花びら綴ることばかり　後藤夜半

後の日に知る繡線菊の名もやさし　山口誓子

名前の由来　最初の発見地である下野《しもつけ》の国（栃木県）にちなんだ名前である。名前の漢字には中国名の「繡線菊」を借用。この漢字を日本風に読む場合はシュウセンギクとなる。

九輪草

くりんそう
（くりんさう）

サクラソウ科　多年草

5～7月

❖――幕末の日本を訪れたイギリスの園芸学者ロバート・フォーチュンは自書の中で、「最も心をひかれた美しい花」と書いている。花は段咲きで、下から上へ一段ずつ咲いていく。段咲きする姿が、仏塔の屋根の真ん中にある九輪に似ているのでこの名前に。小林一茶の「九輪草四五輪でしまひけり」は、「花が4段目、5段目で終わってしまった」という意味。全国各地の湿地帯に自生。5月頃、紅紫色の花をつける。1段目の花が大きく美しく咲くので鉢植に最適である。

九輪草四五輪でしまひけり　小林一茶

罌粟の花

けしのはな

ケシ科　一年草

芥子《けし》の花　花罌粟《はなげし》
薊罌粟《あざみげし》　白罌《しろげし》

3～6月

❖――原産地は地中海沿岸、イラン。日本へはインドから渡来したといわれている。昔、「芥子《けし》」という字を用いていたので、その音読みが名残として使われているのが名前の由来。北半球の温帯に約100種が分布しているが、園芸的に栽培されているのは、ヒナゲシ、アイスランドポピー、オニゲシの3種。高さ1～2メートル。5月頃に花を咲かせる。花色は各種とも多様。ただし、白果種はアヘンができるため「麻薬取締法」によって栽培が禁止されている。

芥子咲いて其日の風に散りにけり　正岡子規

忍冬の花

すいかずらのはな
（すひかづらのはな）

吸葛《すひかづら》　忍冬《にんどう》の花　金銀花《きんぎんくわ》
スイカズラ科
半常緑つる性木本

5～6月

❖――スイカズラを「吸葛」とも書くのは、本種の花の基部を吸うと甘い蜜が楽しめるので、「吸うと蜜が出る葛《かずら》（＝つる）」ということから。「忍冬」と書くのは、冬になると葉を丸めて越冬するので、冬を耐え忍ぶ、ということから。日本、中国が原産地で、北海道～九州に分布。山野や道端などの日当たりのよい土地に自生している。常緑樹で、右巻きのつるをもっている。5～6月頃に、葉の横に細長い花を2つ並べて咲かせる。花色が白から黄色に変わっていく。

蚊の声す忍冬の花の散るたびに　蕪村

泰山木の花

たいさんぼくのはな

大山木《たいさんぼく》
泰山木蓮《たいさんもくれん》
モクレン科　常緑高木

6月頃

❖――北米原産。アメリカ南部を代表する樹木で、ルイジアナ州とミシシッピー州の州花になっている。日本には明治初年に渡来し、新宿御苑に植えられ、〝大山木《たいさんぼく》〟と名づけられた。その後、各地で庭木として栽培されるように。樹形が堂々としていて、樹高は20メートルにもなる。6月頃に、直径15センチほどもある白い9弁の花を咲かせる。葉の上に乗るように咲くので、下からだとなかなか見つけにくい。開花後の4日目頃には早くも花びらを落とす。

泰山木咲いて潮《うしほ》の土佐の国　森 澄雄

鉄線花

てっせんか
（てっせんくわ）

てっせんかづら　鉄線《てっせん》
クレマチス
キンポウゲ科　常緑つる性植物

5～6月

❖──つるが針金(鉄線)のように細くてかたく強いのでこの名前に。中国原産。日本には江戸時代の寛文年間（1661～73）に渡来し、観賞用として栽培されていた。花の形が美しいので、江戸時代には図案化され、織物の模様などに使われた。クレマチスは中国産のラヌギノーサ、テッセン、日本産のカザグルマなどを交配してヨーロッパでつくられた四季咲き種で、現在、鉢植えで市場に出回っているのは改良種のクレマチスである。花色は白、紫、ブルー。

鉄線を咲かせすぎ父細り居る　鍵和田秞子

海桐の花

とべらのはな

花とべら
トベラ科　落葉低木

5～6月

❖──木全体に独特のにおいがある。花もにおいが強い。燃やすとよりいっそうにおいが強くなる。そのため、節分の夜には鬼をこのにおいで退散させるために本種を扉に挟む習慣があった。そのためトビラノキと呼ばれ、それが転訛《てんか》したものとされる。九州や伊豆諸島の一部にはこの風習がまだ残っている。関東から沖縄まで分布する。日本の照葉林帯の海岸林を代表する低木。5～6月頃、5弁の小形の花が集まって咲く。庭や生け垣などに使われる。

汐ひきしあとの破船《はせん》に海桐ちる　迫田白庭子

芍薬 しゃくやく（しやくやく）

貌佳草《かほよぐさ》　**花の宰相《さいしやう》**

ボタン科
多年草

5～7月

芍薬を売り残したり花車　横光利一

❖――中国北東部、モンゴル、シベリア東南部、朝鮮半島北部原産。日本には14世紀に薬草として渡来した。草丈は約60センチ。6月頃、大形の美しい花を咲かせる。一重咲きから八重咲きまでさまざまな花形があり、花色も白、紅ほか多彩で、草本類の中では群を抜く豪華さである。近年はボタンとの交配種もつくられたので、さらに多彩になっている。

❖――美人の形容に使われる「立てば芍薬、座れば牡丹《ぼたん》」は、ボタンが低木性で、枝が横に広がるのに対して、シャクヤクは草本で、まっすぐに立って花をつけるところからきたようである。日本では江戸時代から品種改良が行われ、金しべ咲き（黄金色の雄しべが特徴）、翁《おきな》咲き（雄しべが大きく、花弁の中にさらに細い花弁があるように見える）などがつくられた。

多数の品種があり、シンプルな一重咲きの「暁」。

芍薬や枕の下の銭減りゆく　石田波郷

芍薬に夜が来て飛騨の酒五合　藤田湘子

名前の由来　漢名「芍薬」の音読みが由来。古名はエビスグスリ。これは「異国から来た薬草」の意味。またエビスグサとも貌佳草《かほよぐさ》とも。英名は芍薬も牡丹もピオニー。

沙羅の花

しゃらのはな
（しゃらのはな）

夏椿《なつつばき》　杪羅《しゃら》
夏椿の花
姫沙羅《ひめしゃら》　さらの花

ツバキ科
落葉高木

葉の色に白は淋しき夏椿　高木晴子

❖——庭木として好まれ、光沢のある肌の木に白い大形の花を咲かせる花木である。日本原産。福島・新潟県以西の本州、四国、九州に分布。山地の林内に自生する。庭木として好まれ、とくに茶庭、寺院などに植えられる。樹高は10メートルほど。6月の下旬頃に、ツバキによく似た5弁の白い花を上向きに咲かせるので別名のナツツバキの名前がついた。

❖——「沙羅の木」という名前は、一つの誤解からついた。というのは、仏教ではブッダは沙羅双樹の下で入滅したとされているが、日本では、沙羅双樹のことを沙羅の木のことと誤解してしまい、沙羅の木と呼んでいるのである。ちなみに、この沙羅双樹は日本に野生しておらず、日本各所にある寺の境内の沙羅双樹は沙羅の木である場合がほとんどである。材はおもちゃ、器具の柄、杖、櫛などに用いられる。

よく似たヒメシャラは花が小さい。

岩の上の沙羅の落花《らっか》を踏む下山　本田一杉

沙羅の花耀《かがや》くは風あるらしき　高木雨路

ワンポイント　よく似ているヒメシャラと区別するポイントは葉裏の毛。ヒメシャラの葉は脈上にしか毛がないが、本種の葉裏には全体的に毛が生えている。また、樹皮の剥がれ方も本種のほうが大きい。

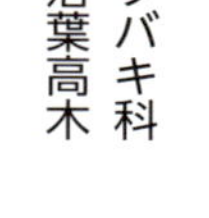

6〜7月

棕櫚の花

しゅろのはな（しゅろのはな）

花棕櫚《はなしゅろ》
椶櫚《しゅろ》の花《はな》
すろ

ヤシ科
常緑高木

5〜6月

棕櫚さいて夕雲星をはるかにす　飯田蛇笏

肉厚の花穂に小さな花が粟粒のようにつく。

❖——日本（九州南部）原産のシュロ（和棕櫚《わじゅろ》）と中国原産のトウジュロ（唐棕櫚《とうじゅろ》）がある。古くはスロ、スロジュと呼ばれていた。シュロとトウジュロの簡単な見分け方は、シュロは葉先が折れて垂れ下がることが多いのだが、トウジュロの葉先は折れない。また、トウジュロは全体的にシュロより小さい。公園樹、庭木として、北は東北地方まで栽培されている。

❖——幹は暗褐色の繊維（この繊維は箒やタワシになる）に包まれ、高さは5〜10メートル。5〜6月に太い花軸を出し、花というよりは巨大な魚卵のような黄白色の花序をつける。寺の庭園にシュロやソテツが多いのは、これらを眺めているとなぜか自然と色情が失せる、と考えられていたためという説がある。和歌山県は江戸時代から今日までシュロ栽培が盛んである。

棕櫚の花こぼれて掃くも五六日　高浜虚子

梢より放つ光やしゅろの花　蕪村

名前の由来　樹木の毛は、棕櫚縄《しゅろなわ》と呼ばれ、耐水性に富み、昔から井戸の釣瓶《つるべ》や船の艫綱《ともづな》として使われてきた。造園用の縄としても用いられる。葉も繊維質に富み、団扇《うちわ》などの細工物に使われる。

紫蘭

しらん

白及《しらん》
ラン科　多年草

4～6月

❖――花びら、唇弁、花茎がいずれも紫系統の色であり、ラン科なので〝紫色の蘭〟という意味でこの名がつけられた。このような名づけ方はほかにも多くあって、たとえば黒蘭も花色が黒っぽいからと、その名前に。本州中部、四国、九州などの湿地帯に自生する。ラン科の中では手軽に栽培ができる品種なので、観賞用として庭によく栽培されている。5～6月頃に花茎を伸ばし、上部に紅紫色の花を5、6個総状《ふさじょう》につける。鱗茎部分は糊として使うことができる。

紫蘭咲き満つ毎年の今日のこと　高浜虚子

マーガレット

木春菊《もくしゅんぎく》
キク科　多年草

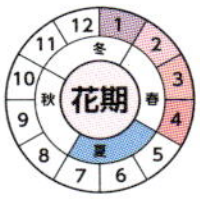

1～4月

❖――名前は、ギリシア語のマルガリテース（真珠の意味）に由来する。明治初年に渡来。花が春菊に似ていて、茎が木質化するので、木春菊の名に。カナリア諸島原産で、ヨーロッパに渡り、フランスを中心に栽培された。最初は白い花ばかりだったが、改良が進み、ピンクや黄色い花もつくられた。日本では当初、耐塩性がなく高温多湿に適さなかったため温室で栽培されていたが、やがて耐塩性をもつものがつくりだされ、切り花栽培が行われるようになった。

背負籠にマーガレットをのぞかせて　清崎敏郎

夏茱萸

なつぐみ

唐茱萸《とうぐみ》

グミ科　落葉低木

4～5月

❖──日本原産。北海道南部、福島県～静岡県の太平洋側に分布。沿岸地から丘陵にかけて自生している。夏に果実が熟すグミなのでこの名に。樹高は2～3メートル。葉は長楕円形で、表は緑色、裏には銀色の毛が密生していて白っぽく見える。初夏に葉の腋に淡黄色の小さな花をつけ、5～7月に実が赤く熟す。実は果托《かたく》（花びらが落ちた後の果実をのせているところ）が肥大した偽果《ぎか》（子房以外の部分が生長して果実の主要部分となるもの）である。

夏茱萸を含みて空を眩《まぶ》しみぬ　井沢佐江子

繍毬花

てまりばな

粉団花《てまりばな》　手毬の花《てまりのはな》　おほてまり

スイカズラ科　落葉低木

4～5月

❖──花の形が繍毬のようなのでこの名前に。また、繍毬形の花が大きいのでオオデマリとも呼ばれる。台湾や中国に自生するヤブデマリの園芸品種で、観賞用に栽培されている。肥沃な土地を好み、やせた乾燥地では育ちにくい。4～5月頃、枝の先にたくさんの白い花を繍毬状に咲かせる。一見、アジサイに似ているが、大きな違いがある。アジサイの花のように見える繍毬を形づくっているのは、花びらではなくて萼《がく》だが、本種の繍毬は花びらである。

母ありし日暮れのごとしおほてまり　上野波翠

葡萄の花

ぶどうのはな（ぶだうのはな）

ブドウ科　つる性植物

5～6月

❖——ブドウの房の形からすると、花もさぞかし美しいのではないかと想像しがちだが、まったく目立たない花である。初夏に黄緑色の小さな花が集まって咲くのだが、一見すると、実を食べた残りかすに見えるような形をしている。ブドウは世界各地に野生種があり、栽培されているのは、欧州種と米国種を元につくられた交配種がほとんど。日本最古の栽培品種は、1186年に山梨県勝沼町で株が発見された〝甲州〟である。

訥々《とつとつ》と語り葡萄の花を指す　廣瀬直人

牡丹

ぼたん

ぼうたん　深見草《ふかみぐさ》　富貴草《ふうきぐさ》
白牡丹《はくぼたん》　牡丹園《ぼたんゑん》
ボタン科　落葉低木

5月

❖——牡丹と芍薬《しゃくやく》はよく似ているので、見分け方を簡単に整理しておこう。芍薬は草で茎の色は緑色、牡丹は木なので、枝の色は茶色。また、草の芍薬は冬季は地上部がすべて枯れるが牡丹は木なので冬季も地上に幹が残る。そして、芍薬の葉は光沢があり切れ込みがないが、牡丹は葉に光沢がなく切れ込みがある。本種は中国原産。奈良時代に日本に渡来。当時は花を観賞するよりも薬用（頭痛、腰痛）として用いられた。名前は中国名の牡丹の音読み。

白牡丹といふといへども紅《こう》ほのか　高浜虚子

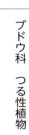

立浪草

たつなみそう
（たつなみさう）

シソ科
多年草

花期
5〜6月

暮れぎはの立浪草の浪立ちぬ　福山理正

❖——日本（本州以南）、アジア東部・南部原産。本州、四国、九州の山野の林の縁や丘陵地、野原などの日当たりのよい場所に自生する。根元から数本の茎が直立し、草丈は20〜40センチ。ひょろっとした感じで立っている。茎は赤っぽくて毛がある。葉は卵形で、向かい合って何段かにつく。縁には鋸歯《きょし》があり、表裏に毛がある。5〜6月頃、茎の先に、淡紫色のシソ科独特の唇形の花を穂状に多数つける。

茎の先に一方向にかたよって穂状に花をつける。

❖——花は一方向を向いて開く。胴長の全部の花がそろって同じ方向を向いて咲いている姿を、波が打ち寄せるときの波頭《なみがしら》や波しぶき〝立浪〟に見立てて、立浪草という名前がつけられた。仲間には小形で丈も低いコバノタツナミ、葉の裏面が紫色をしたシソバタツナミ、海岸の砂地に生えるナミキソウなど。

渦潮やたつなみ草は風がまへ　近藤　忠

そろひたる立浪草の波がしら　片山由美子

名前の由来　仲間のコバノタツナミ（小葉の立浪）は、小形の葉に短毛が密生しているので、ふわふわして手触りが気持ちよく、花姿も美しいため、育てやすい山野草としても人気がある。

マロニエの花

トチノキ科　落葉高木

5〜6月

❖――わが国では①セイヨウトチノキ（地中海沿岸原産でマロニエのこと）②アカバナトチノキ（アメリカ原産）③ベニバナトチノキ（アカバナトチノキとセイヨウトチノキとの交配種）――この三種が外国産トチノキとして各地で植栽されている。3種に共通した名前のトチノキは日本在来の樹木。ちなみに、シャンゼリゼ通りの並木は、マロニエと呼ばれているが、マロニエ（セイヨウトチノキ）ではなくベニバナトチノキである。

花マロニエ降る雨港かくしたる　平間真木子

黐の花

もちのはな

黒鉄黐《くろがねもち》　冬青の花《もちのはな》

モチノキ科　常緑高木

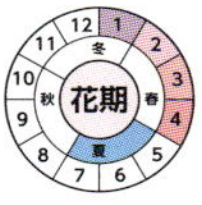

1〜4月

❖――今日では鳥獣保護法によって、「鳥黐《とりもち》」を使用する狩猟は禁じられているが、かつては世界各地で行われていた。鳥黐というのは、鳥や昆虫を捕まえるために使う粘着性の物質のことで、これを鳥がとまる木の枝などに塗っておいて、脚がくっついて飛べなくなったところを捕まえていた。この鳥黐のつくり方は、夏に本種の樹皮を剥がし、川の水に数か月漬けたりして、粘着性物質を採り出すのである。本州、四国、九州、沖縄に自生。公園や庭などに植えられている。

黐ちるや蟇《ひき》こもりゐる垣の下　村上鬼城

庭石菖

にわぜきしょう
（にはぜきしやう）

アヤメ科
多年草

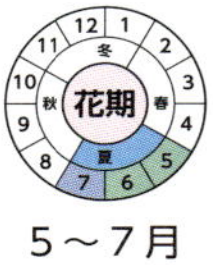

5〜7月

1日でしぼむ花は径1.5cmほど。淡紫色もある。

庭石菖尚咲き露を輝かせ　高橋金窗《きんそう》

❖――芝生がある庭では、必ずといっていいほど出現し、可愛いらしい花を咲かせる草である。北アメリカ東部原産。日本には明治20年頃に園芸植物として導入され、小石川植物園などで見られたが、今では帰化して、日当たりのよい芝生や道端でよく見かける。

❖――草丈は10〜30センチ。剣状の細い葉が根際から出て、5〜7月に茎の先に紅紫色または白い小さな花をつける。花は6枚の花弁に濃い紫色の筋が入り、中央部は黄色。一日花で、朝開き夕方には閉じる。群生していて、1輪は1日でしおれるが、複数の花が次々と途切れずに咲いていく。球形の実は熟すと下を向く。同属のルリニワゼキショウも各地に帰化している。

濃き日ざし庭石菖を咲き殖《ふ》す　上村占魚

山墓や庭石菖を踏むまじく　星野麥丘人

名前の由来　葉が、水辺に群生するサトイモ科のセキショウの葉に似ていて、庭の芝生に出現するので、ニワゼキショウと名づけられた。セキショウの葉は揉むといい香りがするが本種には香りはない。

蕗
ふき

蕗《ふき》の葉《は》　蕗《ふき》の広葉《ひろは》　秋田蕗《あきたふき》

キク科
多年草

3～5月

母の年越えて蕗煮るうすみどり　細見綾子

❖──原産地は東アジア全域である。本州、四国、九州に分布。里の土手や畑のあぜ道、山道沿いに自生している。早春に地面から顔を出すフキノトウはフキの花の蕾である。この蕾を天ぷらや和え物にして食べることがよく知られている。3～5月になると、黄白色の花を開く。

❖──根生葉《こんせいよう》（地上茎の基部についた葉のことで、地中の根から葉が生じているように見える）は、晩春から初夏にかけて青紫の長い葉柄の先に円形の葉を広げる。葉柄は多肉質でやわらかく、香りとほのかな苦味がある。この葉柄の皮を剥き、アクを抜いて、きゃらぶきや甘酢煮にして、フキとして食べる。北海道から東北地方には葉柄が約2メートル、葉の直径が1メートルにもなる大形のアキタブキがあり、秋田県の県花になっている。雌花が花後に綿毛をつけた種を飛ばすことも知られている。

食用にする「蕗の薹《とう》」は春の季語。

蕗の葉に太き雨脚《あまあし》山暮るる　田中冬二

山陰や葉広き蕗に雨の音　闌更《らんこう》

名前の由来　古名の「山生吹《やまふふき》」がフキの名前の由来。他にも、冬に黄色い花を咲かせるので「冬黄」→「ふき」という説や、地面から一斉に〝吹き〟出しているように見えるからなど、諸説あり。

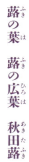

ゆりの木の花

半纏木《はんてんぼく》
チューリップツリー
モクレン科　落葉高木

5～6月

❖──和名がユリノキで、英名がチューリップツリーになっているのは、花の構造がユリに似ていて、花の形がチューリップに似ているから。属名のliriodendronはギリシャ語のlirion（ユリ）とdendron（樹木）を合わせたもので、種小名《しゅしょうめい》のtulipiferaはチューリップのこと。明治初年に日本に渡来し、明治8年に東京・新宿御苑に植樹された。現在では園内中央に威風堂々と佇んでいて、新宿御苑のシンボル・ツリーになっている。

ゆりの木の花に夜は星宿らむか　岡部六弥太

ルピナス

立藤草《たちふじそう》　昇り藤《のぼりふじ》
マメ科　一年草または多年草

5～7月

❖──南ヨーロッパ、北米原産。和名の「昇り藤」は藤の花が上向きに咲いているように見えるから。学名のLupinusはラテン語のLupus（オオカミ）に由来。本種がどんな土地にも旺盛に生育し、土地を荒らしてしまうのでこの名がついたといわれる。庭や花壇などに栽培され、草丈は40～60センチ。5～7月に、手のひら状の葉の間から花穂《かすい》が直立し、上向きに蝶形の花をたくさん咲かせる。花色は多彩で、紫、青、紅、黄、橙、白のほか複色もある。

ルピナスやマリアの寺の鐘ひゞき　小沢游湖

フロックス

桔梗撫子《ききやうなでしこ》

ハナシノブ科
一年草

5～6月

青春や桔梗撫子多彩なる　島 紅子

❖——北アメリカ原産。江戸後期の（中国古来の植物を中心とする薬物学）の研究書『本草綱目啓蒙』に記載が見られるので、江戸時代には渡来していたのではないかと推測される。観賞用に花壇や鉢に栽培され、切り花にもされる。日本ではキキョウナデシコと呼ばれる。

❖——草丈は15～50センチほどで、5～6月頃、ナデシコに似た美しい花を咲かせる。多くの花をつけ、いっせいに咲くので、開花期の花壇は一気に華やぐ。花色は淡紅、紅紫、黄、白などがある。花後、種子は熟すとピチピチと音をたてて弾け、周りに飛び散る。とくに雨の日が続き、久しぶりに晴れた日などにはよく弾けるので、花壇はにぎやかな音に包まれる。高性種にはスターフロックスと呼ばれる星咲き種（花弁の先端が星形になっている）もある。

一束の盆花桔梗なでしこと　細見綾子

名前の由来　学名のPhlox Drummondii（フロックス・ドラモンディ）からの名。フロックスの名は、「炎」を意味するギリシア語に由来。フロックスのある種が、炎のような赤い花を咲かせるため。

❖ふろっくす❖

アマリリス

アマリリス開く来訪者のやうに　山田弘子

❖――原産地は中央・南アメリカの熱帯・温帯地域。日本には1850年頃（嘉永年間。ペリーが来航したのが1853年）渡来した。当時は「じゃがたらすい」と呼ばれた。熱帯アメリカ原産のヒッペアストラムを園芸改良したもので、花壇や鉢植えなどで栽培されている。

❖――球根植物で、鱗茎《りんけい》（園芸では球根のこと）はスイセンに似ているがやや大きい。花茎が葉の間から出て、高さ30～50センチになる。花茎の先にユリに似た6弁の花を数個つける。花は蕾のときには上を向いているが、開くと横向きになる。花色は赤、橙、ピンク、白またはその縞模様など。生花店で見かけるものはおもにベニスジサンジコを中心とした交配種である。

ヒガンバナ科
多年生草本

5～6月

太陽に烏が棲《す》めりアマリリス　福田蓼汀《りょうてい》

晴天やアマリリスこそ島の芯　林　翔

ワンポイント　アマリリスと呼んでいながら、ヒッペアストルム属に分類されていたのだが、近年の研究によって、本来のアマリリス属（Amaryllis）に分類されるようになった。

紫陽花

あじさい（あぢさゐ）

あづさゐ　かたしろぐさ
四葩の花《よひらのはな》　七変化《しちへんげ》　刺繍花《ししうばな》

アジサイ科　落葉低木

6〜7月

❖――日本原産。ガクアジサイが母種とされてきた。品種は多いが、大きく、日本アジサイと西洋アジサイの2つに分けられる。西洋アジサイは、日本アジサイが中国を経てロンドンに入ったのが始まり。その後、オランダ、ベルギー、フランスで品質改良が進み、現在までに約500種もつくりだされている。そのため、日本アジサイよりも西洋アジサイのほうがやや華やかである。「七変化」という異名があるのは、本種が、白、淡緑、紫、淡紅と花の色を変えるから。

紫陽花の藍をつくして了《おわ》りけり　　安住　敦

夾竹桃

きょうちくとう（けふちくたう）

キョウチクトウ科　常緑低木

6〜10月

❖――名前は、漢名が「夾竹桃」で、これを音読みしたもの。葉が鋏（夾）の刃や竹に似て、花は桃色なのでこの名に。インド原産。日本には中国を経て江戸時代に渡来した。今日では、関東地方以西の公園、道路沿い、緑地帯などに植栽されている。花期は6〜10月と長いが、梅雨時はしぼみ、明けるとまた咲く。俳人の間では8月の原爆祈念日の頃に本種がたくましく咲いていたことが印象深かったようで、そのことに関連する句が数多くある。

夾竹桃燃ゆ広島も長崎も　　関口比良男

擬宝珠の花

ぎぼうしのはな
（ぎばうしのはな）

擬宝珠《ぎぼうし》　花擬宝珠《はなぎぼうし》　高麗擬宝珠《かうらいぎばうし》
玉簪花《たまぎばうし》　ぎぼし

ユリ科
多年草

5〜6月

這《は》入《い》りたる虻《あぶ》にふくるる花擬宝珠　高浜虚子

白〜淡紫色の花を横向きに開くオオバギボウシ。

❖——東アジア特産。この仲間は、東アジアの亜熱帯から温帯にかけて約20種が分布していて、その中の大部分は日本に自生しているが、古くから庭などにも植えられている。日陰でもよく育ち、葉色の美しさが魅力である。欧米では愛好者による団体があるほど人気で、多くの園芸品種がつくられている。

❖——初夏の頃、大きな葉の間から1メートルを超す茎が伸びて、うす紫色の花を咲かせるが、あまり目立たない。花は開くにつれて頭《こうべ》をたれる。また、朝開いて、夕方になるとしぼむことも特徴である。芳香があり、夜に咲くマルバタマノカンザシ（丸葉玉の簪）は中国が原産。なお、仲間は非常に多くて、葉の色や産地で微妙な差がある。

花売りの擬宝珠ばかり信濃をとめ　橋本多佳子

絶壁に擬宝珠咲きむれ岩襖《いわぶすま》　杉田久女

名前の由来　花の形が、橋の欄干などに使う装飾品の擬宝珠（一見、ネギ坊主に見える）に似ているのでこの名前に。ぎぼし、ぎぼうしゅ、とも呼ばれる。花は一日花（咲いたその日に枯れる花のこと）。

❖ぎぼうしのはな❖

麒麟草

きりんそう（きりんさう）

ベンケイソウ科
多年草

6〜8月

細葉麒麟草《ほそばきりんさう》

霧の中ほの温き日のきりん草　村田脩

❖——日本、朝鮮半島、千島、サハリン、カムチャッカ原産。北海道などに分布。海岸や日当たりのよい山地の岩場などに自生する。草丈は5〜30センチで茎はまっすぐ伸びる。葉は肉厚で楕円形をしている。葉の縁に鋸歯《きょし》があるのだが、この鋸歯が葉先側の半分だけにあることが本種の特徴。6〜8月頃、鮮やかな黄色の花を咲かせる。花弁は5枚で花弁の先はとがっている。10〜30個くらいの花が茎葉の頂部にまとまって咲く。花が平らに開くので、雄しべが長く伸びているように見える。

5枚の花弁が星形に開く。

❖——多肉質の葉および茎をもち、水分を貯蔵できるベンケイソウ科であり、丈夫なことで有名なベンケイソウの仲間なので葉を葉柄の基部から切ってもなかなかしおれない。なお、キク科のアキノキリンソウ（秋の麒麟草）は、秋にキリンソウに似た花を咲かせるので、その名前に。

この広き森のはづれの麒麟草　加藤水万《すいまん》

ブルドーザーの惰眠錆噴く麒麟草　伊丹三樹彦

名前の由来　キリンソウのキリンは、動物のキリンでもなく、中国の想像上の動物でもなく、黄色い花が輪をつくって咲くので〝黄輪草〟という俗説がある。

梔子の花

くちなしのはな

巵子《しし》

アカネ科　落葉低木

6～7月

❖——果実が熟しても実が開かないので（開かない実なので）、〝口がない〟という意味でクチナシという名前に。日本、中国原産。関東以西～沖縄に自生するが、多くは庭木として栽培されている。樹高は1～2メートル。

梅雨の頃に、強い芳香のある、白い花を咲かせる。夜はことに香りが濃くなる。花はすぐには散らず、黄変して枝に残る。昔から実は黄色の染料とされ、無害なので、食品を黄色に染める天然着色料として、たくあんやきんとんなどに用いられている。

くちなしの花夢見るは老いぬため　藤田湘子

桑の実

くわのみ（くはのみ）

桑苺《くはいちご》

クワ科　落葉高木

4～5月

❖——名前は、蚕《かいこ》が桑の葉を食べることから〝蚕葉《こは》〟〝蚕食葉《こくふは》〟と呼ばれていて、それが転じてクワになったとされている。ちなみに、蚕は人間が飼育してきた重要な昆虫であり、日本でも『古事記』に記述があるほど長い養蚕の歴史がある。養蚕の目的は天然繊維の絹の採取で、戦前には絹は日本の主要な輸出品だった。クワは4～5月に黄色の小花をつけ、初夏には実を結ぶ。実は熟すと黒紫色に色づく。実は甘味がありやわらかいので、生で食べたりジャムにする。

桑の実ややうやくゆるき峠道　五十崎《いかざき》古郷《こきょう》

ガーベラ

キク科　多年草

4～10月

❖——アフリカ、熱帯アジア原産。南アフリカの原種ガーベラ・ジェムソニーの交雑種から生まれた園芸品種群をさす。日本には明治末期に渡来。赤色の一重咲きの品種が日本の気候に合うこともあって庭に植えられ、親しまれてきたが、近年は多数の園芸品種が育成され、毎年のように新しい品種が生まれている。なかでもポットガーベラと呼ばれる花茎が短いコンパクトなタイプは、日本で誕生した鉢植え向き品種で人気が高い。

明日の日の華やぐがごとガーベラ挿《さ》す　藤田湘子

ストケシア

瑠璃菊《るりぎく》
キク科　多年草

5～10月

❖——北アメリカ南部原産。サウスカロライナ、ルイジアナ、フロリダに自生する。日本には大正初期に渡来。梅雨入りする頃に青紫色の花を咲かせる。花の色から瑠璃菊《るりぎく》という和名がつけられているが、ピンクや白など、さまざまな花色の品種がある。草丈は60センチくらい。茎はよく分枝し、先端に1～3個の花を咲かせる。耐寒性があり丈夫で、花期が長く、育てやすいので人気がある。名前は、英国の植物学者ジョナサン・ストークスの名に由来する。

ストケシア咲くや清貧とも云へず　今関淳子

金魚草

きんぎょそう
（きんぎよさう）

ゴマノハグサ科
一年草または多年草

5～6月

金魚草よその子すぐに育ちけり　成瀬櫻桃子

❖——地中海沿岸原産。日本には江戸末期に渡来した。観賞用に栽培され、切り花に向く高性種、花壇に向く矮性種《わいせい》（小形なまま成熟する品種のこと）、下垂性で吊り鉢に向くものなど、品種は多種多様である。5～6月頃、茎の上部にたくさんの小花を、下から順に咲かせる。花びらはやわらかく、独特の芳香がある。花色は品種によってさまざま。種をまく時期を変えてゆけば、春から秋まで咲かせることができる。

❖——品種によっては、花が金魚のような形をしていない花筒の先端が平らに開くペンステモン咲きや八重咲きもある。英名の「スナップドラゴン」は、開いた花の口に虫が入った姿を、獲物にかみつく竜の姿になぞらえた名前。なお鹿児島県指宿市の長崎鼻には美しい金魚草畑が広がっている。

いろいろな色に雨ふる金魚草　高田風人子

金魚草うしろ鏡に帯むすぶ　福川ゆうこ

名前の由来　花びらが風に揺れる様子が、金魚がゆらゆらと泳いでいる姿に似ていて、花びら自体も尾びれの長い金魚に似ているのでこの名前に。花を見られるのは〝金魚の季節〟の仲夏である。

❖きんぎょそう❖

榊の花

さかきのはな

花榊《はなさかき》
モッコク科　常緑高木

6〜7月

❖——わが国では古代から神事には常緑樹を用いた。よく用いられた常緑樹はサカキ、シキミ、オガタマノキなどであるが、サカキがその代表となり、樹木名にまでなったと考えられている。本州の関東地方以西、四国、九州、沖縄に分布。山林などに自生する。栽培もされ、神社の森に植栽されている。6〜7月に長めの柄をもつ花を1〜3個、下向きに咲かせる。花は白だが、散り際には淡黄色に変わる。実は直径8ミリ前後の球形で、11〜12月に黒紫色に熟す。

立ちよりし結《ゆひ》の社《やしろ》や花榊　松尾いはほ

百日紅

さるすべり

百日紅《ひゃくじつこう》　紫薇《しび》　怕痒樹《はくやうじゅ》
くすぐりの木　白さるすべり
モチノキ科　常緑高木

7〜10月

❖——樹の皮がつるつるしていて、木登りが得意な猿でも滑ってしまいそうだから、サルスベリと名づけられた。別名、百日紅《ひゃくじつこう》と呼ばれるが、これは、7月頃から10月の頭までの100日間、咲き続けるから。中国南部の原産で、日本には江戸時代に渡来。当初は仏縁《ぶつえん》の木として、寺の境内などに植えられたが、現在では庭園や公園や街路に植えられることが多い。樹高は3〜7メートルほど。花はよく見ると縮緬状に縮れている。花色は桃色、紅、紫、白など。

さるすべりしろばなちらす夢違ひ　飯島晴子

栗の花

くりのはな

花栗《はなぐり》　栗咲《くりさ》く

ブナ科
落葉高木

6月

世の人の見付ぬ花や軒の栗　芭蕉

花穂はほとんどが雄花。基部に1～2個の雌花がつく。

❖――北海道西南部、本州、四国、九州、屋久島に分布し、丘陵や山地に自生している。食用として栽培もされている。樹高は10メートルを超えるが、栽培されるものは3～5メートルである。クリは世界各地に生えているので、日本原産のものを他国産のチュウゴクグリやヨーロッパグリと区別するために、ニホングリと呼ぶこともある。また、庭や畑のクリと区別して、野生のクリを柴栗《しばぐり》、山栗と呼ぶこともあるが、種類は同じである。なお、日本で栽培されるのは野生種の柴栗を改良したものがほとんどである。

❖――6月頃、黄白色の花が垂れて咲く。花穂は長さ10～15センチで雄花がたくさん咲き、基部に雌花が1～2個つく。梅雨時になると青臭い独特のにおいを漂わせるので近くに栗の木があることがすぐわかる。

よすがらや花栗匂ふ山の宿　正岡子規

馬売りて久しき厩《うまや》栗の花　大谷繞石《ぎょうせき》

*「よすがら」は〝夜通し〟の意味。

名前の由来　実の形が石《くり》に似ているからとか、実の色が黒っぽいので、黒色の古語の涅実《くりみ》からなど、いろいろな説がある。なお、実の皮の色から茶色を栗色という。また、茶色の馬を栗毛《くりげ》という。

現の証拠

げんのしょうこ（げんのしょうこ）

忽草《たちまちぐさ》　神輿草《みこしぐさ》
医者《いしゃ》いらず
ねこあしぐさ

フウロソウ科
多年草

花期 7〜10月

因幡なるげんのしょうこは花細し　篠原 梵

❖――日本、中国、ヒマラヤ地方原産。日本全土、台湾、朝鮮半島に分布している。野山の草原や土手、路傍などに自生している。やや湿り気のある日当たりのよい場所や半日陰地を好む。薬効もさることながら、どこにでも生えていることが、この草を親しいものとしている。そのためか、「イシャイラズ」「ミコシグサ」を代表に、全国で100以上もの方言名や別名がある。

❖――その薬効が昔から知られている薬草で、江戸時代の『大和《やまと》本《ほん》草《ぞう》』『本草《ほんぞう》綱《こう》目啓蒙《もくけいもう》』などにゲンノショウコの名前が記載されている。薬効の一つが下痢止めで、乾かしたゲンノショウコを煎じて飲むと下痢がぴたりと止まった人もいた。草丈は約50センチ。夏に5弁の可憐《かれん》な花を2つ咲かせる。なお、西日本に多いのは赤い花のベニバナゲンノショウコで、東日本にはシロバナゲンノショウコが多い。

東日本ではふつう白花が多い。

しじみ蝶とまりてげんのしょうこかな　森 澄雄

陶器屋にげんのしょうこの逆さ吊り　谷中隆子

名前の由来　下痢などに対する薬効（＝証拠）がたちまち必ず現れる薬草なので、「現の証拠」という名前がつけられた。果実が裂けた形が御輿《みこし》の屋根の形に似ているのでミコシグサとも呼ばれる。

河骨

こうほね
（かうほね）

かはほね　たいこのぶち

河骨の夢のけしきもたそがるる　新谷ひろし

❖――植物とは思えない「河骨《こうほね》」などという名前や、地下茎の武骨さとはまったく釣り合わない、雅趣に富む姿を水面に浮かべ、群落をつくっている植物である。日本原産。北海道西南部から九州に分布。日本各地の湖沼、ため池、平地の小川などの、水深1メートル前後の、流れのない水域に自生する。6〜9月、水面から出た花茎の先に黄色い花を一輪、上向きに咲かせる。

❖――5枚の花弁のように見えるものは、じつは萼《がく》片《へん》で、本来の花弁はその中にあって、小さな多数の花弁が雄しべを囲んでいる。群馬・尾瀬だけに見られるオゼコウホネ、北海道、東北に多いネムロコウホネ、そして、花の赤いベニコウホネなどがある。地下茎を薄く切り、ゆでて水にさらし、煮浸し、煮物などにする。夏から秋の根茎を日干ししたものが生薬名「川《せん》骨《こつ》」で、鎮痛などに効果がある。

黄色い花は椀状で直径４～５cm。

スイレン科
多年草

6～9月

河骨の影ゆく青き小魚かな　泉鏡花

河骨や終にひらかぬ花ざかり　素堂《そどう》

名前の由来　根茎には葉柄のついていた痕跡がたくさん残っていて、これが妙に人間の背骨に似ている。葉柄のついていた上部の反対側に伸びている長い根も人間の胸骨に似ている。それでこの名前に。

著莪の花

しゃがのはな
（しやがのはな）

射干《しやが》　金茎花《きんけいくわ》
藪萱蒲《やぶしやうぶ》　胡蝶花《こてふくわ》
アヤメ科　常緑多年草

4～5月

❖──本州、四国、九州の、山野や林の下などに群れをなして自生している。日本に自生するアヤメ科の中では珍しく常緑葉で、剣状の葉は、鮮やかな緑で光沢がある。4～5月頃に、白色に淡紫色の斑《はん》が入っていて、中心に黄色の斑点《はんてん》がある花を開く。花は毎日咲きかわる。花の姿が胡蝶の舞う姿に似ているところから胡蝶花《こちょうか》の名がある。丈夫な野草で、日陰や軒下のような条件の悪い場所でも花をつけ、よく繁殖して群生する。庭植にも適している。

著莪咲いて仏と神の国つなぐ　神蔵《かみくら》 器《うつわ》

十薬

じゅうやく
（じふやく）

蕺菜《どくだみ》の花
ドクダミ科　多年草

6～7月

❖──「十薬」という名前は、本種が薬効に富んでいていろいろな病気に効くので、まるで十種類もの薬があるようだというのが由来。別名の「ドクダミ」という名前は、本種が悪臭がするので、昔の人たちが、この草はまるで“毒を溜《た》めてる草”だと言い、その“毒溜《どくだ》め”が“ドクダミ”になったといわれている。本州から沖縄に分布し、湿った平地や至るところの日陰地に群生する。高さは15～35センチほどで、6～7月頃に、白十字の美しい花を咲かせる。

十薬を抜きて匂はす母が墓　本宮銑太郎

除虫菊

じょちゅうぎく
（ぢよちゆうぎく）

キク科
多年草

5〜6月

太陽に午の衰へ除虫菊　鷹羽狩行

❖——原産地は西アジア、ヨーロッパ南部。日本には明治18年に輸入されている。一般に除虫菊と呼ばれるものは3種類ある。3種類とも殺虫成分をとる目的とは別に、可憐な花は観賞用に栽培されている。また、3種類とも丈夫な性質で、栽培に手はかからない。花期はいずれも晩春から夏にかけてである。

❖——その3種類は次の通り。まずシロバナムシヨケギク。ヨーロッパ南部のダルマチア原産で、草丈は20センチ。中心花は黄色。次はアカバナムシヨケギク。西南アジア原産で、ペルシア除虫菊とも呼ばれている。草丈は40〜75センチ。花色は豊富。そしてコーカシアムシヨケギク。日本にもっとも早く輸入されたのがこの除虫菊。3種類とも花にピレトリンという殺虫成分があるため、粉末にして蚊取り線香などに用いる。

一島の裏表なく除虫菊　宮津昭彦

刈るに扱《しご》くに花のもつるる除虫菊　岩倉古都女

ワンポイント 化学薬品の発達とともに、蚊取り線香や駆虫剤などの利用は減少してきたが、本種の花にあるピレトリンという殺虫成分が害虫のオンシツコナジラミに有効とわかって再び注目された。

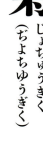

石竹

せきちく

唐撫子《からなでしこ》
石《いし》の竹《たけ》

ナデシコ科
多年草（園芸上は一年草）

6～7月

石竹やおん母小さくなりにけり　石田波郷

❖―中国原産。日本には平安時代には渡来していたと推測されている。セキチクは漢名「石竹」を音読みしたもので、漢名の「石竹」は〝竹に似た葉をつけて、岩石の間に咲く花〟という意味である。「石竹」の名前は『万葉集』にも出ているが、それはセキチクではなくて、カワラナデシコのことである、というのが定説。本種はナデシコ類の花だが、このナデシコという名前は、〝撫でていつくしむもの〟の意で、古くからナデシコ類の花は、美しいもの・愛らしいものの代表として親しまれてきている。

❖―草丈は15～40センチ。花期は本来6～7月だが、改良が進んで、四季咲きも多い。花は小さな5弁花。花色は、品種が多いので豊富である。日本で改良された著名な品種はトコナツ、三重県のイセナデシコ。

石竹の小さき鉢を裏窓に　富安風生

植ゑかへて石竹の土まだ新た　奥村霞人《かじん》

名前の由来　漢名の「石竹」を音読みしたもの。古くは、中国から渡来したナデシコという意味で唐撫子《からなでしこ》と呼ばれていた。本種は、イギリスでは香辛料の丁子《ちょうじ》の代用品とされている。

立葵

たちあおい
(たちあふひ)

葵《あふひ》 葵《あふひ》の花《はな》 花葵《はなあふひ》
銭葵《ぜにあふひ》 蜀葵《からあふひ》 つる葵《あふひ》
白葵《しろあふひ》 錦葵《にしきあふひ》

アオイ科
一、二年草

7～8月

門に待つ母立葵より小さし　岸 風三楼《ふうさんろう》

❖――中国、西アジア、東欧原産。日本には室町時代に渡来し、夏を彩る花として、観賞用や薬用として栽培されている。植物学上は、アオイという固有の種はないので、「アオイ（葵）」は各種のアオイの総称と考えてよいが、最近では、アオイといえば、タチアオイを指すことが多い。タチアオイはホリホックともハナアオイとも呼ばれる。草丈は1・5～2メートル。7～8月、太い茎に一重や八重の美しい花が下から上に順々に咲いていく。花色は豊富。直立する草姿から「立葵」の名前がつけられた。

❖――アオイの名が日本で最初に現れるのは『万葉集』といわれているが、このアオイはフユアオイ（冬葵）であるらしい。フユアオイは関東、中部地方に分布。花期は春～秋と長い。フタバアオイは本州、四国、九州の山地に自生する。

立葵咲き終わりたる高さかな　高野素十

峡《かい》深し墓をいろどる立葵　沢木欣一

名前の由来　京都の賀茂《かも》神社の賀茂祭（葵祭）に用いられる神聖な草花とされ、「葵祭」の名称もここから生じた。徳川家の「葵の紋」は、別種の二葉葵《ふたばあおい》の葉を2枚組み合わせて紋章化したもの。

千鳥草

ちどりそう
（ちどりさう）

飛燕草《ひえんさう》

ラン科
多年草

7〜8月

はるさめや三坪の庭の千鳥草　尾崎紅葉

❖——千鳥が群れをなして飛んでいるように見える、赤紫色の美しい花である。原産地は日本、朝鮮半島、中国、千島、サハリン、シベリア、ヨーロッパ。ユーラシアに広く分布し、日本では本州中部以北と北海道の高山帯の草地に自生。テガタチドリ（手形千鳥）とも呼ばれているのは、根が手のひらの形に似ているから。英名の「ラークスパー」は、〝ヒバリの蹴《け》爪《づめ》〟という意味で、本種の花の後ろに突き出ている角《つの》状の距《きょ》を、鳥の脚にある蹴爪に見立てた名前である。

❖——草丈は30〜60センチ。7〜8月、茎の先に花穂をつくり、紅紫色の小花を密に咲かせる。花は鳥が羽を広げたような美しい形で、芳香がある。ヨーロッパのものは香りが強く、日本のものは弱いとされる。志賀高原発哺《ほっぽ》の奥にハクサンチドリとの混生地がある。

目のかぎり紫けぶり飛燕草　加藤楸邨

ワンポイント 本種はラン科のテガタチドリ属だが、同属は北半球の温帯に約100種あり、日本には、ほかに、ノビネチドリ、ミヤマモジズリがある。チドリの名のつく花が多いので注意が必要である。

定家葛の花

ていかかずらのはな
（ていかかづらのはな）

真拆《まさき》の葛《かづら》
キョウチクトウ科
常緑つる性木本

5～6月

❖——名の由来は、式子内親王《しきしないしんのう》（後白河天皇の第3皇女）の墓に、生前に彼女を愛した藤原定家《ていか》（公家・歌人、『小倉百人一首』の撰者）の執念がつるとなって巻きつき成仏できず困っている……という能《のう》『定家』から。本州、四国、九州に分布。山野に自生していて、気《き》根《こん》（茎や幹から空中に出す根のこと）を出して、岩や他の樹木に絡みつきはい上がる。5～6月に芳香のある白い小花を咲かせる。中国名は「白花藤」だが、花は白から黄に変化する。実（袋果）には種がたくさん入っている。

虚空より定家葛の花かをる　長谷川 櫂

虎尾草

とらのお
（とらのを）

岡虎尾《をかとらのを》
サクラソウ科　多年草

6～7月

❖——東アジアの温帯に分布。日本では本州中部、四国、九州北部の丘や山地の草原に自生。草丈は50～100センチ。葉はユリに似ていて、先がとがり、細毛がある。夏から秋にかけて、茎頂《けいちょう》に総状花序《そうじょうかじょ》をつくり、たくさんの白い小さな花を密に咲かせる。下のほうからだんだんに咲いて、先端は跳ね上がっている場合が多い。弓なりに垂れた花穂《かすい》が、虎の尻尾の形に似ているのでこの名前がついた。別名はオカトラノオで、仲間に、ヌマトラノオ、ヒメトラノオなど。

虎の尾を手に受け手に受け山路行く　古舘糸重

鋸草 のこぎりそう（のこぎりさう）

羽衣草《はごろもさう》　西洋鋸草《せいやうのこぎりさう》

キク科
多年草

7〜9月

国境に鋸草などあはれなり　山口青邨

赤花の園芸品種もあるセイヨウノコギリソウ。

❖——葉が鋸の歯に似ていて、茎は元祖筮竹《ぜいちく》——易占《えきせん》（筮竹・算木を用いて行う易の占いのこと）で使われる竹製の棒のこと——であるが、可愛い花をつける草である。日本、朝鮮半島、中国原産。東アジアと北米の温帯から寒帯まで広く分布。日本では本州中部以北、北海道の山地の草原に自生する。茎は直立して50センチ〜1メートルほどに。葉は全体に軟毛がある。7〜9月、茎の先に白色か淡紅色のキクに似た小さな花が集まって咲く。

❖——奈良・平安時代には、この茎が占術に使用されていたことが『大和本草』から知れる。園芸でよく見かけるのは、花色が豊富で、葉が柔らかく幅も広いヨーロッパ原産のセイヨウノコギリソウ。そのため、名前はノコギリソウではなく、学名の「アキレア」で呼ばれている。

鋸草伸びゆく日々を湯治《たうぢ》かな　矢数とり

海の日と谷田に会ふや鋸草　橋本義憲

名前の由来　葉の縁の切り込みを鋸の歯に見立てた名前である。学名のアキレアは、ギリシア神話のトロイ戦争の英雄・アキレスに由来。アキレスがこの草の薬効を人々に教えたとされる。

蠅取草

はえとりぐさ
(はへとりぐさ)

蠅毒草《はへどくさう》　蠅捕草《はへとりぐさ》
うじころし

ハエドクソウ科　多年草

7～8月

❖——蠅毒草《はえどくそう》の俗称。全草に殺虫成分が含まれている。かつて、ご飯に本種の葉を混ぜて蠅に与えたところ死んだので、蠅毒草の名に。北海道、本州、四国、九州に分布し、低山の林に自生する。かつて魚屋などで使われていた〝ハエ取り紙〟は、本種の根の汁からつくられていた。草丈は30～70センチ。6月頃に、葉腋《ようえき》に花柄《かへい》を出して、白色～ピンク色の小花をつけ、下から順に咲き上がる。葉は卵形で縁《ふち》には鋸歯《きょし》がある。

蠅取草緑は油断させる色
菅原くに子

花菖蒲

はなしょうぶ
(はなしやうぶ)

菖蒲園《しやうぶゑん》　菖蒲池《しやうぶいけ》　野花菖蒲《のはなしやうぶ》
菖蒲見《しやうぶみ》　菖蒲田《しやうぶた》　白菖蒲《はくしやう》

アヤメ科多年草

6～8月

❖——日本、朝鮮半島、中国北部、シベリア原産の野花菖蒲が本種の原種。野花菖蒲は山野に自生している。葉が菖蒲の葉に似ていて、赤紫色の美しい花をつける。この原種を観賞用に品種改良したのが花菖蒲で、本種は日本の園芸品として世界的に有名な植物である。水辺などの湿地に栽培される。6月頃、茎の先に2～3個、大きな花を開く。花色は紫、濃紫、白、絞りなど。本種の葉には縦に1本、筋が通っているので、アヤメやカキツバタと区別できる。

きれぎれの風の吹くなり菖蒲園
羽多野爽波

花菱草

はなびしそう
（はなびしさう）

金英花《きんえいくわ》
カリフォルニアポピー

ケシ科
一年草

5〜6月

待つ胸に形なして行く花菱草　野崎明子

❖——アメリカカリフォルニア州原産。カリフォルニアポピーという英名が表しているように、カリフォルニアの乾燥地帯に自生する。ネバダ州、ニューメキシコ州やメキシコ北部にも分布していて、山腹や丘陵などの日当たりのよい乾燥した場所に群生している。春になると、本種の黄金色の花が自生地の原野を覆い尽くすので、自生地はまるで〝太陽の国〟のようになる。

❖——わが国へは明治初年（1870年）頃に渡来。花壇向けに、秋蒔《ま》き一年草として栽培されていて、園芸品種はきわめて多い。茎は30〜50センチに育つ。5〜6月、光沢のある黄色の4弁花がまっすぐに上を向いて咲く。そして、開花時には2枚の萼片《がくへん》がポロリと落ちる。花色は白、黄、オレンジ、赤などがある。花は夕方には閉じ、日が昇るとまた開く。

英会話しどろもどろに花菱草　北原三郎

名前の由来　花の形が家紋（家に伝わる紋章のこと）の「花菱紋《はなびしもん》」（4つの花弁を菱形《ひしがた》に合わせたもの）に似ているからこの名前に。花色が美しい黄金色であるところから「金英花《きんえいか》」という別名もある。

未央柳

びようやなぎ（びやうやなぎ）

美容柳《びようやなぎ》
金糸桃《きんしとう》
美女柳《びぢよやなぎ》

オトギリソウ科
半落葉低木

花期 6〜7月

長い雄しべが群がって立ち上がるのが特徴。

未央柳年月母のごとく咲く　福原十王

❖——花が美しく葉がヤナギに似ていることから、美女柳とも呼ばれる花木であるが、開ききった花にたくさんの長い雄しべが立ち上がっている姿は、どこか怪しげでもある。中国原産。わが国へは宝永5年（1708年）に渡来したとされる。庭木、切り花用に栽培されている。高さは1メートルほどになる。日当たりのよい場所での生育はよい。6〜7月、枝先に黄色い5弁花を咲かせる。大きく開いた花の上には、花弁よりも長く伸びた雄しべがたくさん立って、怪しい美しさを醸し出している。

❖——一つの花の寿命は短いが入れ替わり次々と咲き続ける。同じオトギリソウ科のキンシバイとよく似るが、5枚の花弁（花びら）一枚ずつが離れているのが本種で、花弁が大きく開いていないのがキンシバイである。

未央柳蝶が紛れてしまひけり　水原京子

未央柳の初花にして暑を迎ふ　遠藤はつ

名前の由来　葉がヤナギに似ていることと、雄しべの長い花の美しさを、唐の玄宗《げんそう》皇帝の時代の〝未央宮《びおうきゅう》のヤナギ〟になぞらえた和名。未央宮のヤナギは詩人の白居易《はくきょい》に楊貴妃《ようきひ》の眉にたとえられた。

枇杷 びわ（びは）

枇杷たわわ、朝寝たのしき女の旅　近藤愛子

枇《び》杷《は》の実《み》

❖――温帯の果樹には珍しく初冬に花を咲かせ、初夏に実を結ぶ、橙色の大粒の果実と大きな種が印象的な夏の果実である。中国原産。蕾や花柄に細かい綿毛が生えるのは防寒のためだろうと考えられる。関東以南の温暖な地域に分布。戸外で食事をしたときに、実を食べ終わって捨てた種からでも簡単に発芽するので、九州をはじめとした暖地では野生化していることも多い。野生のものはとくに石灰岩地帯に多い。樹高は10メートルにもなる。幹は古くなると、まだらに剥がれ落ちる。葉は厚く、大形の長楕円形で光沢があり、長さが20センチもあって、冬でもみずみずしい深緑色のままである。

やや酸味がある品種〝田中〟。

❖――晩秋から冬にかけて、枝の先に100～200個の白色の小花を長期間にわたって咲かせる。材が緻密で粘り強いため、古くは櫛、印材、木刀などに用いた。

バラ科
常緑高木

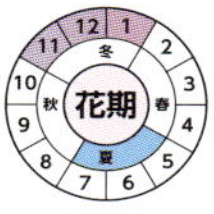

11～1月

尼寺や甚だ淡き枇杷の味　村上蚋魚《へいぎょ》

枇杷大葉籠の実蔽ふうらおもて　飯田蛇笏

名前の由来　名前は漢名「枇杷」の音読みから。語源には、果実の形が楽器の琵琶に似ているからとか、果実ではなく葉の形が似ているからとか、果実の色が鶸《ひわ》色だからとか、諸説ある。

菩提樹の花

ぼだいじゅのはな
（ぼだいじゅのはな）

菩《ぼ》提《だい》の花《はな》

シナノキ科
落葉高木

6月

淡黄色の香りのよい花が房になって垂れ下がる。

菩提樹に花咲き同じ夢を見る　飯島晴子

❖——釈迦が樹木の下で悟りを開いたという話はよく知られている。その樹木は、私たちが寺院でよく見かけるボダイジュ（菩提樹）であったことも。しかし、その樹木はボダイジュではなく、クワ科のインドボダイジュだった。ではなぜこんなことが起こったのか。実は、インドから中国に仏教が入ったとき、中国には同じ木がなかったので、葉の形が似ているボダイジュで代用し、それが日本に伝わり、日本でも寺院にボダイジュが植えられるようになったのである。

❖——樹高は10メートル以上になる。6～7月、淡い黄色の花を下向きにたくさん咲かせる。花には芳香がある。なお、シューベルトの歌曲『菩提樹』で「泉に沿《そ》いて繁《しげ》る菩提樹……」と歌われているのは本種ではなく同属のセイヨウボダイジュである。

菩提樹の花の真昼の香なりけり　石田勝彦

菩提樹の花さしのぞく写経台　金子篤子

ワンポイント　貝原益軒が編纂した『大和本草《やまとほんぞう》』によれば、宋に留学した栄西《えいさい》が天台山のボダイジュを持ち帰り、建久《けんきゅう》元（1190）年に香椎宮《かしいぐう》に植えたという。花はシナノキに似た良い香りがする。

蛍袋

ほたるぶくろ

釣鐘草《つりがねさう》　提灯花《ちやうちんばな》　風鈴草《ふうりんさう》

キキョウ科　多年草

花期　6～8月

❖――釣鐘草《つりがねそう》、提灯花《ちょうちんばな》、風鈴草《ふうりんそう》とも呼ばれるが、いずれの名前も花の形からきている。ホタルブクロという名前は、昔の子どもはこの大きな花にホタルを入れて遊んだかもしれない、と大人が想像してつけた名前。北海道南西部、本州、四国、九州各地の山野に自生する。草丈は30～80センチくらい。葉には薄毛が生えている。6～8月頃に枝の先に釣鐘状の淡紅色または白色の花を咲かせる。花の内側に紫の斑点があって、そばかすのように見える。

蛍袋は愁ひの花か上向かず　鈴木真砂女《まさじょ》

木天蓼の花

またたびのはな

マタタビ科

落葉つる性木本

花期　6～7月

❖――名前の由来は、アイヌ語でマタタビを意味するマタタムブか、古語の「和多々比《わたたひ》」が転じたものか、どちらかではないかといわれている。東アジア各地に分布し、日本でも全土の山地や丘陵に自生している。6～7月頃、枝の上部の葉腋《ようえき》に、梅に似た白い花を咲かせる。開花期に枝先の葉の表面の上半分が、ペンキを塗ったように白くなるという変わった特徴があるが、花が終われば元に戻る。秋に黄色く熟す果実は、ネコ類が好むことで有名。

またたびを喰らふ青鬚越後人　沢木欣一

水芭蕉

みずばしょう（みづばせう）

サトイモ科　多年草

5～7月

❖──名前の由来は、水辺に自生しているので、まず〝ミズ〟をもらい、次に、花後に大きな葉を出してくるのだが、この葉がバショウの葉に似ているので、〝バショウ〟をもらい、2つ合わせてミズバショウになった。

本州、北海道に分布。雪の多い地域の湿原、湿っている草原、沼などに自生し、多くは群生している。5～7月、大きな白い花を咲かせるが、これは花ではなくて仏炎苞《ぶつえんほう》と呼ばれる苞で、本来の花は苞の中にある棒状の花穂にびっしりとついている。

峠にはまだ雪消えず水芭蕉　滝井孝作

虫取撫子

むしとりなでしこ

蠅取撫子《はへとりなでしこ》　小町草《こまちさう》
ナデシコ科　一～二年草

6～7月

❖──南ヨーロッパ、地中海沿岸の乾燥地の原産。日本には江戸末期に渡来。ヨーロッパでも、栽培されていたものが海岸や河川敷や鉄道用地などで野生化しているが、日本でも同様で、庭などに栽培されていたものが、帰化植物化し、海岸付近の砂地などに自生するようになった。そのため園芸植物のイメージは薄い。6～7月頃に紅色の花を咲かせる。花は小さめの撫子形で、茎の上部の節間に粘液を出して、下から登ってきて花を食べようとする虫を阻止する。

小町草咲きひろがりぬ尼が庵　高浜虚子

矢車菊
やぐるまぎく

矢車草《やぐるまさう》

キク科
一年草

花期
4〜5月

矢車草病者その妻に触る、なし　石田波郷

❖——一般的には、矢車草の名で通っているが、山地の湿った林内に自生するユキノシタ科の矢車草と混同されてしまうので、キク科の本種は正しく矢車菊と呼ぶべきである。とはいうものの、歳時記などでは「矢車菊」を使った句は皆無といっていい状態で、「矢車草」の使用が圧倒的。字余りにならず発音しやすいからだろう。

❖——地中海沿岸のヨーロッパ、小アジア（アジアの西端にあり、トルコの大半部を占める、地中海と黒海に挟まれた半島）原産。古代エジプトやヨーロッパで広く栽培されていて、エジプト王家のツタンカーメンの棺の中には、３３００年を経た本種が形を崩さずに残っていた。日本には幕末に渡来し、観賞用に栽培されている。本種はドイツの国花である。

清貧の閑居矢車草ひらく　日野草城《そうじょう》

驟《しゅう》雨《う》来て矢車草のみなかしぐ　皆川盤水

名前の由来 鯉幟《こいのぼり》の柱の先端に回る矢車（軸のまわりに、矢や羽根状の木などを放射状につけたもの）に、矢車菊の花の形が似ているから、もしくは矢車草の5枚の小葉が似ているから、との2説がある。

百合《ゆり》

鬼百合《おにゆり》　鉄砲百合《てっぽうゆり》　笹百合《ささゆり》
姫百合《ひめゆり》　車百合《くるまゆり》　山百合《やまゆり》

ユリ科　多年草

花期　5～8月

❖——日本はユリの王国である。ユリ属には約100種あり、そのうち15種が日本に自生し、うち7種は日本特産種である。百合は花が大きくて風に揺れやすいので、百合という名前は「揺れる」から来た、という説がある。百合は花がどの向きに咲くかで種類を見分けることができる。上向きに咲くのはスカシユリ、ヒメユリ、キヒメユリ。横向きに咲くのはヤマユリ、ヒメサユリ、ササユリ。下向きに咲くのはコオニユリ、オニユリである。

山百合を捧げて泳ぎ来る子あり　富安風生

浜木綿の花

はまゆうのはな（はまゆふのはな）

浜万年青《はまおもと》

ヒガンバナ科　多年草

花期　4～5月

❖——浜木綿の木綿《ゆう》は、古語で「ゆふ」という。これは、木綿からとれるもめん綿《わた》のことではなくて、和紙の原料であるコウゾの樹皮を加工して神事用に糸にしたもののことをいうのである。そして実は、本種を加工すると木綿と似たものができるので浜木綿という。和名の浜万年青《はまおもと》は、葉の形がユリ科の万年青《おもと》に似ていて、浜に自生する草だからこの名に。関東以西の各地の海岸の砂地に自生する。花は夕方から開き出して、深夜に満開になる。

浜木綿を兵発つ駅に観たりけり　沢木欣一

蝦夷菊

えぞぎく

キク科　一年草

翠菊《えぞぎく》　さつまぎく　アスター

6～9月

❖——蝦夷菊は、一般にアスターの名前で親しまれている。かつて、シオン属のアスターに分類されていたため。現在は一種だけでカリステフス属（エゾギク属）に分類されている。カリステフスは〝美しい冠〟という意味で、これは本種の種子の冠毛《かんもう》が美しいことから。原産地は中国東北部。日本には江戸中期に渡来し、薩摩でよくつくられたので薩摩菊と呼ばれることもある。蝦夷菊の名前の由来は定かではない。江戸菊がなまったものかといわれている。

蝦夷菊や老医のことばあたたかく　柴田白葉女《はくようじょ》

黄蜀葵

おうしょっき
（わうしよくき）

黄蜀葵《とろろあふひ》
アオイ科　一年草

8～9月

❖——別名（和名）のトロロアオイは、本種が根に粘液を多く含んでいるので、それをトロロにたとえて、トロロアオイに。根の粘液は、和紙をすくときの粘着剤「ねり」として昔から使われてきた。根を乾燥させたものを黄蜀葵といい、緩和剤として使われていたが今は見かけなくなった。中国原産。畑で栽培されるが、庭や花壇にも植えられる。草丈は1～2メートル。7月中旬から秋にかけて、淡黄色の大きな5弁花を横向きに咲かせる。朝開花し、夕方にはしぼむ。

黄蜀葵咲かせ藁屋《わらや》の万能医《ばんのうい》　神蔵《かみくら》 器《うつわ》

花魁草

おいらんそう（おいらんさう）

草夾竹桃《くさけふちくたう》

ハナシノブ科
多年草

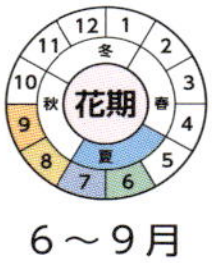

6〜9月

揚羽蝶《あげはちょう》おいらん草にぶら下がる　高野素十

❖——真夏の道端の植え込みの中でも、強くあでやかに咲く花である。北アメリカ原産。日本へいつ渡来したかは不明だが、大正初期にはすでに全国的に栽培されていた。フロックス（桔梗撫子）の仲間だが、フロックスの花期は初夏で、本種の花期は晩夏。また、本種や花爪草はフロックスとちがって、宿根性である。

❖——1732年頃、北アメリカからヨーロッパに渡り、フランスやドイツで品種改良が盛んに行われ、その結果、開花期間が長くて花色が豊富な、今日の園芸品種ができた。草丈は1メートルほど。茎は1株から数本直立する。夏から秋にかけて、茎の先にたくさんの花をつける。宿根性フロックスには茎が這《は》うものと立つものがあり、這うものはシバザクラ、立つものをオイランソウと呼んでいる。

黒揚羽花魁草にかけり来る　高浜虚子

一とむらのおいらん草に夕涼み　三橋鷹女《たかじょ》

名前の由来　花の形が江戸時代の花魁の頭のようなのでこの名がついたという。また、舞妓の花櫛のようなあでやかさがあるので、この名がついたとも。花が夾竹桃に似ているので「草夾竹桃」という。

萱草の花

かんぞうのはな（くわんざうのはな）

萱草《くわんざう》　諼草《かんぞう》　ひるな　宣男草《せんだんそう》　忘草《わすれぐさ》

ユリ科
多年草

7～8月

花萱草乙女ためらひ刈ってしまふ　加藤知世子

やや大型のヤブカンゾウは八重咲きで、花径約 8cm。

❖――真夏のあぜ道などで見かける、濃いオレンジ色の、百合に似た花である。日本、東アジア原産。東アジアの温帯を中心に、南ヨーロッパにも分布。「萱草」は本来はホンカンゾウを指すのだが、キスゲ属の、濃いオレンジ色の花を昼に咲かす群（ノカンゾウ群、ゼンテイカ群、ヤブカンゾウ群など）の総称とすることが多い。日本には数種が自生。

❖――ノカンゾウは草地や土手など、やや湿り気のあるところで見られる。7～8月に、ユリに似た6弁花を数個咲かせる。花は一日でしぼむ。花茎の高さは約50～70センチ。外国でも「デイ・リリー/day-lily」の名で親しまれている。仲間には、古い時代に渡来したホンカンゾウ、藪に生えるヤブカンゾウ、花の赤みの強いベニカンゾウ、庭に植えられるヒメカンゾウなどがある。

萱草や浅間をかくすちぎれ雲　寺田寅彦

萱草の花をいそがず小浜線　岡井省二

名前の由来　漢名「萱草」の音読みが由来。萱草の萱という字は、「かや」とも読み、ススキの仲間をさす言葉でもあるが、本種の葉がススキの葉に似ているので共通の漢字になったのかもしれない。

錦鶏菊

きんけいぎく

キク科　一年草

7～10月

❖――北アメリカ中西部原産。日本には明治初期に渡来。特定外来生物に指定され栽培が禁止されたオオキンケイギクの仲間。オオキンケイギクとキンケイギクの属名はコレオプシス（Coreopsis）で、ギリシア語のKoris（南京虫）とopsis（外観）から来ている。これは、果実（痩果）の形が南京虫に似ているから。黄金色の花を次々と長期間咲かせる。花の基部に濃赤褐色の蛇の目模様が入るものは、「蛇の目菊」の名を持つキンケイギク（ハルシャギク）である。

錦鶏菊調律師来て音調ぶ　　塚谷きみ江

千日草

せんにちそう
（せんにちさう）

千日紅《せんにちこう》
ヒユ科　一年草

5～10月

❖――名は中国名の千日紅の音読み。開花する時期が初夏から晩秋までと長い。開花期間が長いことで知られるサルスベリ（百日紅）よりも長いので、百日紅に対して千日紅と名づけられた。熱帯アメリカ原産。日本には中国を経て江戸時代前期に渡来した。本種の仲間は100種以上あるが、日本で栽培されているのはセンニチコウとキバナセンニチコウの2種。茎の先についているボンボンのような愛らしい丸い花は、苞が発達して色づいたものでドライフラワーに最適。

一日を善意に疲れ千日紅　　川村昭子

グラジオラス

唐菖蒲《とうしょうぶ》
和蘭菖蒲《おらんだしょうぶ》
和蘭《おらんだ》あやめ

アヤメ科
多年草

5〜10月

春咲き種と、10輪以上の迫力のある大輪花を咲かせる夏咲き種とがある。ただ、グラジオラスといえば夏咲き種を指し、夏花壇でよく見かける。花色も豊富である。球根植物。茎は高さが60〜120センチくらいで直立し、剣状の葉を左右につける。オランダショウブの名もついているが、ショウブのように湿地を好むわけではない。

黄は観音赤は仏にグラジオラス　柴田光子

❖——葉は剣のように鋭く、花は太い茎が見えなくなるくらいに大きく咲き開く夏の花である。南アフリカ、地中海沿岸、小アジア原産。地中海沿岸からアフリカ南部にかけて約250種が自生する。19世紀初めに、欧米で盛んに交配改良が行われ、日本には江戸時代にオランダから渡来した。

❖——現在では切り花、花壇用に多く栽培されている。約300の原種があり、5〜10月に清楚な花を咲かせる

少女ねむるグラジオラスに口開けて　川口波丈

刃のごとくグラジオラスの反りにけり　佐久間慧子

名前の由来　グラジオラスは、ラテン語の「剣」という単語の短縮形。意味は「小さな剣」。葉の形が剣のようなのでこの名がつけられた。古代ギリシア・ローマ時代にすでに栽培されていた。

クレオメ

風蝶草《ふうてふさう》　風鳥草《ふうてうさう》

フウチョウソウ科　一年草

6～10月

❖——クレオメは学名Cleome hassleriana から。別名はセイヨウフウチョウソウ（西洋風蝶草）とスイチョウカ（酔蝶花）で、花の形が風に舞う蝶のように見えるので、この名がついた。本種とは別に「風蝶草」という植物があるのだが、ほとんど栽培されていない。日本で栽培されているのは西洋風蝶草だけである。そのため、俳句の上では西洋風蝶草が風蝶草として扱われている。熱帯アメリカ原産。花は夏の夕方になって芳香を漂わせて開き、翌日の昼にはしぼむ。

クレオメの高く真直ぐに吹かれゐし　山崎ひさを

黒百合

くろゆり

ユリ科　多年草

6～8月

❖——ユリ科だが、４つの系統——テッポウユリ系、ヤマユリ系、スカシユリ系、カノコユリ系——が属しているユリ属ではなく、バイモ属である。花が暗紫褐色で、少し離れたところから見ると黒っぽくて、花の形がユリに似ているので〝クロユリ〟と呼ばれている。日本では、本州中部以北、北海道の高山帯の草原に自生する。6～8月、茎頂に花を数個、咲かせる。花を光に透かすと花脈が血管のように見え、不気味。臭気もある。しかし、山草好きの人には人気が高い。

黒百合を夕星ひかる野に見たり　阿部慧月《けいげつ》

月下美人

げっかびじん

女王花《ぢよわうくわ》

サボテン科
多肉植物

7～11月

夜半の雨月下美人に音すなり　阿波野青畝《せいほ》

❖――夏に、夕方から咲き始めて、月の光の下で美しい花を一夜で咲き終えてしまう神秘的な多肉植物である。メキシコから中米、ブラジルにかけて分布。ジャングルの岩、落ち葉の堆積、老樹の梢《こずえ》などに着生《ちゃくせい》（付着して生育すること。寄生と異なり、養分をとることはない）する。高さは1・5メートルほど。夏から秋にかけての一夜、香りの高い純白の大輪の花を咲かせる。

❖――花には強い香りがあり、花を見なくても、漂い始める香りで咲き始めたことがわかる。花は夜の8～9時頃から咲き始めて、深夜に満開となり、明け方にはしぼんでしまう。秋までに何回か開花するが、連続的には咲かないで、2～3回ほどまとまって開花する。苗から育成して花を咲かせるには10年以上かかるものもある。手間がかかるが愛好家は多い。

月下美人夜の向ふに海の音　佐藤和夫

咲きすすむ力にゆれて女王花《じょおうか》　下村非文

名前の由来　夏の夜に、月の光の下で美しい花を開く性質を、月の下で見る謎めいた麗人にたとえてつけた名前。ヒガンバナ科の月下香《げっかこう》を月下美人ともいうが、これとは別である。

紅黄草

（こうおうそう）
（こうわうさう）

マリーゴールド
万寿菊《まんじゅぎく》　千寿菊《せんじゅぎく》
キク科　一年草

6～9月

❖——孔雀草《くじゃくそう》という名前が、２つの植物の名前になっていてまぎらわしいので整理する。孔雀草という名前の1つ目の植物は、波斯菊《はるしゃぎく》（別名蛇《じゃ》の目草《めそう》）で、北アメリカ原産。２つ目の植物は、本種の紅黄草《こうおうそう》（別名マリーゴールド）で、メキシコ原産。マリーゴールドには、フレンチ、アフリカン、メキシカンがあり、フレンチ・マリーゴールドは17世紀に日本に渡来。紅黄草・孔雀草と名づけられた。草丈は30～40センチ。花は小輪。初夏から秋まで咲く。

地下墓室《かたこんべ》出てマリーゴールド眩《まぶ》し　久根美和子

紅蜀葵

（こうしょっき）
（こうしよくき）

紅蜀葵《もみぢあふひ》
アオイ科　多年草

8～9月

❖——和名（別名）のモミジアオイは、葉の形がモミジに似ていることから。北米原産。日本には明治初期に渡来。花壇や庭園で栽培される。草丈は1～3メートル。8～9月に緋紅色の大きな5弁花を横向きに咲かせる。花の中心から赤くて長い蕊《しべ》を突き出す。花は一日花だが、毎日1花ずつ咲き上がっていくので寂しさを感じさせない。丈夫なので庭先（縁側に近いところ）に植えると毎年楽しめる。草姿には風情《ふぜい》があるので、日本庭園などにも使われている。

紅蜀葵肱《ひぢ》までとがり乙女達　中村草田男

苔桃の花

こけもものはな

苔桃《こけもも》の実《み》　フレップ
ツツジ科　常緑小低木

6～7月

❖――コケリンドウが、全体が小さいので〝苔のように小さい〟という意味で、名前の頭に〝コケ〟が付けられているように、本種も樹高が10センチほどしかなく、葉も小さすぎて1センチほど。樹木らしくないので、〝コケ〟がつけられた。そして、赤い実が桃に似ているので、この2つを合わせて「苔桃」と名づけられた。北海道から九州の高山に自生。6～7月頃、淡紅色の小さな花をつける。夏山でこの花を見ると気分が安らぐ。実は食用になる。

こけももの実と栗鼠の眼とまだねむし　中戸川朝人

胡蝶蘭

こちょうらん（こてふらん）

羽蝶蘭《うてふらん》　岩蘭《いはらん》　有馬蘭《ありまらん》
ラン科　多年草

通年

❖――台湾、東南アジア原産。本種は、山地の湿った岩の割れ目や他の樹の上などに根を張って生活する着生《ちゃくせい》植物で、カトレアなどとともに着生ランの代表である。ただ他の樹木の上で生活してはいるが、その植物から栄養を吸収しているわけではないので寄生植物ではない。日本ではもっとも人気の高いランの一つで、人気の主流は白花大輪系である。その名の通り、たくさんの蝶が舞っているような姿で見る人をハレ（非日常）の世界に引き込む。

導かれ来し一卓の胡蝶蘭　後藤夜半

駒草

こまくさ

ケシ科
多年草

花期
7〜8月

駒草に石なだれ山匂ひ立つ　河東碧梧桐《かわひがしへきごとう》

❖――高山の岩場に自生し、他の植物とは混生しない、気高くも可憐《かれん》な、高山植物の孤高の女王である。本州中部以北、北海道に分布。高山の砂《さ》礫《れき》地、岩の間などに自生する。他の植物とは混生しない点が特徴。双子葉植物（2枚の子葉をもつ植物）なのに子葉が1枚という変わった植物である。草丈は5〜10センチ。根元から出る葉は人参の葉に似て、細かく裂けていて、白みを帯びた緑色をしている。7〜8月頃、花茎の先が垂れて、数個の紅紫色の花を開く。

❖――〝高山植物の女王〟と称され、日本でもっとも著名な高山植物であるが、中央アルプスや、南アルプスの駒ヶ岳では乱掘《らんくつ》により絶滅してしまった。アルカロイドを含み、薬用としても有名で、かつては乾燥させたものを腹痛薬として用いた。

霧よせて駒草紅を失したり　河合薫泉

駒草や朝しばらくは尾根はれて　望月たかし

名前の由来　本種の蕾が子馬の顔に似ていることからこの名前に。「駒」は馬のことである。顔が馬に似ているのだから馬草でいいのに、駒草としているのは高山植物の女王らしいネーミングだ。

鷺草

さぎそう
（さぎさう）

連鷺草《つれさぎそう》
ラン科　多年草

7～8月

❖――日本原産。白鷺《しらさぎ》が舞い降りる姿に似ているのでこの名前に。それにしてもあまりにもよく似ているので、まさに造化《ぞうか》の主の傑作の一つ。夏の風物詩の一つとして鉢植えで販売されている。本州から九州の日当たりのよい湿原に自生する。その形のユニークさと花色の美しさによって古くから人々に愛され、観賞用に栽培されてきた。草丈は20～40センチ。7～8月、1～3個の純白の花を咲かせる。姫路市の市花で、東京都世田谷区の区花でもある。

風が吹き鷺草の皆飛ぶが如　高浜虚子

珊瑚樹の花

さんごじゅのはな

花珊瑚《はなさんご》
レンプクソウ科　常緑高木

6月

❖――昔は木珊瑚《きさんご》とも呼ばれていた。珊瑚樹の名の由来は、秋になる赤い実が珊瑚の首飾りの玉に似ているからではないかといわれている。本州南部、四国、九州、沖縄の暖地の海岸近くなどに自生。樹高は7～8メートル。6～7月に短い枝先にやや紫色を帯びた白色の小花をたくさんつける。秋には果実が赤く熟して垂れ下がる。保水力が強く、葉が肉厚なので燃えにくく、生育が早い上に日陰や乾燥にも強いため、防風林や生け垣などに利用されてきた。

二日続きの雨上がる花珊瑚　福井百合子

蛇の髯の花

じゃのひげのはな

蛇《じゃ》の髭《ひげ》　竜《りゅう》の髭《ひげ》
はづみだま
蛇の髯の花

ユリ科
多年草

7〜8月

❖——日本、朝鮮半島、中国原産。北海道から沖縄まで広く分布している。山野の森の中や、山林の外れの林床などに自生するが、薬用として畑でも栽培されている。ランナーを伸ばしてふえる。根元から細長い線形の葉が多数群がって出て、時には大きい株立ちとなる。葉の中から花茎を伸ばし、草丈は10〜30センチ。7〜8月、10個ほどの小さな花が下向きに咲く。花色は淡紫色で、まれに白色がある。

龍の髭の花いとほしめ庭男　籾山《もみやま》梓月《しげつ》

瑠璃色で実のように見える種子「竜の玉」は冬の季語。

❖——花後、鮮やかなコバルトブルーの、果実に見えるものをつけるが、これはじつは実《み》ではなくて種子で、〝竜の玉〟と呼ばれる。仲間に、葉の長いナガバジャノヒゲ、葉の大きいオオバジャノヒゲなどがある。根の塊状部は、生薬で〝麦門冬《ばくもんどう》〟と呼ばれ、滋養・強壮、咳止め、解熱、利尿などの薬効がある。

龍の髯茂りぬ花のひそみより　上川井梨葉

一茎に龍髯の実の瑠璃七ツ　五十嵐播水《ばんすい》

名前の由来　〝尉《じょう》の髭〟が名前の由来である。〝尉〟とは、能では老翁の面《おもて》のこと。この老翁の面には長い髭（あごひげ）があり、本種の葉を〝尉の髭（ジョウノヒゲ）〟に見立て、ジャノヒゲに転訛《てんか》した。

睡蓮

すいれん

未草《ひつじぐさ》
スイレン科　多年草

花期　6～1月

❖——名前が「水蓮」ではなく「睡蓮」になっている理由は、蓮《はす》に似た花が午後には閉じてしまうことから、その様子を「睡《ねむ》る蓮」に見立てたため。別名の未草《ひつじぐさ》は、正しくは日本に自生する小型の睡蓮をさしているが、睡蓮の通称として用いられることもある。現在、約40種が世界各地に分布しているが、栽培は古代から行われていたことが古代エジプトの壁画によって知られる。各地の池や沼に自生するが栽培されることも多い。横浜市三渓《さんけい》園の未草は有名。

睡蓮に問う雨の日のモネの起居《ききょ》　伊丹美樹彦

波斯菊

はるしゃぎく（はるしやぎく）

孔雀草《くじゃくそう》　蛇《じゃ》の目草《めそう》
キク科　一年草、多年草

花期　7～10月

❖——北アメリカ中西部原産。日本には明治初期に渡来。特定外来生物に指定され、栽培が禁止されたオオキンケイギクの仲間。花はコスモスに似ていて、香りがある。茎と葉は無毛で、すべすべしていて、よく分枝する。草丈は30～60センチ。6～11月、細長い花柄《かへい》の先に3センチ前後の頭《とう》花《か》を咲かせる。花色は鮮黄色。基部に濃赤褐色の蛇の目模様が入る。この模様が和名の「蛇《じゃ》の目草《めそう》」の名前の由来。丈夫な性質で、空き地などに野生化しているものもある。

佳き日々や壺にあふれし孔雀草　三浦静子

ユッカ

糸蘭《いとらん》　君代蘭《きみがよらん》

リュウゼツラン科
常緑低木

花期
5～6月／10～11月

若きらは早や海恋へりユッカ咲く　田中七草

❖――ユッカは、リュウゼツラン科イトラン属（ユッカ属）の植物の総称。英語ではyucca（ヤッカ）。ユッカという名前は、カリブ諸島でキャッサバの根をユッカと呼んでいて、根の形がこれによく似ているために間違って学名をつけられたといわれる。

❖――日本で栽培されているものは、葉が蘭の葉に似ているイトラン（糸蘭）、イトランよりも大形で下葉がねじれていて葉が直立しないキミガヨラン（君世蘭）、棘《とげ》のような葉先で灰緑色のアツバキミガヨラン（厚葉君世蘭）、4～6メートルにもなるセンジュラン（千寿蘭）、メキシコチモラン（「青年の木」といわれるものが多い）などがある。

❖――北米西南部、中米原産。メキシコ高原にかけては約300種が自生している。日本には明治時代に渡来。公園や庭園などでよく見かける。

黒潮の涯の夕富士ユッカ咲く　母坪いづみ

ユッカ咲く庭芝広く刈られけり　西島麦南

ワンポイント　ユッカは虫媒花で、昆虫との相利共生関係にある。しかし、日本には〝ユッカ・モス〟という〝ユッカ蛾〟がいないので受粉できず、アツバキミガヨランもキミガヨランも結実しない。

日光黄菅

にっこうきすげ
（につくわうきすげ）

禅庭花《ぜんていか》
せつていくわ

ユリ科
多年草

7～8月

夕かはづ日光黄菅野にともる　沢田緑生

❖——日本（北海道、本州）、中国、朝鮮半島、東シベリア原産。東アジアの温帯に分布。日本では本州中部以北から北海道の山地の草原に自生する。肥沃で適湿な草原などに群生することが多い。草丈は50～70センチほど。7～8月頃、花茎を伸ばして、直径7センチくらいの濃い橙黄色の花を花茎の頂部につける。6枚の花びらは反り返り、基部が筒状になっている。花はユリと同じラッパ形で、一日でしぼんでしまう。別名の禅庭花は、日光戦場ヶ原を中禅寺の庭と見立て、そこに見られる花だからその名がついたといわれている。

花は直径7cmほどの6弁花。

❖——同属の仲間は次の通り。夕方に開花して翌朝閉じるユウスゲ、野原で咲くノカンゾウ、野原で半八重咲きに咲くヤブカンゾウ、海岸に自生するハマカンゾウ、ハマカンゾウよりも大形のトビシマカンゾウ、草姿が小さいヒメカンゾウなど。

日光黄菅触るれば霧の降りてきし　石丸悦子

日光黄菅後姿の夏を見き　川崎展宏

名前の由来　日光の霧降《きりふり》高原は本種の大群落があることで有名。著名な自生地である日光（栃木県）にちなんで、〝日光の黄菅《きすげ》〟の意。ただし、キスゲに似てはいるが、キスゲとは別種である。

❖にっこうきすげ❖

蘇鉄の花
そてつのはな

ご赦免花《しゃめんばな》
ソテツ科　常緑低木

8月

❖——日本、台湾原産。南九州、沖縄に分布。沿岸地に自生。本種が弱ったときの蘇生法として、昔は幹に鉄《てつ》釘《くぎ》を打ち込むことが行われていたために、〝蘇〟と〝鉄〟で蘇鉄になった、というのが名前の由来。海岸の岩上に生育する。江戸時代には庭園にソテツを植えることが流行し、桂離宮などに見られる。寺院の植栽にも好まれ、大阪府堺市の日蓮宗・妙国寺《みょうこくじ》のソテツは有名。沖縄、奄美地方では、食糧不足の折に、本種の茎の中にある澱粉《でんぷん》を洗い出して食用とした。

蘇鉄咲き黒潮荒き雨降らす　神尾季羊《きよう》

朝鮮朝顔
ちょうせんあさがお（てうせんあさがほ）

曼荼羅華《まんだらげ》　狂茄子《きちがひなす》　闘陽花《とうようくわ》
喇叭花《らっぱくわ》　万桃花《まんたうくわ》　ダチュラ
ナス科　一年草

温室内では周年

❖——熱帯アジア原産。熱帯では低木状になるが、日本で栽培すると一年草となる。江戸時代に渡来。薬用として輸入され、栽培もされたが、栽培がむずかしくそれほど収穫できないために採算が合わず、今日ではほとんど見かけない。極東では曼陀羅《まんだら》華《げ》と呼ばれ、鎮静麻酔薬として使われていたことがあり、日本でも華岡青《はなおかせい》洲《しゅう》による日本で初の乳がんの手術の際に、麻酔に使われたことでも知られる。なお、名前のチョウセンは、〝外国〟の意で、朝鮮のことではない。

港町ダチュラに荒き夕の雨　柴山美枝子

ダリア

天竺牡丹《てんぢくぼたん》　ポンポンダリア
ダリヤ　ダーリヤ

キク科
球根性多年草

6〜10月

鮮烈なるダリヤを挿《さ》せり手術以後　石田波郷

❖――詩人のゲーテが愛した花。ゲーテの庭には70種ものダリアが植えられていたという。現在では2万〜3万種ともいわれる園芸品種がある。日本には天保年間の1842年にオランダ船で渡来したオランダ人が紅色の一重咲きを入れた。当時は天竺牡丹と呼ばれた(〝天竺〟はインドをさす中国での古称)。原産地はメキシコやグアテマラの冷涼な高地である。

❖――花期が長く、夏から秋まで花を咲かせるので、切り花としても一般家庭の花壇用としても広く栽培されている。一般向けに本格的に輸入されるようになったのは明治に入ってからで、明治40年頃に大流行した。世界各国の王侯貴族にも愛され、ナポレオンの妻ジョセフィーヌが自らの花と称したことも有名である。品種は多種多様で、花色は、青以外ほとんどある。

千万年後の恋人へダリヤ剪《き》る　三橋鷹女

窯の前暑しダリヤが花を垂れ　水原秋櫻子

名前の由来　この花を初めてヨーロッパに紹介した、スウェーデンの植物学者アンドレアス・ダールを記念して命名された。草丈が3メートル以上になる〝皇帝ダリア〟(晩秋に開花)は人気が高い。

凌霄の花

のうぜんのはな

凌霄
のうぜんかづら

雨のなき空へのうぜん咲きのぼる　長谷川素逝《そせい》

❖――垣根や屋敷林などに絡みつき、オレンジ色の大形の花を咲かせる。エキゾチックでしゃれた感じのする花だが、鄙《ひな》びた田舎でよく見かけるので、日本の原風景の一部になっているようにも感じさせられる不思議な花木である。中国原産。古くに渡来（918年頃に成立した薬物辞典『本草和名』に〝のうせう（のうしょう）〟の名で出ているので、この辞典が成立した以前に到来している）して、薬用に栽培されていた。

ノウゼンカズラ科
落葉つる性木本

7～8月

❖――観賞用として庭にも植えられている。茎から付着根を出して、塀や垣根や樹木などをよじのぼりながら伸びていき、樹高は10メートル近くにまで達する。7～8月、枝の先に橙黄色のラッパ形の大形の花をたくさん咲かせる。

のうぜんの花さけど吾は貧しくて　木山捷平

なが雨の切れ目に鬱と凌霄花　佐藤鬼房

名前の由来　名前は、「ノウゼンカズラの花」を略したもので、ノウゼンは漢名の凌霄の発音が「ノウショウ」「ノウゼン」に転訛《てんか》したものとされ、カズラは本種がつる性であることによる。

月見草

つきみそう
（つきみさう）

月見草《つきみぐさ》　待宵草《まつよひぐさ》　大待宵草《おおまつよひぐさ》
アカバナ科　多年草

6～7月

❖太宰治が『富嶽百景《ふがくひゃっけい》』の中で、「富士には月見草がよく似合う」と書いているがこれは誤り。なぜなら、月見草は夜間にだけ咲く一夜花だから。夜には富士は見えないので〝よく似合う〟はずはない。太宰が月見草と書いているのは待宵草《まつよいぐさ》、大待宵草《おおまつよいぐさ》のことである。月見草は現在では〝まぼろしの花〟といわれ、見ることはほとんど不可能。そのため俳句の世界では黄色い待宵草を「月見草」と句に読むのが一般的。

いとほしき夜明けの色の月見草
椎橋清翠《しいはしせいすい》

フクシア

釣浮草《つりうきそう》　瓢箪草《ひょうたんそう》
ホクシア
アカバナ科　落葉低木

4～6月

❖下向きに咲く上品な花姿から、「貴婦人のイヤリング」と呼ばれることもある。名前は、ドイツの植物学者のレオナルド・フックスにちなんで、本種の属名がフクシアという名前になったため。亜熱帯性気候地域（アンデスの山間部）原産。中南米や熱帯アメリカなどの原種を元に交配してつくられた園芸植物で、人気があるために、世界中に数え切れないほどの品種がある。高温に弱いが、日本でつくり出された〝エンジェルス・イヤリング〟は耐暑性に優れている。

釣浮草癒ゆる日遠き横臥の身
石川義子

蓮

はす

はちす　蓮《はす》の花《はな》
蓮華《れんげ》　紅蓮《べにはす》　散蓮華《ちりれんげ》
白蓮《びゃくれん》　蓮池《はすいけ》

スイレン科
多年草

7～8月

世に遠く咲き遠く散り蓮の花　鷹羽狩行

❖——原産地はインドで、先史時代に中国を経由して日本に渡来したという説が有力だが、もともと日本に自生種があったとする説もある。日本、中国、インド、イラン、オーストラリア、北アメリカに分布。池や沼で観賞用に、また、食用にする根茎（蓮根《れんこん》）を収穫するためにも栽培される。ちなみに、似ているスイレン（睡蓮）の根茎は食べられない。両者は、葉・花が水面より上に出ているとハス、水面に浮いているとスイレン、と覚えておくと簡単に見分けられる。

❖——7～8月頃、蓮池や沼などに白または淡紅色の芳香のある花を開く。花が終わって果実になる頃に、花托（花の基部の中央にあって、花びらや萼などがついている部分）が蜂の巣に似た形になるので、転じてハチスと呼ばれる。

さはくとはちすをゆする池の亀　鬼貫

ほのぼのと舟押し出すや蓮の中　夏目漱石

名前の由来　花後、花柄（先端に花をつける茎の柄）の先端にある花托（花びらや雄しべ・雌しべや萼がついている台）が大きくなり、形が蜂の巣に似るのでハチスと呼び、ハチスが略されてハスに。

カラジューム

錦芋《にしきいも》　葉錦　葉芋
サトイモ科　多年草

5〜6月

❖——よく見かけるお馴染みの観葉植物。別名は錦芋、葉錦、葉芋。いずれも色とりどりの葉の色とサトイモの葉に似たその形から。原産地は、中央・南アメリカの熱帯地域。園芸品種の育成は19世紀後半にフランスで始まり、その後各国で盛んに行われ、多くの品種がある。日本では明治中期に渡来して以来、夏の室内観葉植物として愛されている。とくに〝キャンディダム〟(通称シラサギ)、〝ホワイトクィーン〟などといった、白色系の品種の人気が高い。

カラジウム硝子戸海へ開け放つ　上岡紀之

合歓の花

ねむのはな

ねぶの花　ねむりぎ
合昏《がふこん》　絨花樹《じゆうくわじゆ》　花合歓《はなねむ》
マメ科　落葉高木

6〜7月

❖——夜になると葉を閉じ合わせる(就眠運動)ため、眠っているように見えるのでこの名前がついた。古名は「ねぶ」で『万葉集』にも出てくる。本州、四国、九州、沖縄に分布。山野や原野、河原などに自生する。イランから南アジアにも分布する。樹高は10メートル、まれに20メートルになるものも。6〜7月頃、小枝の先に淡紅色の花をつける。花びらは目立たないが、絹糸のような雄しべが紅色で美しい。夢のように美しく咲く花を愛でて庭などに植えられる。

象潟《きさかた》や雨に西施《せいし》がねぶの花　芭蕉

＊西施は中国古代四大美女の一人

❖カラジューム／ねむのはな❖

帚木
ははきぎ

地膚子《ははきぎ》 帚草《ははきぐさ》
庭草《にはくさ》 真木草《まきくさ》 地膚《ちふ》
帚木《はうきぎ》 帚草《はうきぐさ》

アカザ科
一年草

8〜9月

淡緑色の小さな花が葉腋につく。

箒木に秋めく霧の一夜かな　西島麦南

❖——古くから草ぼうきの材料として栽培されてきた草である。「帚」はホウキのことなので、〝帚木〟は〝ホウキの木〟の意味。なお、『源氏物語』第2帖の巻名は「帚木《ははきぎ》」で、この〝帚木〟が、空蟬《うつせみ》という女性の別名になっていて、第2巻のヒロインになっているために、巻名になっている。ヨーロッパ原産。

❖——日本には古くに中国を経て渡来。草ぼうきをつくるために庭や畑に植えられてきたが、現在では野生化しているものもある。どんな荒れ地でもよく育ち、畑の隅などにも生えている。茎は高さ1メートル以上になり、細い枝が多数に分かれ、やや球形にこんもりと茂る。はじめは緑色だが、やがて赤みをおびる。8〜9月、淡緑色の小さな花を多数つける。種子は〝陸のキャビア〟といわれるトンブリ。

箒木の四五本同じ形かな　正岡子規

ふり向いて誰もゐぬ日のははきくさ　神尾久美子

名前の由来　「ほうきぎ」の古名で、本種でほうきをつくったことが由来。ほうきぎ、ほうきぐさ、庭草（庭に植えることから）、ははきぐさ、真木草などの別名がある。変種に小形のハナホウキギがある。

❖ははきぎ❖

射干
ひおうぎ
（ひあふぎ）

檜扇《ひあふぎ》
うばたま
烏扇《からすあふぎ》

アヤメ科
多年草

8～9月

子を産んで射干の朱を見て居りぬ　飯島晴子

❖──日本、中国、インド北部原産。東アジアに分布し、日本では本州の西部、四国、九州、沖縄の海岸や日当たりのいい山地の草原に自生している。草姿の美しさから庭や花壇などにも植えられている。草丈は約1メートル。剣状の葉が、根元から交互に重なって出てきて、扇を開くように広がる。7～8月頃、枝先に数個、黄赤色の花を咲かせる。

❖──花の内側には暗紅色のたくさんの斑点がある。花は夕方にはしぼむ一日花。花後、楕円球形の実ができる。種は球形で光沢のある黒色。この種は黒くて美しく、ぬばたまと呼ばれている。「ぬばたま」は黒色や夜、闇などの語にかかる枕詞《まくらことば》として『万葉集』の40首あまりに登場する。関西では祭の花とされ、京都の祇園祭にも生けられる。漢方では本種の根茎を乾燥させたものを「射干」と呼び、咳止めに用いる。

丸い種子は光沢がある黒色。

射干の花大阪は祭月　後藤夜半
射干の炎々燃ゆる芝の中　石塚友二

名前の由来　ヒオウギは「檜扇」で、剣状の葉が密につき、扇を開いたように広がり、その状態が、公家が持つ檜扇に似ているので名づけられた。なお、射干は漢名。射干はシャガとも読む。

❖ひおうぎ❖

百日草

ひゃくにちそう
（ひやくにちさう）

ジニア

キク科
一年草

7～10月

尼寺やすがれそめたる百日草　軽部《かるべ》烏頭子《うとうし》

❖――真夏の日差しに耐えながら長い期間咲き続け、かつてはお盆の花として栽培されていた草花である。メキシコ原産。メキシコではアステカ族が16世紀以前から栽培していたことがわかっている。日本には文久初年（1861）にアメリカから渡来。百日草という名前だが、一つ一つの花が100日間咲き続ける、ということではなく、切り花にする際に摘心《てきしん》（茎の先端にある頂芽《ちょうが》を摘むこと）されて、脇芽が伸びて花をつけるからである。

❖――最近の改良種（一般にこの名で親しまれているのはエレガンス種）には豪華な大輪から素朴な小輪までさまざまある。花色は紅色、黄色、紫、ピンクなど。咲き方もカクタス咲き、ダリア咲き、ポンポン咲き（花びらが丸く集まって咲く咲き方。応援で使うポンポンに似ている）など多様。

心濁りて何もせぬ日の百日草　草間時彦

水替へるはじめ仏間の百日草　長谷川久々子

名前の由来　花期が7月から10月まで、とても長いことから。また、舌状花（キク科に特有の名称で、舌の形をした花びらのこと）が長く残ることから。花期が長いので浦島草という別名もある。

夏菊

なつぎく

夏《なつ》の菊《きく》
キク科　多年草

6～11月

❖──菊といえば秋だが、菊には多くの品種があって、6～8月の暑い季節に開花する菊がある。この種の菊を夏菊と呼ぶ。夏菊は、ユウゼンギク、エゾギク（アスターのこと）、フランスギクなどを代表に、品種は200を超え、花期が6～11月と長い。花色も豊富で、淡紅色、黄色、白色など。茎は太く、葉の緑は色が濃い。咲き方も大輪、小輪、八重咲き、ポンポン咲きなどがある。

夏菊や山からのぼる土佐の雲
大峯あきら

夏水仙

なつずいせん

ヒガンバナ科　多年草

8～9月

❖──葉と球根（鱗茎）がスイセンに似ていて、淡紅紫色の花が夏に咲くのでこの名前に。ただし、花はスイセンに似ていないし、スイセン属ではない。本州中部以北の山地、木陰に自生しているが、昔、観賞用に中国から導入されたものが野生化したものではないか、という説もある。春に地下の鱗茎からスイセンに似た葉を数本生じるが、この葉は初夏には枯れてしまう。葉のなくなった8月下旬から9月頃に、花茎を伸ばし、らっぱ状の花を5～6個咲かせる。

咲き揃ふ夏水仙に雨あがる
川澄王魚

向日葵

ひまわり
（ひまはり）

日車《ひぐるま》　日輪草《にちりんさう》
天蓋花《てんがいばな》　日向葵《ひうがあふひ》
ロシアひまはり

キク科
一年草または二年草

7〜9月

向日葵がすきで狂ひて死にし画家　高浜虚子

❖――インカ帝国（南アメリカのペルーを中心にケチュア族が築いた国）は、太陽神を信仰した国で、ヒマワリは〝太陽の花〟と尊ばれた。16世紀の初め、インカ帝国を滅ぼしたスペイン人によってヒマワリはヨーロッパへ持ち帰られ、同じスペイン人の医師がヒマワリをスペイン王立植物園に持ち込み、ヨーロッパ中に広まった。

❖――日本には、17世紀に、中国を経由して渡来したとされる。草丈は1メートルを超え、3メートルに達するものもある。夏の盛りの頃に太陽をイメージさせる大きな黄色い花を咲かせる。丈夫な植物で、日当たりと排水さえよければどんなところでも育つ。名前の通り、太陽に向いて動くのは成長期で、花が咲いてからは動かない。ただ、広い畑などでは全部の花が一定の方向に向かって花を咲かせる。

向日葵に天よりも地の夕焼《ゆうや》くる　山口誓子

向日葵やもののあはれを寄せつけず　鈴木真砂女

名前の由来　花が太陽に向かって咲き、太陽の動きに従って回る、と信じられていた時代に名づけられた。属名のヘリアンサス、英名のサンフラワーはどちらとも〝太陽の花〟の意味。

❖ひまわり❖

風知草

ふうちそう
（ふうちさう）

裏葉草《うらはぐさ》
風草《かぜくさ》

イネ科
多年草

8〜10月

風知草控えめに我を張りとほす　白根順子

❖——初夏のさわやかな風が吹くとたくさんのやわらかい葉をそよそよとなびかせる涼しげな草である。本州中部の太平洋側に分布する日本特産種。山地の斜面や渓谷の岩場などに自生する。江戸時代の『物品識名』に、〝裏葉草《うらはぐさ》〟の名前で掲載されているのは、この草は基部でねじれて、葉の表面が下側になり、裏面が上側になる性質があるためである。

❖——草丈は40〜70センチ。葉はよく茂って下に垂れる。8〜10月頃になると小さな花穂をつけるが、花は見るべきほどの花ではない。丈夫なので鉢植え、ロックガーデン、吊り鉢などにされ、広く観賞用に用いられている。葉に黄色や黄白色の斑《ふ》の入ったものがキンウラハグサ、シラキンウラハグサとして園芸用に栽培されている。葉が薄紅色になるベニフウチ（紅風知）は、とくに珍重されている。

円錐花序に細長い小穂をつける。

風知草たちさわぎをる一日あり　岸田稚魚

琴唄の恋を灯して風知草　河野多希女

名前の由来　本種の葉は、人が気がつかないほどのかすかな風であっても揺れる。そのため、この葉が動くと風があることを知ることができるので、この名前に。裏葉草よりも味わいのある名前である。

❖ふうちそう❖

風露草

ふうろそう
（ふうろさう）

千島風露咲いてオロロン鳥孵《か》へる　石原八束《やつか》

❖——日本各地の山に生え、登山者の心を和ませるピンクの可憐《かれん》な花である。風露草はフウロソウ科の総称。代表的なものはハクサンフウロ（白山風露）で、本州の東北地方から中部地方にかけて分布。亜高山や高山の湿った草地に自生する。日本固有種。茎は太く直立し、全体に粗い毛が密生している。

❖——草丈は30～80センチ。葉は手のひら状に深く裂けている。7～8月頃に、小さな5弁花を咲かせる。花は梅の花のような端正な形で、愛らしい紅紫色である。花弁には紫色のすじが通っている。花の後にできる実はさく果（熟すると下部が裂け、種子が散布される果実）である。秋に美しく紅葉する。和名は石川・岐阜両県にまたがる白山にちなんでつけられた。仲間には備中風露（岡山県で発見された）、伊吹風露（滋賀県伊吹山に生える）など。

濃紅紫色の花を開くアサマフウロ。

白山風露《はくさんふうろ》は踊り子いつも風といつしょ　岡田日郎

雲幾重風のはくさん風露かな　山田みづゑ

名前の由来　仲間は、チシマフウロ（千島風露）、ビッチュウフウロ（備中風露）、イブキフウロ（伊吹風露）、アサマフウロ（浅間風露）など。白山風露と同じように、それぞれ地方の名がついている。

フウロソウ科
多年草

7～8月

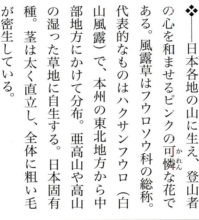

富貴草

ふっきそう
（ふつきさう）

吉字草《きちじさう》
ツゲ科　常緑低木

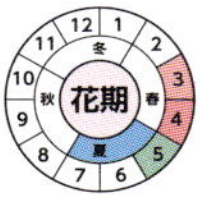

3～5月

❖——「富貴」とは金持ちで、かつ地位や身分が高いこと。本種が常緑の肉厚の葉をつけた株がどんどん増えていく様子をまるで〝富〟が増えるようだと見立てた。また、まれに白い宝石のような実をつけるので、これを貴重品と見て〝貴〟をつけた。北海道、本州、四国、九州の山地の樹林下に自生している。公園や庭の下草などとして栽培もされる。耐寒性にも富むことから、下草としてだけでなく、ビルの北側の空き地を緑化する目的などにも用いられている。

掃いてきし富貴草咲くところまで　いさ桜子

縷紅草

るこうそう
（るこうさう）

留紅草《るこうさう》
ヒルガオ科
一年草または多年草

6～9月

❖——糸のような細い緑の葉と赤い星のような花が印象的な草で、熱帯アメリカ原産のつる性の植物。つる性を生かして、庭や垣根にアーチ作りにしたり、鉢植えにして栽培される。日本で知られているのはルコウソウ（ホソバルコウソウ）、マルバルコウソウ、ハゴロモルコウソウ（モミジバルコウソウ）の3種。茎は1～2メートルに伸び、左巻きにモノにからみつく。6～9月、葉柄に長い柄を出し、1～2個、深紅色の花をつける。花の先端は星形に裂けている。

少女来て小犬を放つ縷紅草　古賀まり子

❖ふっきそう／るこうそう❖

布袋葵

ほていあおい
（ほていあふひ）

布袋草《ほていさう》
和蘭水葵《おらんだみづあふひ》

ミズアオイ科
多年草

8〜10月

❖——明治時代に渡来し、観賞用に池などで栽培されたが、南関東以西では溝や水田などに雑草化して、農家の人たちを困らせている。8〜10月頃、花茎を1本伸ばして花をつける。花は一日花で、翌日には基部から曲がって水に沈む。花も独特の形をした葉も美しく、好む人も少なくない。

布袋草美ししばし舟とめよ　富安風生

布袋草ほこりの道にすてゝあり　星野立子

名前の由来　葉柄の中央部がふくらんで、浮き袋の役目をしているのだが、その形を布袋の太鼓腹に見立てた。また、葉の形が二葉葵の葉に似ているので、布袋に葵を加えてこの名前になった。

布袋草流れてゆきし爆心地　福島せいぎ

葉柄の下部がふくらんで浮き袋の役目をする。

❖——太鼓腹をした七福神の布袋さんの名前がついている植物なので、育てやすい草のように思われがちだが、実はとんでもなく恐ろしい植物で、水生植物で唯一、世界10大害草に数えられ、「青い悪魔（blue devil）」とも。

その理由は、大繁殖してあっという間に水面を覆い尽くし、水上輸送の妨げとなってしまうから。冬季に大量に生じる枯死植物体も、腐敗して環境に悪影響を与えるという。アルゼンチン原産。

松葉牡丹

まつばぼたん

日照草《ひでりさう》
爪切草《つめきりさう》

スベリヒユ科
一年草

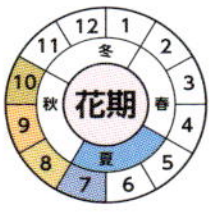

7〜10月

紅白の松葉牡丹に母おもふ　原 石鼎《せきてい》

❖——日本の夏の暑さは非常に厳しいために、夏になると街から急に花が消えてさみしい風景になるが、その中で、暑さに耐えてきりりと咲いて、輝くような色の花を見せてくれる貴重な存在である。ブラジル原産。日本には弘化年間（1844〜47年）に渡来したといわれている。家庭で観賞する草花として、庭園や鉢で栽培されている。茎は多数分枝して広がり、10〜20センチほどになる。この茎に、1〜2センチの円柱形の葉を螺旋《らせん》状につけ、夏から秋にかけて5弁花を咲かせる。

牡丹を思わせる八重咲き種。

❖——花は日中だけ開き、夕方には枯れてしまう一日花である。また、花は日照りでないと開花せず、あまりに高温なときには午前中でしぼんでしまう。花色は赤、ピンク、黄色、白など鮮やかな色が多い。園芸改良が盛んで花色、品種とも豊富。花期は長く、夏から10月頃まで咲き続ける。

鯵干すや松葉牡丹のかたへより　水原秋櫻子

自動車に松葉牡丹の照りかへし　中村汀女

名前の由来 肉質の葉が松葉に、花は小さいながらも牡丹に似ていることからこの名前に。日照りがないと花を閉じてしまうので日照草、茎を爪で切って土に挿しても根づくので爪切草とも呼ばれる。

山法師の花

やまぼうしのはな（やまぼふしのはな）

山帽子《やまぼうし》
山桑《やまぐは》の花

ミズキ科
落葉高木

5～7月

❖――緑の山中ではその大きな白い花は目を引くが、どことなく寂しげな感じを受ける花木である。原産地は日本（本州、四国、九州）、朝鮮半島。山地の適潤でゆるやかな傾斜地や谷間に自生するが、街路樹として栽培されてもいる。樹高は5～15メートル。5～7月、枝先に長い柄《へい》を伸ばし、先端に花をつける。白い花びらのように見えるものは総苞片《そうほうへん》で、本来の花は、その中心にある淡黄色の小さな花である。

東京を三日離れて山法師　鈴木真砂女

秋に実る球形の赤い実は熟すと甘く、生食もできる。

❖――秋には赤い実をつけ、食べられる。甘味が強く果実酒などにも向く。本種は、箱根の芦ノ湖周辺の山や天城山にはとくに多く見られるが、長崎県の雲仙温泉では初夏の風物詩になっていて、九千部岳《くせんぶだけ》や妙見岳のヤマボウシ群落は、まるで雪が降ったかのように、山腹に白い模様をつくり見事である。

雨去って白眉の花の山法師　米谷静二

旅は日を急がぬごとく山法師　森　澄雄

名前の由来　山法師は、本来は延暦寺の僧兵を意味する言葉である。本種がヤマボウシと呼ばれているのは白い花びら（実際は花びらではなく総苞片）を僧兵の白い頭巾《ずきん》に見立てたためとされる。

仏桑花

ぶっそうげ（ぶつさうげ）

ぼさつばな　扶桑《ふさう》
琉球木槿《りうきうむくげ》　扶桑花《ふさうくわ》
ハイビスカス

アオイ科
常緑低木

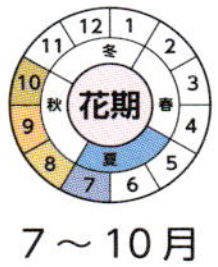

7〜10月

いつまでも咲く仏桑花いつも散り　小熊一人

❖――ハイビスカスのこと。そのためハワイや南の島々の花のように思われがちだが、実は西洋人が中国で発見した花木で、その事実は学名rosa-sinensisに記されている。「rosa＝バラ」「sinensis＝中国の」だから、「中国のバラ」という意味で、元来は中国の花木。ハワイなどで盛んに品種改良が行われてきたが（品種は約5000もある）、その際に貢献した原種の一つである。中国南部、東インド原産で、1613年頃に日本に渡来したといわれる。

雄しべが花から長く突き出て咲く。

❖――鉢植えとして温室栽培されるが、沖縄などでは庭木にもされる。樹高は2〜5メートル。夏、枝先に大形の花を咲かせる。沖縄には古くから自生し、アカハナー（赤花）と呼ばれる。静岡県南伊豆の下賀茂熱帯植物園には広大なハイビスカス温室があり、本種やハワイアン・ハイビスカスなどが栽培されている。

恍惚と旅の寝不足仏桑花　渡辺千枝子

母子像もハイビスカスの花も詠む　後藤夜半

名前の由来　本種の中国名が「扶桑」であることがこの花の名前の由来。中国では扶桑《ふそう》は日本を意味する言葉でもあるためか、日本では扶桑花、仏桑花と記して音読みされた。

サルビア

緋衣草《ひごろもさう》　**ひごろもサルビア**
シソ科　一年草または多年草

花期
5～10月

❖——原産地はメキシコからブラジル。日本には江戸時代後期に、薬用・観賞用としてオランダより渡来。サルビアといえば、緋色《ひいろ》の花を連想するが、それはブラジル原産のサルビア・スプレンデンスで、別名の緋《ひ》衣草《ごろもそう》の名は、この緋色に由来している。しかし、サルビア属は７００種以上あり、一年草から低木まである。花色も白、桃色、青紫などがある。ブルーサルビア（サルビア・ファリナセア）には涼しげな青白色《せいはくしょく》があり人気がある。

青春にサルビアの朱ほどの悔い　　岩岡中正

夕顔

ゆうがお（ゆふがほ）

夕顔《ゆふがほ》の花《はな》　**夕顔棚《ゆふがほだな》**
ウリ科　つる性一年草

花期
8～9月

❖——夏の夕方に開花して、翌朝にはしぼんでしまう美しい花、という意味で名づけられた。北アフリカ・熱帯アジア原産。古い時代に渡来。若い果実を食用（干瓢《かんぴょう》をつくる）とするために栽培されてきた。『源氏物語』の「夕顔」の巻で「かの白く咲けるをなむ、夕顔と申しはべる。花の名は人めきて、かう、あやしき垣根になむ咲きはべりける」と書かれた、はかない草の花である。ヒルガオ科の「夜顔《よるがお》（夜開草《やかいそう》）」も古くから「夕顔」の名で呼ばれているので混同に要注意。

夕顔や竹焼く寺の薄煙　　蕪村

秋

カンナ

花カンナ
檀特《だんどく》

カンナ燃えさかれど避暑期はや峠　久保田万太郎

❖——カンナは真夏の炎天下の日差しをものともせず、原色の赤や黄色の鮮やかな花を元気に咲かせる。原産地はアジア、アフリカ、南米の熱帯で、50種類くらいの原種がある。現在の品種の多くは、1850年頃からアメリカ、フランス、イタリアなどで、交配を繰り返してつくり出された園芸品種で、ハナカンナと呼ばれている。日本には明治期に渡来。

❖——草丈は1～2メートルで、太い茎が直立する。葉はバショウに似て大きく、茎の先端に大形の唇形花《しんけいか》を開く。花期は長く、遠い異国を思わせる大柄で派手な花が、盛夏の頃から晩秋まで咲き続ける。花色が多彩なのはむろんのこと、葉色も変化に富み、最近では黄色やピンク色の筋の入る斑《ふ》入り葉も人気がある。なお、原種の一つであるダンドク(檀特)は沖縄などで野生化している。

カンナ科
多年草

花期　6～11月

護送囚風のカンナも車窓過ぐ　石原次郎

峡《かい》の町にカンナを見たり旅つづく　川崎展宏

名前の由来　学名（属名）が和名になったもので、もともとは、ケルト語で杖を意味する「カナ」に由来するという説や、茎の形からギリシア語のkanna（葦）に由来するという説がある。

鶏頭

けいとう

ストック　ガーデンストック
ヨルザキアラセイトウ
胡盧巴《ころは》

ヒユ科
多年草

花期
7〜10月

火に投げし鶏頭根ごと立ちあがる　大木あまり

❖――庭などにすっと立った真紅の鶏冠形の姿には、堂々とした風格が感じられる。アジア（主にインド）、アメリカ、アフリカの熱帯・亜熱帯の原産で、日本には、古く中国を経て渡来したとされる。日本の風土によくなじみ、庭植え・鉢植え・切り花用にさかんに栽培される。『万葉集』には「韓藍《からあい》」と詠われており、草染めの染料にしたことがうかがえる。草丈は1メートル以上になる。

❖――花期は夏〜秋と長い。しばしば花軸が帯状となり、上部が著しく広がって鶏冠状になる。鶏頭の俳句では、正岡子規の「鶏頭の十四五本もありぬべし」を秀句とするか駄句とするかの論争が有名で、論争は、山本健吉の「この句を支えているものは純真無垢の心の状態が掴み取った一小宇宙の明瞭な認識であって、そこには何の混乱も曇りもない」という宣言で一応の終結を見た。

花色が豊富なウモウケイトウ。

我去れば鶏頭も去りゆきにけり　松本たかし

鶏頭を抜けばくるもの風と雪　大野林火

名前の由来　花の色と形が、ニワトリの鶏冠に似ることに由来する。学名のCelosia cristataも、英名のcockscombも、どちらともニワトリの鶏冠《とさか》を意味している。漢名も鶏冠花である。

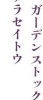

菊《きく》

たましひのしづかにうつる菊見かな　飯田蛇笏

白菊《しらぎく》　黄菊《きぎく》　一重菊《ひとへぎく》　八重菊《やへぎく》
大菊《おほぎく》　中菊《ちゆうぎく》　小菊《こぎく》　菊作《きくづくり》
厚物咲《あつものざき》　初菊《はつぎく》　乱菊《らんぎく》

❖――キクはサクラと並んで日本を代表する花である。そして、キクは日本の秋を代表する花でもある。文化の日を中心に各地で開かれる菊花展は日本の秋の風物詩である。皇室の紋章がキクとなっているのは、キクが不老長寿の神秘的な力をもち、立ち姿が高貴で芳香を発するので「百草王」と呼ばれて、大変貴重なものだったためである。また、キクが皇室の紋章として固定したのは、鎌倉時代に後鳥羽上皇がこの紋様を愛好したのに始まるといわれている。

大菊。こんもりした花形の厚物。

キク科
多年草

9～11月

❖――1500年ほど前の中国で、シマカンギクとチョウセンノギクとが交配してできた雑種を起源とし、奈良時代に薬用に渡来したといわれる。品種改良がさかんになったのは江戸時代に入ってから。今日栽培されているキクはイエギクといわれる栽培菊で、花の大きさで大輪、中輪、小輪に分けられている。

わがいのち菊にむかひてしづかなる　水原秋櫻子

有る程の菊抛《な》げ入れよ棺の中　夏目漱石

ワンポイント　「菊」は漢名で、キクはその音読み。花期によって、春菊、夏菊、秋菊、冬菊に分けられるが、代表的なのは秋菊で、秋菊は花の大きさで、伸長性に優れる秋菊は、開花調整されて周年出荷されている。

薄《すすき》

すすき

芒《すすき》　むら薄《すすき》　薄原《すすきはら》　薄野《すすきの》
一むら薄《すすき》　糸薄《いとすすき》　鷹《たか》の羽《は》薄《すすき》

イネ科　多年草

8～10月

❖──千島列島南部、日本、朝鮮半島、中国が原産地。日本各地の草原や荒れ地、道端などに自生する。園芸的には葉に矢羽根形の斑《ふ》の入った「鷹《たか》の羽薄《はすすき》」や葉の細い「糸薄《いとすすき》」などが栽培されている。秋の七草の一つで、秋の風情をもっとも感じさせてくれる植物である。歌や俳句の世界では、秋の代表的景物《けいぶつ》（自然の風物）として、『万葉集』などで数多く詠われてきた。十五夜の月見には薄の穂と白玉の団子が供えられるように、昔から日本人の生活と縁の深い植物である。

常よりも今日の夕日の芒かな　尾崎迷堂

露草

つゆくさ

月草《つきくさ》　かま草　うつし花
蛍草《ほたるぐさ》　青花《あをばな》　帽子花《ぼうしばな》　百夜草《ひやくやさう》

ツユクサ科　一年草

6～9月

❖──もっとも知られている野草の一つ。露のある間開く半日花《はんにちばな》なのでこの名前がついたといわれる。日本全土、朝鮮半島、中国、東シベリアに分布。道端や荒れ地、山野のいたるところに咲く。草丈は30～50センチ。6～9月に葉腋《ようえき》から伸びた、苞《ほう》に包まれた花序に数個の蕾がつき、1つずつ順に咲く。変異が多く、花には純白や淡紅色、青と白の混じった覆輪《ふくりん》（ピコティ。花びらや葉の、外縁部分が地と違う色で縁どられているもののこと）などがあり、葉に美しい斑《ふ》の入るものもある。かつては染料、解熱剤などに用いられた。

露草の露千万の瞳かな　富安風生

葉鶏頭

はげいとう

雁来紅《がんらいこう》
かまつか

ヒユ科
一年草

夏〜秋

葉鶏頭のいただき踊る驟雨《しゅう》かな　杉田久女

❖——インド、熱帯アジア原産。わが国へは嘉永年間（1848〜54）に観賞用として渡来。庭などに栽培されてきた。雁の訪れる頃に葉の色が美しく変わるので雁来紅《がんらいこう》ともいう。草丈は60センチ〜1・5メートルほど。緑色だった葉が8〜9月頃になると、茎の上部につく葉が、紅色や黄色、橙色などに鮮やかに色づき始める。斑《ふい》入りが多く、上葉と下葉で色が違うこともあるし、2色や3色に色づくものもある。

❖——夏から秋にかけて、茎の先端や葉腋《ようえき》（葉のつけ根）に淡緑色または淡紅色の花をたくさんつけるが、きわめて小さく、観賞価値はない。本種は文字通り、葉を観賞する草である。本種は〝路地植えの観葉植物〟といわれているが、言い得て妙。なお、ケイトウはノゲイトウの仲間だが、本種はイヌビユの仲間である。

遂に燃えざりし凡なる雁来紅　田川飛旅子《ひりょし》

葉けいとう日々炎ゆ胸の高さにて　柴田白葉女《はくようじょ》

名前の由来　ケイトウに似ていて、葉が色づくと特に美しいので、〝葉が美しい鶏頭《けいとう》〟を略してハゲイトウに。「がんらいこう」ともいうが、これは漢名「雁来紅」を音読みしたもの。古名は「かまつか」。

唐辛子

とうがらし
（たうがらし）

唐辛《たうがらし》 蕃椒《たうがらし》 南蛮《なんばん》 天井守《てんじやうもり》
南蛮胡椒《なんばんこせう》 鷹《たか》の爪《つめ》 ピーマン
ナス科　一年草

7～10月

❖——中央・南アメリカ原産。コロンブスのアメリカ大陸発見とともにヨーロッパに紹介され、日本には、豊臣秀吉の朝鮮出兵の折に渡来したという。夏に白い花が咲いた後に青い実がなり、秋に色づいて赤くなる。実を摘みとって、干して乾燥させて香辛料とする。南蛮、八つ房、鷹の爪など種類は多い。辛味のないシシトウやピーマンもある。熟するときの色が美しいものは五色《ごしき》唐辛子といい、鉢植え・花壇用に栽培されている。果実の色は緑、黄、橙、赤など。

美しや野分のあとの唐辛子　蕪村

泡立草

あわだちそう
（あわだちさう）

秋の麒麟草《きりんさう》　背高泡立草《せいたかあわだちさう》
キク科　多年草

4～6月

❖——小さな花が泡立つように咲くのでこの名前がつけられた。別名（和名）のアキノキリンソウについては、〝秋の麒麟草〟としている本を見かけるが、麒麟とのつながりは見つからない。花の美しさがベンケイソウ科のキリンソウ（麒麟草）に似ていて、秋に咲くので、この和名になったと考えるのが自然。同属のセイタカアワダチソウのことを泡立草ということもあり、2種ともキリンソウと通称される。本州～九州に分布。日当たりのよい山野に自生する。

背高泡立草東京のはづれかな　椿　爽

朝顔

あさがお（あさがほ）

牽牛花《けんぎゅうくわ》
西洋朝顔《せいやうあさがほ》

ヒルガオ科
一年草

7〜8月

朝顔の紺の彼方の月日かな　石田波郷

晩秋には褐色になり、「朝顔の実」も秋の季語。

❖——原産地は亜熱帯アジア。日本には奈良時代の初期に中国から〝牽《けん》牛子《ごし》〟という薬草名で渡来した。牽牛子は下痢、利尿剤としての薬効があったが、早朝から咲く花の美しさが注目されるようになった。この牽牛子にはアサガオの種子が使われていて、当時は非常に貴重なもので、牽牛いっぱいの財宝を引いていって交換したということから、この名前がつけられた。

❖——本種は『源氏物語』や『枕草子』などにも登場しており、この頃には庭にも植えられていたようである。渡来時には花は青紫色の小輪花であったが、江戸時代に多彩な花が作出《さくしゅつ》され、明治時代になると大輪化がすすんだ。7月6〜8日の東京・上野の入谷《いりや》鬼子母神《きしもじん》の「朝顔市」は夏の風物詩になっている。

朝顔の庭より小鯵届けけり　永井東門居

朝顔や釣瓶とられてもらひ水　千代女

名前の由来　花（＝顔）が美しく、朝早く開花して、午前中にしぼんでしまうのでこの名前に。初秋、すなわち旧暦7月の七夕の頃に咲くので、牽牛花《けんぎゅうか》とも呼ばれる。漢名は牽牛子《けんごし》。

鬱金の花

うこんのはな

きぞめぐさ

ショウガ科
多年草

8～9月

朝露や鬱金畠の秋の風　凡兆

❖——本種は黄色い染料の原料（根茎に含まれるクルクミンが原料）として知られ、インドネシアの結婚式では、花嫁、花婿がウコンで腕を染め、黄金色に炊き上げた米飯が振る舞われる。沖縄では煎じたウコン茶を飲む習慣がある——あまりなじみのない花だが、このような意外な面をもっている。

❖——インド原産。紀元前からインドで栽培されている。日本には江戸時代に渡来したようだ。屋久島や沖縄などで栽培されている。高さ約50センチ。根茎は太くて黄色で多肉。バショウに似た大形の葉を群生させる。花期は晩夏～初秋で、花のように見える緑白色の大きな苞《ほう》に囲まれた黄色い花が咲く。根茎を干して粉末にしたものが漢方薬の「鬱金《うこん》」で、止血薬などにする。また、根茎の粉末は、「鬱金粉《うこんこ》」と呼ばれる染料になり、カレー粉や沢庵漬けの着色などに用いられる。

薬用や黄色の染料にされる根茎。

時雨馳せうこんの花のさかりなる　大野林火

野の道は曲がりつ鬱金の花ざかり　中田ゆき

名前の由来 「鬱金」は漢方の薬名で、ウコンはその音読み。鬱金の原義は「鮮やかな黄色」。呉音「ウッコン」が転訛《てんか》しウコンとなった。クルクミンは、二日酔い防止ドリンクの原料にも。

桔梗

ききょう
（ききやう）

きちかう　をかととき
ありのひふきぐさ　一重草《ひとへぐさ》
キキョウ科　多年草

6～9月

❖──「桔梗」は漢名で、古くはこれを漢音で読んで「きちこう」といい、キキョウはその転訛《てんか》といわれる。英名はballoon flowerで、蕾がふくらんだ風船のようだから。秋の七草の一つ。日本全土に分布する。日当たりのよい山野に自生し、古くから観賞用、薬用として栽培されている。高さは60～80センチ。葉や茎を傷つけると白い汁が出てくる。6～9月頃に青紫色の花を横向きに咲かせる。花の姿の美しさが好まれ庭植え、鉢植え、切り花とされる。

紫のふつとふくらむききやうかな　　正岡子規

撫子

なでしこ

大和撫子《やまとなでしこ》　川原撫子《かはらなでしこ》
常夏《とこなつ》
ナデシコ科　多年草

7～10月

❖──美しい花と可憐《かれん》な草姿が、見る人の「子どもの頭を撫でるような慈《いつく》しみの心」を引き出すところから名づけられたという。属名のDianthusはギリシア語のdios(神聖)とanthos(花)からできていて、「神の花」の意味。古くからいかに多くの人に愛されてきたかがわかる。本州、四国、九州に分布。山野に自生し、古くから観賞用に栽培されてきた。平安時代に中国から唐撫子《からなでしこ》の石竹《せきちく》が入ってきたために、在来種は大和撫子《やまとなでしこ》と呼ばれるようになった。

撫子や吾子《あこ》にちいさき友達出来　　加倉井秋を

芙蓉《ふよう》（ふやう）

木芙蓉《ふよう》　紅芙蓉《べにふよう》　酔芙蓉《すいふよう》
白芙蓉《しろふよう》　花芙蓉《はなふよう》

アオイ科
落葉低木

7〜10月

さやに咲く芙蓉の朝はたふとかり　五十崎古郷

花径10〜13cmで、白花をつけるものもある。

❖——中国中部の原産といわれている。庭木、公園樹、街路樹などに利用されている。花色は白色か淡紅色のどちらかで、枝の上部の葉の脇で咲く。花弁には縦筋が入っている。沖縄では春と秋に咲く。葉の表裏に毛があり、へりには鋸歯《きょし》がある。咲いた花は一日でしぼむ。花色が、朝の開花時は白色で、夕方になると紅色に変わるものを酔芙蓉《すいふよう》と呼ぶ。酔芙蓉は翌朝になってもしぼまない。実（蒴果《さくか》）は10〜12月頃に熟して、五裂して種を出す。樹高は1・5メートル。八重咲きのものもある。

❖——本種は本州（中国地方）、九州、沖縄に自生するが、多くは冬の間は地上部は枯れる。しかし、春になると再び新芽を出して枝葉を茂らせる。室町、安土桃山時代の絵画に図柄が見られるので、京都周辺でも栽培されていたらしい。

物かげに芙蓉は花をしまひたる　高浜虚子

ゆめにみし人のおとろへ芙蓉咲く　久保田万太郎

名前の由来　中国では芙蓉はハスを意味し、フヨウのことは、「花がハスに似ている木」なので木芙蓉と書く。平安時代には日本でも芙蓉と木芙蓉を使い分けていたのだが、いつしかフヨウは芙蓉になった。

沢桔梗《さわぎきょう》（さはぎきやう）

ちやうじな
キキョウ科　多年草

花期　8〜11月

❖──名前は「沢地に生えるキキョウ」の意。しかし、キキョウとはそれほど似ていない。花の色合い（濃紫）が似ているからこの名がついたのだろう。日本各地の山野の湿地や水辺に自生する（八甲田山、尾瀬沼、蓼科高原などの湿地帯に多く自生している）。根茎は太く短く、横に這う。茎の高さは1メートル。8〜11月、茎の上部に鮮やかな青紫色の花をつける。キキョウの花より小さくて、上唇《じょうしん》は2つに、下唇《かしん》は3つに裂けている。去痰《きょたん》剤などに用いられる。

八甲田晴れて霧ふる沢桔梗　宮下翠舟《すいしゅう》

秋海棠《しゅうかいどう》（しうかいだう）

断腸花《だんちやうくわ》
シュウカイドウ科　多年草

花期　8〜10月

❖──名前は漢名「秋海棠」の音読み。本種が、春に美しい花を咲かせるバラ科の「海棠」の花色（薄紅色）に似た花を秋に咲かせるのでこの名に。ただし、似ているのは花色だけで、秋海棠は湿地を好む清楚な花だが、海棠はその美しさが楊貴妃にたとえられるくらい濃艶な花である。本種は中国原産で日本には寛永年間に渡来した。草丈は60センチほど。茎・葉とも多肉質で、葉は左右不同のハート形。8〜10月に薄紅色の花をつける。花はベゴニアにも似ている。

花伏して柄に朝日さす秋海棠　渡辺水巴《すいは》

煙草の花《たばこのはな》

花煙草《はなたばこ》

ナス科
多年草・一年草

花期 7〜8月

園芸植物のハナタバコは花壇で栽培できる。

故郷の近み煙草の花匂ふ　岡本昼虹

❖──日本では喫煙派が急速に減少しつつあるために、タバコという植物から煙草がつくられ、その植物が愛らしい花を咲かせることがあまり知られないまま、タバコはやがて忘れさられるかもしれない。タバコはスペイン人が南米で知り、世界中に広めた植物。熱帯アメリカ原産で、世界中で栽培される。

❖──日本には安土桃山時代に、ポルトガル人によってもたらされ、各地で栽培されるようになった。茎は直立し2メートルくらいになる。葉は楕円形で先が尖り、30センチほどの大きさになる。この大きな葉を摘み取って乾燥させて煙草にする。秋の初めに、茎の先に3センチほどのラッパ形をした淡紅紫色の花をたくさんつける。フランシスコ・ザビエルが来日したときに、煙草をくゆらせていたという記録が残っている。

花たばこ空に明日あり便りまつ　角川源義

雨雲は山離れゆく花煙草　永方裕子

名前の由来　和名は、ポルトガル語のtabacoから。タバコはスペイン人が南米で知り、世界中に広めたので、その名はスペイン語そのままの名とされるが、南米の先住民が使っていた言葉との説も。

田村草

たむらそう
（たむらさう）

玉箒《たまばうき》　山箒《やまばうき》

キク科
多年草

山に来て穂田《ほだ》を見下ろす田村草　森 澄雄

❖——本州、四国、九州に分布。山野の草原に、それだけが抜きん出て、アザミ（薊）に似た花を咲かせて自生する。大きな草で、茎の高さは1・5メートルほどになる。8～9月頃に、アザミに似た紅紫色の花をつける。葉もアザミに似ていて羽状《うじょう》（鳥の羽根のような形）に深く切れ込みがあるが、棘《とげ》がなく柔らかいので手で触れても痛くない。根茎が木質で横に伸びる。枝先が箒状になり、先に丸い頭花がつく姿から玉箒《たまぼうき》という別名がついている。

❖——延享2年（1745）前後に出版されたと思われる『改式大成清鉋《きょかんな》』という歳時記には本種のことが書かれていて「葉は女郎花《おみなえし》のごとし、花は薊のごとく、色薄紫」とある。似ているアザミとの見分け方は花の下の総苞《そうほう》がべとついているとアザミで、本種はべとつかない。

田村草兵火に耐へし堂ひとつ　大島民郎

山の気を集めて咲けり田村草　満田玲子

名前の由来　紫色の花を多くつける草、ということから〝多紫草〟になり、転訛《てんか》して〝タムラソウ〟になったという説がある。アザミと似ているが、アザミ属とタムラソウ属なので属が異なる。

8～9月

萩

はぎ

鹿鳴草《しかなきぐさ》　初見草《はつみぐさ》　萩の花
初萩《はつはぎ》　山萩《やまはぎ》　野萩《のはぎ》　白萩《しらはぎ》

マメ科　落葉低木

花期
9〜10月

❖──秋の七草の一つで、しかも筆頭に挙げられるほど、本種は古くから日本人に愛されてきた。『万葉集』でも、花を詠んだ歌のなかでもっとも多いのがハギを詠んだ歌である。また、「萩」の字は、秋の花の代表ということでつくられた国字《こくじ》である。しかし、中国ではハギを詩歌の題材にすることはほとんどない。本州、四国、九州の山野に自生。樹高は約2メートル。7〜9月に梢《こずえ》の上部からたくさんの長い花序を伸ばし、総状に紅紫色の蝶形花《ちょうけいか》を咲かせる。

行《ゆき》々て倒れふすとも萩の原　曽良

薄荷の花

はっかのはな

めぐさ

シソ科　多年草

花期
8〜9月

❖──名前は漢名「薄荷」の音読み。東アジアの温帯から寒帯に分布。日本では、各地のやや湿った山地に自生する。葉裏に油点（油滴がたまった半透明の小さな点）が見られる。芳香を放つ茎葉から薄荷油を採取する。

また、香料用や薬用に栽培される。8〜9月に淡紫色の花を密に咲かす。芳香の主成分は薄荷脳（メントール）で、日本産の薄荷は薄荷脳の含有量が多い。キャンディーや菓子、ガムなどでペパーミント（西洋薄荷）、スペアミント（緑薄荷）が有名。

乙女らに刈られて薄荷匂ふなり　三嶋隆英

釣鐘人参《つりがねにんじん》

ととき　沙参《しゃじん》
キキョウ科　多年草

8～10月

❖―秋のハイキングでお馴染みの可愛らしい高原の花である。名前は、花が釣鐘形で、チョウセンニンジンに似た根をもつところから。日本全土の山野に自生。草丈は30センチ～1メートル。8～10月頃まで、淡青紫色の釣鐘の形をした車輪状の花をいくつもつける。花は下向きに咲き、花柱が1本、花冠の外に突き出る。漢方では「沙参《しゃじん》」という。春先の若葉のことを「ととき」と呼ぶ。「山でうまいはオケラとトトキ」という唄があるように、春先の若葉は茹でて食べると美味。

風待ちて釣鐘人参鐘をうつ　青柳照葉

ジンジャーの花

花縮砂《はなしゅくしゃ》
ショウガ科　多年草

8～10月

❖―東南アジア、インド、マダガスカル原産。食用の生姜もジンジャーというが属が違う別のもの。和名はハナシュクシャ。8～10月の夕方に、ミョウガに似た大きな葉の間から、3メートルちかくまで生長していく茎を伸ばし、茎の先にエキゾチックな花を咲かせる。ジンジャーは英名のジンジャー・リリー（ガーランド・リリーとも）が省略されたもの。コロナリウム種やガルドネリアヌム種などがあり、花は甘い香りがする。花色は白、橙、黄、紅。

ジンジャの香夢覚めて妻在らざりき　石田波郷

棗の実

なつめのみ

棗《なつめ》
青棗《あをなつめ》

クロウメモドキ科
落葉小高木

6〜7月

仮住みや棗にいつも風吹いて　細見綾子

❖——棗の実を生で食べたことがある人は多くないかもしれないが、棗の実入りのパウンドケーキを食べたことがある人は多いのでは。砂糖漬けやドライフルーツなどのお菓子に加工されるだけでなく、いろいろな料理にも用いられている、なじみの深い果樹である。

❖——本種は、実を薬用とするために古く中国より輸入された。乾燥地を好むので当初は、雨の多い日本には適さなかったが、果樹として栽培されるようになってからは広まっていった。『延喜式』は平安時代の法令集だが、法例集とはいえ当時の諸国の特産物や薬草のことなども詳記されていて、信濃、丹後、因幡《いなば》、美作《みまさか》などの諸国が棗を生産していたことが書かれている。本種は古くから胃酸過多、強壮、利尿に効果があるとされ、「大棗《たいそう》」という漢方名で用いられている。

夜もすがら鼠のかつぐ棗かな　暁台《きょうたい》

天空の一枝引き寄せ棗もぐ　篠原一秋

名前の由来　〝初夏に芽〟を出すことから、〝夏に芽〟でナツメの名に。この呼び名に、中国名の漢字「棗」を当てたのが、本種の名前の由来。薄茶の容器が棗なのは形がナツメの実に似ているから。

鳳仙花

ほうせんか
（ほうせんくわ）

爪紅《つまくれなゐ》　つまべに　つまぐれ
染指草《せんしそう》

ツリフネソウ科
一年草

花期
7〜9月

貧しさもひとりにも馴れ鳳仙花　菖蒲あや

❖——夏の暑い盛りに花を咲かせるので、花の少なくなる夏の花壇で重宝されている。インド、マレー半島、中国南部原産。日本には平安時代以前には渡来していたといわれる。高温多湿な日本の気候に合うので、古くから親しまれている。

❖——ツマクレナイ、ツマベニという別名は「爪紅」のことで、女性が本種の赤い花を摘んで、その汁で爪を赤く染めたことによる。ホネヌキという別名もある。これは、魚を煮るときに、本種の種子を入れていっしょに煮ると、魚の骨をやわらかくすることができるということから。

❖——茎は多肉・多汁で直立し、草丈は60センチほど。7〜9月頃、舟形の花を横向きに咲かせる。花後、フットボール形の果実が実り、熟した果実に触れると種子が四方に飛び散ることでもよく知られている。

仔猫すでに捨て猫の相鳳仙花　野澤節子

草がくれ種とぶ日なり鳳仙花　水原秋櫻子

名前の由来　鳳仙花は漢名。ホウセンカはその音読み。別名は、昔、赤い花の汁で爪を染めたところから爪紅《つまくれない》、つまべに、つまぐれ、染指草《せんしそう》。このほかに、飛草《とびぐさ》、美人草がある。

鬼灯

ほおずき（ほほづき）

酸漿《ほほづき》　虫鬼灯《むしほほづき》
ナス科　多年草

6〜7月

❖——東アジア原産。古い時代に渡来、『日本書記』『古事記』ほか、多数の古文献に登場している。名前の由来には、茎にホホというカメムシがつくからという説と、実の中身を取り出して皮だけにして、口の中で鳴らすときにホオズキが頬の内側に当たるので〝頬突き〟と呼び、やがてホオズキに転訛《てんか》したという説がある。古くは薬用に、現在は観賞用に栽培される。梅雨の頃に白い花をひっそりと咲かせる。花後、萼《がく》が袋状になって実を包み、熟して赤くなる。

少年に鬼灯くるる少女かな　高野素十

木槿

むくげ

きはちす　もくげ　白木槿《しろむくげ》
紅木槿《べにむくげ》　花木槿《はなむくげ》　底紅《そこべに》
アオイ科　落葉低木

8〜9月

❖——中国原産。渡来した時期は不明。ムクゲという言葉は鎌倉時代以降の史料には残る。和名の「きはちす」は〝木に咲く蓮〟が由来。ムクゲという名は、中国名の「木槿」を音読みした〝もっきん〟が変化したという説と、朝鮮半島での名前「無窮花《ムグンファ》」を音読みした〝むきゅうか〟が変化したという2説あり。無窮花の名は夏でも次々と花を咲かせることに由来するが、花は一日花。〝朝、鮮やかに〟咲くので〝朝鮮〟に通じるとして、韓国では国花として愛でている。

秋あつき日を追うて咲く木槿かな　几董《きとう》

松虫草

まつむしそう（まつむしさう）

山蘿蔔《まつむしさう》
輪鋒菊《りんぼうぎく》
高嶺《たかね》松虫草《まつむしさう》

マツムシソウ科
二年草

8～10月

紫の泡を野に立て松虫草　長谷川かな女

❖——草原や高原でハイキングを楽しんでいる人たちに秋の訪れを知らせてくれる清々しい紫色の花である。属名のスカビオサはラテン語で「疥癬《かいせん》」の意味。かつて、この属の一部の植物が疥癬に効くと信じられていたことによる。コーカサスマツムシソウ（マツムシソウ）は1908年（明治時代の末期）に日本に導入され園芸品種も多い。セイヨウマツムシソウは花色が1色（暗紫色）だったが、現在では色数が豊富にある。

❖——北海道、本州、四国、九州に分布。山地や高原の日当たりのよい草地に自生する。平地で見かけることもあるが、高原のものと比べると花びらが小さく、見劣りする。草丈は60～90センチ。8～10月頃、多数の小花からなる淡紫色の頭花をつける。高山型のタカネマツムシソウは、花が濃紫色で、草丈が低い。

名の由来になった花後の形。

松虫草甲斐《かひ》の白峰《しらね》もいま目覚む　水原秋櫻子

松虫草膝でわけゆく野の起伏　中沢文次郎

名前の由来 松虫の好みそうな草地に生えるからとか、松虫が鳴く頃に花が咲くからという説がある。これ以外に、実の形が巡礼者のもつ鉦の〝松虫鉦《がね》〟に似ているからという説もある。

千屈菜

みそはぎ

聖霊花《しやうりやうばな》　水掛草《みづかけぐさ》
鼠尾草《みそはぎ》　溝萩《みぞはぎ》　水懸草《みづかけぐさ》
水萩《みづはぎ》　草萩《さうはぎ》

ミソハギ科
多年草

7～8月

千屈菜の群れ咲く波の声もなし　石原八束

❖──田のあぜ道などに紅紫色の花を咲かせ、お盆の仏壇などに飾られ、盆花《ぼんばな》と呼ばれている野草である。日本、朝鮮半島原産。北海道、本州、四国、九州の山地や野原の日当たりのよい水湿地に自生。盆の供花用に、人家の周辺で栽培もされてきた。繁殖力がすこぶる強い。

❖──草丈は1～1・5メートル。葉は先の尖《とが》った円形。7～8月頃、紅紫色の可憐《かれん》な花が葉のわきにかたまってつき、穂状になって夏中咲き続ける。同属のエゾミソハギは日本全土だけでなく、北半球一帯に広く分布しており、花はミソハギによく似ているが、全体に細毛が密生している。属が異なるキバナノミソハギも山野でよく見かける。本種の葉はてんぷらや和え物、佃煮にする。花の終わる頃、全草を水洗い、日干しにし、煎じて、下痢止めに食前服用する。

みそ萩の露にとどけり昼の鐘　細見綾子

みそはぎは大好きな花愚図な花　飯島晴子

名前の由来　お盆のときに、本種の花穂を水で濡らして振って、供え物に滴《しずく》を落として浄《きよ》めたことから、〝禊《みそぎ》をする萩〟ということで、和名は禊萩《みそはぎ》に。漢方では全草を千屈菜《せんくつさい》と呼ぶ。

夜顔

よるがお
（よるがほ）

夜会草《やくわいさう》
夜開草《やかいさう》

ヒルガオ科
つる性一年草

8～9月

月更けて夜会草風にいたみけり　高田蝶衣

❖――晩夏から初秋にかけての夜に、純白の大形の美しい花を咲かせ、芳香も漂わせて、見るものをあやしい世界に誘う。熱帯アメリカ原産。日本には明治初年に渡来した。垣根用・観賞用として栽培されている。

❖――つる性で、茎の長さは3～6メートルで、乳液を有し、無毛。ときに棘《とげ》がある。花期は8月中旬～9月。花は大形の白いラッパ状で、夕方に咲き始めて、翌朝、日の出後にしぼむ。そのため、日中は蕾を見ることのほうが多い。夕方から咲くので、ユウガオと間違われることが多いが、ユウガオは干瓢《かんぴょう》をつくるウリ科の植物である（本種はヒルガオ科）。花はアサガオに似ているが、アサガオよりも大きくて、質感もしっかりしている。家の外壁にグリーンカーテンとして植えられていることも多い。淡赤紫色の花を咲かせるアカバナユウガオは茎や葉に棘《とげ》が多い。

花が一回り小さい赤花（紅花）夜顔。

夜顔に夜のふかみゆく軒端かな　勝又一透

夜顔に東京の音怒涛なす　小松崎爽青

名前の由来　アサガオ、ヒルガオ、ユウガオに対しての名で、夜に咲くのでこの名前に。種子は象牙色をして大きく堅いので飾り物に利用する。『源氏物語』の「夕顔」はユウガオ（ウリ科）のこと。

通草

あけび

木通《あけび》　山女《やまひめ》　あけぶ　おめかづら
かみかづら　通草《あけび》かづら
アケビ科　落葉つる性木本

4～5月

❖―秋に楕円球形の紫色の実がなり、実は熟すと縦に割れて片側だけ開き、白い果肉と黒い種を見せる。果肉は甘く、子どもたちのごちそうであった。この実はミツバアケビに比べて小さい。アケビは別名をウルチアケビといい、ミツバアケビは別名をモチアケビというが、後者の果肉の方が甘いとされる。本州、四国、九州に分布。山野に自生し、観賞用に棚づくりや盆栽としても栽培される。4～5月に淡紫色の花をたくさん咲かせるのだが小さいので目立たない。

町の子に山の子が取る通草かな　川口利夫

白粉花

おしろいばな

白粉草《おしろいぐさ》　おしろい　夕化粧《ゆふげしやう》
金化粧《きんげしやう》　野茉莉《のまつり》　紫茉莉《むらさきまつり》
オシロイバナ科　多年草

7～10月

❖―原産地は熱帯アメリカ。コロンブスのアメリカ大陸発見後にヨーロッパに移った植物の一つ。黒い種子をつぶすと白い粉（胚乳《はいにゅう》）が出るが、これが白粉のような粉なのでこの名前がついた。英名の「フォア・オクロック」は、花が午後4時頃に咲き始めるため。易変《いへん》遺伝子植物（咲分けや花の一部が別の色になる）として知られ、遺伝学の実験に用いられる。古くに渡来し、暖地では野生化したものも見られる。花色が豊富で、丈夫で手がかからないため鉢植えにも向く。

白粉花吾子は淋しい子かも知れず　波多野爽波《そうは》

思草

おもいぐさ
（おもひぐさ）

きせる草《ぐさ》
オランダぎせる
南蛮煙管《なんばんぎせる》

ハマウツボ科
一年草

8～9月

❖──趣のある名前だが、姿形が奇妙な印象を与える寄生植物である。ただし、和名はナンバンギセル（南蛮煙管）で、タイトル名を「思草」ではなく「ナンバンギセル」としている植物図鑑もある。アジア東部・南部の熱帯～温帯原産で、この地帯に生えているススキ、サトウキビなどのイネ科の植物の根に自生する。

❖──秋に、葉のわきから、高さ15～20センチの、茎のように見える花柄《かへい》を立てて、その先に1個、横向きに花を咲かせる。花がややうつむき加減に咲き、思案しているような姿に見えるために、『万葉集』では「思草」の名で詠まれている。観賞用として、庭や鉢に栽培されることも多い。ススキなどの根元に種をまいて栽培する。鉢植えで栽培する場合は、丈の低いヤクシマススキがよいとされている。

きせる草雁首少し焦げゐたり　棚山波朗

煙管に似たユニークな花形。

照り翳《かげ》り南蛮ぎせるありにけり　加藤楸邨

南蛮煙管月日いよいよ疾《と》くなりぬ　米谷静二

名前の由来　花をややうつむき加減に咲かせる様子を、物思いにふける姿に見立てての名前とされる。初出は『万葉集』巻10の「道の辺の尾花がしたの思ひ草今さらさらに何をか思はむ」の一首。

金柑の花

きんかんのはな

金橘《きんきつ》　姫橘《ひめたちばな》

ミカン科　常緑低木

5～9月

❖――漢名は「金橘」。「橘」は日本の野生の蜜柑で、金橘と蜜柑を合わせて「金柑」という名前ができた。この名は、小さな果実が熟すと黄金色に輝くことをよく表している。中国南部の原産。江戸時代以前に渡来したとされる。高さは1～2メートルになる。ミカン科特有の棘《とげ》はあるが、きわめて短い。初夏から秋にかけて2、3回、白い花を咲かせる。果実の熟期は12～1月で、香気が高い。俳句では一般に「金柑の花」は夏、「金柑」は秋の季語。

老いて割る巌《いは》や金柑鈴生《な》りに

西東《さいとう》三鬼《さんき》

釣舟草

つりふねそう
（つりふねさう）

吊船草《つりふねさう》　紫釣船《むらさきつりふね》　法螺貝草《ほらがいさう》
ゆびはめぐさ　野鳳仙花《のほうせんくわ》

ツリフネソウ科　一年草

7～10月

❖――舟の形をした花入れがある。この花入れ（花器《かき》）のことを釣舟《つりぶね》という。床の間の天井に花蛭釘《はなひるくぎ》をつけて、そこから鎖を垂らして釣舟を吊る。本種の花が、細い枝と花柄によって吊られてぶら下がって咲いている姿が釣舟に似ているのでこの名前がつけられた。日本全土に分布。山麓の渓流のほとりや平地の湿地などで見かける。7～10月に紅紫色の花をつける。果実は熟すとはじけ種子を飛ばす。ホウセンカの仲間で花もホウセンカに似ている。

つり舟草揺れてやすらぐ峠かな

久保田月鈴子《げつれいし》

コスモス

秋桜《あきざくら》
おほはるしやぎく

キク科
一年草

花期 5～10月

秋桜連峰《あきざくられんぽう》よべに雪着たり　金尾梅の門

❖――外国産ながらすっかり日本にとけこんで、現在では日本の秋を代表する花になっている。メキシコ原産。アリゾナよりボリビアにいたる暖地、とくにメキシコに自生する。18世紀末頃に、メキシコからスペイン・マドリードに送られ、同地の植物園でコスモスと名づけられた。

❖――日本には明治初期に渡来し、短期間に日本の風土に根づいた。各地で花壇や鉢などに植えられ、切り花用として栽培されている。強健な草で、一度植えると毎年こぼれ種で芽を出し、群生、開花する。本来は日が短くなると開花する短日植物だったが、最近では6月から花を咲かせる早咲きの園芸種が主流。花色については、長年にわたって選抜を繰返した結果、近年、黄色の品種〝イエローガーデン〟が生み出されている。

コスモスを離れし蝶に谿《たに》深し　水原秋櫻子

コスモスや雲忘れたる空の碧《あお》　松根東洋城

名前の由来　属名のCosmosそのままの名。コスモスはギリシア語で「調和、善行、装飾、名誉、宇宙」などの意。和名はアキザクラ(秋桜)。別に大春車菊などの名前もあるが、一般にはあまり使われない。

石榴
ざくろ

柘榴《ざくろ》
柘榴《せきりゅう》
実柘榴《みざくろ》

ミソハギ科
落葉小高木

6～8月

実ざくろや妻とは別の昔あり　池内友次郎

❖――秋の日の透明な光の中で、赤く熟していた果実が裂開《れっかい》して、ルビーのような赤い種子が現れる美しい果樹である。原産地は地中海地方、ペルシャ、インド北西部。ギリシア神話にも登場する古い果樹で、日本へは中国、朝鮮を経て、平安時代に渡来した。原産地では紀元前より果樹として栽培されているが、日本では現在は、主に花を観賞する花ザクロ、実を食べるための実ザクロ、全体が小型のヒメザクロに分けられていて、それぞれに多くの園芸品種がある。花ザクロは花色も多く、咲き方も一重から八重まで多彩である。

赤い「石榴の花」は夏の季語。

❖――樹高は5～10メートル。古くなると樹皮は荒れ、枝先も棘《とげ》状になる。花期は6～8月、花色は鮮やかな緋色。ややいびつな球形の果実は10～11月に裂けて、赤い種をのぞかせる。種子は多汁質で、嚙むと甘酸っぱい味がする。

露人ワシコフ叫びて石榴打ち落す　西東三鬼《さいとうさんき》

美しき石榴に月日ありにけり　瀧井孝作

名前の由来　漢字の「石榴」を、呉音（中国の古代国家の一つである呉と交流のあった百済《くだら》人による漢字の読み方）で、「じゃくる」「じゃくろ」と読んだことに由来。漢音では「せきりゅう」と読む。

紫苑 しおん（しをん）

しをに
鬼《おに》の醜草《しこぐさ》

キク科
多年草

8〜10月

紫をん咲き静かなる日の過ぎやすし　水原秋櫻子

❖―仲秋の庭や空き地などで、2メートル以上も伸びた茎の上部に、野菊に似た淡紫色の美しい花を咲かせ、秋を代表する植物の一つとして親しまれてきた。中国、朝鮮半島、ロシアなど、アジアの東北部原産。平安時代初期の『本草和名《ほんぞうわみょう》』に名前が登場しているので、奈良時代かそれ以前に中国から渡来したと思われる。

❖―古くから庭で栽培されていて、よくふえるので、家の周囲の道端や空き地などに逃げ出して、澄み切った秋空に映えて咲く花をよく見かける。庭などから逃げ出したものが、本州西部と九州で野生化している。茎は直立、上部で枝分かれする。葉は大きくて縁に鋸歯《きょし》があり、ざらざらとした感じで荒々しい。8〜10月、枝先に多数の花を咲かせる。彼岸には本種の切り花は欠かせない。根には咳止めの薬効がある。

紫苑といふ花の古風を愛すかな　富安風生

露地の空優しくなりて紫苑咲く　古賀まり子

名前の由来　奈良時代かそれ以前に中国から薬草として渡来したと思われる。中国からの生薬《しょうやく》名「紫苑」の音読みがシオンである。漢名では「青苑」と書く。別名は「鬼の醜草《しこぐさ》」。

❖しおん❖

曼珠沙華

まんじゅしゃげ
（まんじゅさげ）

彼岸花《ひがんばな》　死人花《しびとばな》　天蓋花《てんがいばな》
まんじゅさげ　幽霊花《いうれいばな》
ヒガンバナ科　多年草

花期　9～10月

❖――名前の「曼珠沙華」は『法華《ほけ》経《きょう》』に出てくる梵語《ぼんご》。意味は「天上に咲く赤い花」。和名の「彼岸花」は、秋の彼岸に咲くところから。原産地は東アジア。中国から渡来した帰化植物（他国から運ばれてきた植物が、その国に土着し自生したもの）であるといわれる。日本全土に分布。人家に近い田のあぜ道や堤防、河岸や墓地などに自生し、古くから日本人の暮らしにかかわりの深い花である。9月頃に、唐突に花を咲かせ、花後に葉を出し越年する。有毒植物。

かたまりて哀れさかりや曼珠沙華　　田中王城

木犀

もくせい

木犀《もくせい》の花　金木犀《きんもくせい》　銀木犀《ぎんもくせい》
薄《うす》黄《ぎ》木犀《もくせい》　桂《かつら》の花
モクセイ科　常緑小高木

花期　10月

❖――中国原産。江戸時代に渡来。古くから庭木として栽培される。かつては、モクセイは、ギンモクセイの標準和名だったが、最近は、もっともよく知られているキンモクセイもモクセイと呼ばれる。もともとモクセイは、漢名「木犀」を音読みしたもの。現在では、モクセイはモクセイ類の総称となっている。漢名に動物のサイ（犀）の漢字が使われているのは、モクセイの幹の紋理《もんり》（表面の模様）がサイの皮に似ていることに由来する。本種が香ると秋本番である。

木犀の香を過ぎ青き海を見に　　多田裕計《ゆうけい》

千振

せんぶり

当薬《たうやく》
千振《せんぶり》の花《はな》

リンドウ科
二年草

8〜11月

花は紫色の筋があり、深く5裂して星形に開く。

千振の花木洩れ日のひとところ　戸川稲村

❖——秋晴れの山道によく似合う、清々しい白い花を咲かせるが、古くから強烈な苦みで知られている薬草である。日本（本州・九州）、朝鮮半島、中国原産。日本各地に分布。日当たりのよい野山・草原に自生する。

❖——草丈は20〜30センチ。茎は暗紫色で、直立して伸び、上のほうで多少枝分かれする。8〜11月頃、茎の先に白い花をやや密に咲かせる。白い花びらには紫色の筋が入っている。庭植え、鉢植え、生け花などに用いられている。全草を千振茶にして健胃薬として用いる。花の時期に栽培地から全草を抜き取って、日陰で緑色に仕上がるように乾燥させたものを煎じて飲むか、葉茎を5〜6本折り、熱湯で振り出して飲む。「当薬《とうやく》」と名づけられるほどよく効くので、地方によっては「医者倒し」とも呼ばれる。

千振の花を摘みたる旅の霧　佐野まもる

崖の上に千振採りの現はれし　阿部貞

名前の由来　薬草を布袋に入れて湯の中で振ると薬の成分が出る。この動作を〝薬の振り出し〟というのだが、センブリは振り出しを千回やっても苦みが出るので、この名前がついた。

鳥兜

とりかぶと

今生《こんじょう》は病む生なりき鳥頭《かぶと》　石田波郷

鳥頭《とりかぶと》　兜菊《かぶとぎく》
兜花《かぶとばな》　山兜《やまかぶと》
草鳥頭《くさうづ》　附子《ぶし》

キンポウゲ科
一年草

花が大きなセイヨウトリカブト。

❖——根だけではなく、茎葉や花にも毒をもっていて、蜂の集めた蜂蜜の中に花粉が入っただけで中毒を起こすこともあるといわれているが、花は色も形も魅力的である。原産地は北半球の温帯地域で、現在もこの地域に広く分布していて、ヒマラヤ地方の海抜3000メートルのところにも生えている。トリカブトは、トリカブト属の植物の総称で、日本では中部以北の山地には、ヤマトリカブト、ホソバトリカブト、ハクサントリカブトなど、30~40種が自生する(栽培種には中国原産のハナトリカブトなど)。

❖——花の色と形が美しいので観賞用、切り花用に栽培される。草丈は1メートル前後で、切れ込みの深い、掌状の葉が互生する。8~10月頃、鳥帽子の形をした濃紫色の花が茎の先に集まって咲く。根を乾燥させたものを漢方で鳥頭《うず》といい鎮痛剤に用いる。

紫の花の乱れや鳥かぶと　惟然《いぜん》

鳥かぶと背筋のばして咲きにけり　福田甲子雄

名前の由来　雅楽(舞楽)の伶人《れいじん》(楽器の奏者)は、錦製の鳳凰をかたどった冠を頭に着けて演奏する。この冠のことを鳥兜といい、花の形がその鳥兜によく似ているので、この名がつけられた。

8～10月

野紺菊
のこんぎく

野菊《のぎく》　紺菊《こんぎく》　竜脳菊《りゅうのうぎく》
油菊《あぶらぎく》　粟黄金菊《あはこがねぎく》
キク科　多年草

9～11月

❖——秋の野菊の代表がノコンギクである。本種は山の奥深くや高山には自生がなく、野原や丘によく見られるので名前の頭に「野」がついた。「野」の次に「紺」がついているのは、花の色が、淡い紺色から濃い紺色まであるから。本州、四国、九州の野山、土手、草地などに自生。野菊と呼ばれるものは、本種以外にコンギク（ノコンギクから選抜された栽培種）、ヨメナ、カントウヨメナ、ダルマギク、シオン、リュウノウギク、ユウガギクなど多数。

曇り来し昆布干場の野菊かな　　橋本多佳子

杜鵑草
ほととぎす

ほととぎすさう
油点草《ゆてんさう》
ユリ科　多年草

9～10月

❖——名の由来は、花びらに紫色の斑点があり、それが野鳥のホトトギス（杜鵑・時鳥）の胸にある模様に似ているため。本種の名「杜鵑《とけん》」は、中国で鳥のホトトギスのことである。庭などでよく見かけるのは、紅紫色を帯びた花を咲かせるタイワンホトトギス。この種は1本の枝に多数の花をつける。ホトトギスと交配してできた品種も多い。本州、四国、九州の山地に自生し、鉢仕立てなどとして栽培もされる。葉に油のシミに似た点があることから別名は油点草《ゆてんそう》。

野の庭に山が匂ひ来時鳥草　　前田正治

浜菊

はまぎく

キク科
多年草

9〜11月

浜菊の瞳《め》より錆びゆくさびしさよ　堀　葦男

自生のハマギク。砂浜や海岸の崖などが生育地。

❖——関東以北の太平洋に面した浜辺の岩場や崖に自生し、内陸部には自生せず、野生菊の中ではもっとも大きい花を咲かせる菊である。日本原産で英名をニッポンデージーという。光沢のあるへら形の葉と、白い端正な花が美しく、とても丈夫で栽培しやすいことから、江戸初期から観賞用に庭などで栽培もされている。

❖——太い茎の下部は木質化し、冬でも枯れずに残る。木質化した部分に翌年の芽をつくって越冬するのである。草丈は50センチ〜1メートル。葉はへら形で、キク科によく見られる切り込みはない。9〜11月頃、茎の先に1つ、直径6〜9センチもある白花を咲かせる。晩秋の茨城県やみちのく（現在の福島県、宮城県、岩手県、青森県）の海を背景に咲くその白い姿はまことに美しい。

浜菊の咲くや遅々たる浦の秋　小杉余子

浜菊を手折る一歩を踏み出しぬ　前田一生

ワンポイント　日本各地の海岸にはいろいろな種類の野菊が自生している。ハマギクもその一つである。草姿がハマギクより小さいコハマギクのほかにイソギク、シオギク、ハマベノギクなどがある。

風船葛

ふうせんかずら
（ふうせんかづら）

ムクロジ科
一年草

8〜11月

老い先は風船葛揺るるごと　吉岡桂六

❖――紙風船のようにふくらんだ実が、茎からいくつもぶら下がって、秋風に揺れているこのつる草の様子は、なんともいえずユーモラスで愛らしい。東南アジア、中南米原産。行灯《あんどん》仕立ての鉢植えのほか、フェンスにからまり、花と実がいっしょについているものも見られる。

❖――夏に、長い花柄《かへい》の先に白い花を咲かせ、花後に蒴果《さくか》（熟すと乾燥して、果皮の一部が裂け種子を放出する裂開果《れっかいか》のうちの一つで、アサガオ、ホウセンカなどもこの例）を結ぶ。蒴果はだんだんとふくらんで、風船状になって垂れる。この蒴果を指でつぶすとポンと音がして弾ける。蒴果の中には小さな種子が入っていて、蒴果が茶色にしなびると、黒く熟した種子の表面に白いハート形の模様が現れる。つるが盛んに繁茂するので、南面の日除けや目隠しなどに使われる。

風船葛弱日も吸ひて脹らめり　能村登四郎

まだ青く風船かづら末子のやう　森田公司

名前の由来　実が風船のようにふくらみ、その実をつけた茎がつる状に伸びる。つまり、風船をつけた茎が葛《かずら》（マメ科クズ属）のように伸びるので、この名前がつけられた。

鍾馗蘭

しょうきらん
（しょうきらん）

鍾馗水仙《しょうきずいせん》

ヒガンバナ科
多年草／球根植物

9〜10月

❖——本種と同じリコリス属の仲間であるヒガンバナ（彼岸花・曼珠沙華）は、一般的には秋を彩る花としてよく知られ人気もあるが、園芸的には、死人花、幽霊花などの地方名があるように、あまりイメージがよくないために生産は多くなかった。しかし、最近の欧米でのリコリス属に対する人気の高まりとともに、その価値が見直されてきた。リコリス属は種類が多く、多くは日本や中国に広く分布していて、日本には帰化した種も含めて、シロバナマンジュシャゲ、キツネノカミソリ、ナツズイセンなどが自生または栽培されている。

❖——本種は九州南部に自生し、花壇に栽培されたり、切り花ともされる。リコリス属の仲間の中ではもっとも遅咲きで、9〜10月頃に、高さ60センチくらいの花茎を立て、5〜10個の黄色い花を咲かせる。

葉は初夏に枯れ花が咲くときにはない。

鍾馗蘭海より来たる阿波の雨　桑原晴子

名前の由来　ラン科に同じ名前の植物があるので、最近は鍾馗水仙《しょうきずいせん》と呼ぶことが多い。また、仲間のヒガンバナなどとともにリコリスとも呼ばれることがある。属名はギリシア神話の海の女神リュコリスからといわれる。

竜胆

りんどう
（りんだう）

笹竜胆《ささりんだう》　竜胆草《たつのいぐさ》　蝦夷竜胆《えぞりんだう》
瘧草《えやみぐさ》　御山竜胆《おやまりんだう》　深山竜胆《みやまりんだう》

リンドウ科　多年草

8～11月

❖―リンドウ属は約400種もあり、世界各地に自生。日本でも本州、四国、九州の山野に自生し、庭植えや鉢物、切り花用として栽培もされている。『源氏物語』や『枕草子』にも登場する、秋の野山の代表的な草花。中国でリンドウの根を乾かしてつくった生薬（健胃効果）の名前が「竜胆」で、これを音読みしてリュウタンとなり、それが訛《なま》ってリンドウというようになった。9～11月頃に美しい青紫色の花を咲かせる。花は夜間や曇天には閉じる。

稀《まれ》といふ山日和なり濃龍胆《こりんどう》
松本たかし

飯桐の実

いいぎりのみ
（いひぎりのみ）

南天桐《なんてんぎり》

ヤナギ科　落葉高木

4～6月

❖―本州、四国、九州、沖縄に分布。生長の速い落葉高木で、高さは15メートルほどに。葉が桐の葉に似ていて、この葉に〝飯《いい》〟をのせて食べたのが名前の由来。桐は生長が速く、材の用途が広くて人気があったので、葉が少し似ているだけで、名前に〝キリ〟をつけた。本種はその好例。5月頃、緑黄色の5つの萼片《がくへん》からなる花を咲かせる。花には香りがある。10～11月には、ナンテンの実に似た赤い実がブドウの房状になる。実は落葉後も枝に残り、人目を引く。

日が遠しいいぎりの実を仰ぎては
岸田稚魚

磯菊

いそぎく

いはぎく

キク科
多年草

10～11月

磯菊や満潮にのる小魚群　栗岡こと

まれに見る舌状花をつけるハナイソギク。

❖──海辺の日当たりのよい岩場などに黄色く群れ咲く、小さな菊である。この菊は湖畔の磯には自生せず、千葉県、神奈川県、静岡県（中部）の太平洋に面した海岸の磯、崖、砂浜に自生する。それらの海辺の中でもとくに、伊豆半島の東海岸の、溶岩が海へ流れ込んだ一帯には本種が大群生している。房総半島、三浦半島、御前崎などの岩場や崖にも生えてはいるが、伊豆半島の溶岩の上で咲いているイソギクのように美しくは咲かない。

❖──本種にとっては、溶岩でできた磯が最適の自生地なのだろう。細長い地下茎がやや曲がって立ち上がり、草丈は20～40センチくらいに。茎の上部や葉の裏面の縁には銀白色の毛がある。10～11月頃、黄色い頭花を多数咲かせる。頭花は直径5ミリほどで、茎先にびっしり集まる。

磯菊が蕾《つぼ》めり安房《あは》の舟溜《だまり》　阿部筲人《しょうじん》

磯菊や風の死角に石祠　椎橋清翠《しいはしせいすい》

ワンポイント イソギクによく似た仲間にシオギクがある。これは、徳島県と高知県の太平洋岸の崖に群生している。11～12月に花を咲かせる。イソギクに比べると花が少し大きいが花数は少ない。

銀杏散る

いちょうちる
（いてふちる）
（いちやうちる）

イチョウ科　落葉高木

4～5月

❖――晩秋、街にも野にも黄金色のイチョウの葉が一面に散り敷いている。深まる秋の晴れた日の、黄葉の輝くような美しさは格別である。葉の形が、鴨《かも》の水かきのついた脚に似ているために、宋（中国）では「鴨脚」と書き、ヤーチャオと発音したので、これが変化してイチョウという名に。また、公孫樹《こうそんじゅ》という別名は、イチョウが、孫の代に実がなる樹の意。ギンナンは食べ過ぎると嘔吐や痙攣などを引き起こすから、そのことを孫の代にいい伝える必要がある。

銀杏ちる兄が駆ければ妹も　安住 敦

莢蒾の実

がまずみのみ

レンプクソウ科　落葉低木

5～6月

❖――日本、朝鮮半島、中国原産。「莢蒾」は漢名。ガマズミという名前の由来は、葉が亀の甲羅に似ているので、最初〝亀〟の字が使われて、後にカメからガマに変化したと思われる。〝ズミ〟については、かつて、本種の赤く熟した実で衣類を染めていたので、〝染実《そめみ》〟の名がつき、ズミに転訛《てんか》したと思われる。樹高は約3メートル。5～6月に、白い小さな花を密生させる。秋になる果実は生食できる。

がまずみの実を噛み捨てて語を継がず　瀬知和子

万年青の実

おもとのみ

ユリ科
多年草

花期 5〜7月

万年青の実色なき庭と思ひしに　熊倉順一

初夏、花茎の先に淡黄色の花が穂状に密集して咲く。

❖——古典的な園芸植物である。江戸時代から多くの品種がつくられ、斑《ふ》入りの葉——葉に筋状の黄色い斑が縦に入るのだが、入り方が毎年違い、なかでも、斑が細かく葉全体に均一に入るものが最上とされている——が珍重され、何度か園芸ブームも起こした。現在でも愛好者が多い。

❖——本州関東以西〜沖縄の暖地の林床などの陰地に自生する。また、古くから庭の下草として植えられ、鉢植えや盆栽としても栽培されている。地下の根茎から長さ40〜50センチの剣状の葉を3〜4枚出す。葉は光沢のある深緑色で美しい。5〜7月にミズバショウの花穂《かすい》（穂のような形で咲く花のこと）のようなものが花茎の先に現れる。花後につく実は、最初は緑色だが、晩秋には赤く熟して、青々とした葉との対比がじつに美しい。

万年青の実楽しむとなく楽しめる　鈴木花蓑《はなみの》

万年青の実父を敬ふ日なりけり　宮下翠舟《すいしゅう》

名前の由来　株が大きいことに由来する「大本《おおもと》」の転訛とされる。「万年青」は漢名で〝常緑〟の意味。赤い実が大きな葉に囲まれている姿を、母の手に抱かれる赤児に見立て「母人《おもと》」という説もある。

榧の実《かやのみ》

新榧《しんかや》
イチイ科　常緑高木

5月

❖日本原産。宮城県以南の本州、四国、九州に分布。樹高20〜30メートルに達する。本種を蚊遣《かや》り（蚊を追うためにいぶす煙）に使ったことからカヤの名に。雌株につく実は翌年の10月頃に、緑色の外皮が褐色に変わる。熟すと外皮が裂けるので、外皮を腐らせて除き、いって食べる。樹皮は細かく裂け、触れるとかゆい。葉先は鋭く、触ると痛い。材は淡黄色で香りがよく、耐久性が高い優良材。高級品の碁盤や将棋盤をつくる。

榧の木に榧の実のつくさびしさよ　北原白秋

木豇豆《きささげ》

木豇豆《きささげ》の実《み》　楸《きささげ》
ノウゼンカズラ科　落葉高木

6〜7月

❖中国原産。江戸時代初期に渡来。薬用植物として庭に植えられるが、土手などに野生化しているのを見かけることがある。本種の長い実が、野菜のササゲの実に似ていることから〝木のササゲ〟ということで、この名前がついた。樹高は15メートルに達する。6〜7月に、黄白色に暗紫色の斑点のある釣鐘《つりがね》形の花をつける。秋には長さ15〜30センチの果実をつける。果実は朔果《さくか》（熟すと果皮が裂開する）となり集まって束になって垂れ下がるので目立つ。

きささげの千筋に垂るる秋暑かな　籾山梓月《もみやましげつ》

貴船菊

きぶねぎく

秋明菊《しゅうめいぎく》

キンポウゲ科
多年草

花期
9～10月

菊の香や垣の裾にも貴船菊　水原秋櫻子

長い花茎の先に白色の花を開くものもある。

❖――古都の名刹などの景色にとけこんで、菊に似た趣のある美しい花を咲かせている。古くに中国から渡米したものが野生化したといわれ、人里に近いところでは見かけるが、深い山中では自生状態のものはない。中国、台湾、ヒマラヤ地方原産。名前にキクの字がついているが、キクの仲間ではなく、イチリンソウ、ニリンソウなどと同じ、キンポウゲ科の仲間である。寺院だけでなく観賞用として庭や公園などにも植えられている。

❖――草丈は70センチほどで、ボタンに似た大きな葉をもつ。秋、長い花柄の先に、キクに似た紅紫色の花を咲かせる。蕾のときはうつむいているが開花するときは上向きになる。京都北部の貴船神社の周辺に多数野生化したので「貴船菊」の名に。英名は「ジャパニーズ・アネモネ」。

おもざしの思ひ出だせず貴船菊　飯名陽子

ひとしきり山の雨きて貴船菊　福島　勲

名前の由来　別名の秋明菊の由来は、中国から持ち帰った修行僧が出身寺院に持参し、最初は「秋冥菊」と名づけられたが〝冥〟は暗いので〝明〟に変更して秋明菊にしたのではないかといわれる。

サフランの花

❖さふらんのはな❖

秋《あき》咲《さ》きサフラン
番紅花《ばんこうくわ》
泊夫藍《さふらん》

アヤメ科
多年草

10～11月

❖——ニンニクに似た球根を9月頃に植えると、晩秋に1～6個、淡紫色の6弁花を咲かせる。花が咲いているときはコンパクトな草姿だが、花が終わると葉が伸びて長さが20センチを超える。昔は乾燥させた雌しべのことをサフランと呼んでいたのだが、のちに植物の名前になった。

さふらんの花咲きにけり薬祖神　青木月斗《げっと》

泊夫藍の花芯摘み干す日和かな　福田甲子雄《きねお》

名前の由来　本種の「花柱枝」を集めて乾燥させたものがサフランなのだが、後に花自体をサフランと呼ぶようになった。サフランを1グラムつくるのに400本もの花柱枝が必要で大変に高価である。

サフランや読書少女の行追ふ目　石田波郷

❖——花が少なくなった晩秋に淡紫色の花を咲かせて、花壇を飾ってくれる花である。クロッカスの一種で、秋咲きクロッカスもしくはサフランと呼ばれている。サフランは泊夫藍とも書く。クロッカスはもっぱら観賞用に栽培されているが、サフランは花の赤い雌しべを、薬用や染色や香味料、料理などにも利用するために、古代ギリシア時代から栽培されている（クレタ文明はサフランの輸出によって栄えたといわれる）。

杉の実

すぎのみ

ヒノキ科　常緑高木

3～4月

❖――日本原産。本州、四国、屋久島までの九州に分布。山地の沢沿いに自生。よく見かけるのは植林。名前は、天を突くようにまっすぐに伸びるので、〝直《すぐ》な木〟→〝すぎ〟と変化したといわれる。春に大量の花粉を飛ばした後、10月頃に小枝の先に小さな緑色の球果を結ぶ。球果は10～11月に熟す。熟すと焦げ茶色をした木質になり、やがて鱗片《りんぺん》がはじけて、翼のある米粒大の種子を四散させる。昔の子どもたちは、杉の実を篠竹《しのだけ》に詰めて杉鉄砲にして遊んだ。

仰ぎ見る三輪の神杉実もたわわ　田畑比古

ななかまど

七竈《ななかまど》　ななかまどの実
バラ科　落葉高木

5～7月

❖――燃えるように赤く紅葉した本種の姿は秋の山行《さんこう》の楽しみの一つ。日本全土に分布。山野に自生する。名前の由来には、材が燃えにくくて竈《かま》に7回入れても燃え残るので、という説と、炭にするのに7日間燃やすので、という説がある。樹高7～10メートル。7月頃に白い花を咲かせるが小さくて見栄えしない。しかし、秋になってからの美しい紅葉はじつに見事で、山の秋を彩る。材は耐久性が強く、車輌材などに使われる。北海道の街路樹の代表的な樹種である。

山荘の白壁焦がすななかまど　大平芳江

みせばや

玉《たま》の緒《を》
見せばや

ベンケイソウ科
多年草

花期 10～11月

みせばやの咲かざるまゝの別れかな　今井千鶴子

❖──石垣などで下垂れして、茎の先に紅花が集まって球形になっている草姿を見つけたら、誰もが、この美しい花を誰かに見せたい！（古語では「見せばや！」）と思うことだろう、という意味の名前をもった花である。

❖──原産が瀬戸内海沿岸とされる、古典園芸植物の一つ。自生地は、小豆島の限られた岩場など。ただ、最近はあまり見かけなくなってきている。各地の岩場にあるのは、植栽品が野生化したものである。庭植え、鉢植え、盆栽などとして栽培されているが、茎が下垂れするので、石垣などに植えて観賞されている場合が多い。しだれた茎に扇のような形をした肉の厚い葉が、3枚ずつ輪生する。茎は、長さ30センチほどで紅色を帯びる。10～11月頃、茎の先に短い柄のある淡紅色の小花が多数、球形状に咲く。

みせばやに凝る千万の霧雫　富安風生

みせばやのむらさき深く葉も花も　山口青邨

名前の由来　江戸時代の随筆『閑窓自語』に「山で見つけた草を冷泉為久卿に贈り、君に見せばやと添え文があり〝見せばや〟と名づけた」とあり、それが由来ではないかとする説がある。

錦木

にしきぎ

ニシキギ科
落葉低木

5〜6月

鬼箭木《にしきぎ》
錦木《にしきぎ》紅葉《もみぢ》
錦木《にしきぎ》の実《み》

錦木に寄りそひ立てば我ゆかし　高浜虚子

❖——若い枝にはコルク質の翼《よく》ができ、初夏に咲く黄緑色の小花が地に散り敷くさまが美しく、秋には有名な織物の〝錦〟にたとえられるほど見事に紅葉し、果実は晩秋に熟し、2つに割れて朱赤色の種を現し、紅葉の美しさに色を添える花木である。北海道〜九州に分布、丘陵〜山地に自生する。樹高は2〜3メートル。枝分かれし、こんもりと茂る。庭木としては自然樹形か刈り込みにして下木《かぼく》（樹高の高い木の下に植える低木）とする。日陰にも耐えるので、建物の北側に大きく仕立てることもある。生け垣にも使う。

赤く熟した実も秋の季語。

❖——幹や枝にコルク質の発達した翼が生じるのだが、この翼が大きく発達したものが園芸的に価値が高い。また、翼が生じないものをコマユミという。かつては、翼を黒焼きにして飯粒とともに練って、火傷の薬にした。小盆栽にされ、枝は生け花の材料になる。

袖ふれて錦木紅葉《もみじ》こぼれけり　富安風生

深寝《ふかね》して錦木紅葉きはまりぬ　加藤三七子

名前の由来　秋に美しく紅葉する姿を、織物の「錦」（豪華絢爛な絹の織物）にたとえて名づけられた。実を砕いて調髪油と練り合わせてアタマジラミ退治に用いたのでシラミコロシの別名がある。

梅擬

うめもどき

梅嫌《うめもどき》
落霜紅《うめもどき》
白梅擬《しろうめもどき》

モチノキ科
落葉低木

花期　6月

果期　9〜10月

遠まきに鵯《ひよ》の来てゐるうめもどき　八木荘一

❖——日本、中国中部原産。本州、四国、九州に分布し、山地の雑木林などに自生する。赤い実が美しいので観賞用に植え、生け花や盆栽に用いる。樹高は2〜3メートル。枝が多く分かれ、こんもりと茂る。葉は長楕円形で細かい鋸歯《きょし》がある。光沢がなく、しばしば赤茶色に葉焼けすることがある。6月頃、葉のつけ根に淡紫色の花が固まって咲く。花後、丸い果実が群がりついて、10月頃には直径5ミリほどの球形の実になって、真紅色に熟して美しくなる。

園芸品種には白い実をつける「白梅擬」もある。

❖——落ち葉の後も実は枝に残り、冬枯れの景色に彩りを添えてくれる。翌年の3月頃まで楽しめる。品種には、白い実がつくシロウメモドキ（花、果実とも白色）、黄色の実がつくキミウメモドキ（果実が黄色）などがある。

賑《にぎ》やかに日のさしにけり梅擬　古賀まり子

鵯《ひよ》の声去りてもゆらぐ梅もどき　水原秋櫻子

名前の由来　葉はウメに似ているが、花と実はウメに比べると劣る。それで〝モドキ〟。また、本種の実は小枝にびっしりつき、落葉して実だけになると、遠目には紅梅に見える。だから〝梅擬《うめもどき》〟の説も。

柞紅葉

ははそもみじ
（ははそもみぢ）

柞《ははそ》
柞《はうそ》
楢《なら》紅葉《もみぢ》

ブナ科
落葉高木

4～5月

身近にある雑木でも美しく色づくコナラの葉。

赤松に柞もみぢの降りいそぐ　杉山岳陽

❖――「柞《ははそ》」はコナラなど、ブナ科コナラ属の植物の別名で、「柞紅葉《ははそもみじ》」はナラ（コナラ、ミズナラ、ナラガシワなどの総称）やクヌギの紅葉の総称である。柞は雑木林を構成する代表的な樹種で、晩秋の雑木林で紅葉して、どんぐり拾いなどをして遊んでいる子どもたちの頭上を彩っている。

❖――平安時代の和歌ではハハソは「時ならではははその紅葉ちりにけりいかにこのもとさびしかるらん」（村上天皇）のように、母にかけて詠まれる場合もある。ちなみにコナラが武蔵野の雑木林に多いのは、江戸時代にコナラが多方面に有利（燃料に使う場合に火力が強い、伐採しても切り株から芽を出す等）なので植林につとめた結果である。雑木林では秋になるとクヌギが黄葉し晩秋に落葉、入れかわりにコナラが黄葉（若い葉は紅葉）する。

たどりつき柞紅葉の浮かぶ温泉《ゆ》に　中村若沙

さきがけて柞が黄なり森の口　福永耕二

名前の由来　柞《ははそ》＝小楢《こなら》。平安時代の和歌ではコナラをナラと呼び、コナラの夏の葉擦れが涼風を、秋の枯葉が寂しさを感じさせる題材として詠まれた。コナラはオオナラ（＝ミズナラ）より葉が小さい。

柾の実

まさきのみ

ニシキギ科　常緑低木

6～7月

❖――日本、中国原産。日本全国に分布。海岸近くの日当たりのよい林縁などに自生。名前の由来は、葉や枝がとても青々しているので、真っ青な木（真青木）→マサオキ→マサキ（柾）という説が有力。本来は海辺に自生しているのだが、丈夫な樹で、刈り込みにもよく耐えて枝が密に茂るので、各地で生け垣などに利用されてきた。6～7月頃、緑白色の小さな花が集まって咲くが、そんなに目立たない。秋に熟す実は球形で3～4個に裂け、可愛らしいので人目を引く。

柾の実籬《まがき》のうちも砂白く　富安風生

＊籬は垣根のこと。

檀の実

まゆみのみ

山錦木《やまにしきぎ》　真弓《まゆみ》の実《み》

ニシキギ科　落葉小高木

4～6月

❖――日本・中国原産。北海道～九州に分布。丘陵から山地に自生。古代においては、本種のことを「真弓」と呼んだが、弓の美称《びしょう》（物事をほめて言う呼称）も「真弓」であった。マユミの材は堅牢でよくしなるので古くから弓の材料に使われてきた。名前もそこに由来する。初夏に咲かせる緑白色の花は、あまり見栄えがしないが、仲秋から晩秋にかけて小さな赤い実をつけた姿は見事である。実は熟すと4つに裂け、種子が現れる。

墓みちや花かと見えて真弓の実　鈴木白祇《はくぎ》

紫式部《むらさきしきぶ》

実紫《みむらさき》
紫式部の実《むらさきしきぶのみ》
小式部《こしきぶ》
白式部《しろしきぶ》

シソ科
落葉低木

花期
6～8月

紫色のつややかな美しい実から「実紫」の名もある。

渡されし紫式部淋しき実　星野立子

❖――晩秋に、小さな丸い実が熟し、赤みを帯び、紫色に輝き、落葉して実だけになっている姿はよりいっそう美しく、しみじみとした趣を感じさせてくれる低木である。日本、朝鮮半島、中国原産。北海道西南部～九州に分布し、林や藪の周辺部に自生する。樹高は2～3メートル。6～8月頃、葉のつけ根に淡紫色の小さな花を密につける。10～11月、5ミリほどの球形の果実がつく。

❖――仲間のコムラサキ（コシキブ）は実つきがよく、実の色が濃い紫色になることから、ムラサキシキブより人気が高い。ムラサキシキブの名前で出回っているものも、コムラサキである場合が多い。コムラサキは山野の湿地などに自生する。コムラサキ以外に、花も果実も白いシロシキブ、果実の小さいコミノムラサキなどの品種がある。

雨の日のみだら紫式部の実　鷹羽狩行

むらさきしきぶ熟れて野仏やさしかり　河野南畦《なんけい》

名前の由来　本種は17世紀後半まではミムラサキ実紫の名前で呼ばれていたが、18世紀には、一部で〝紫しきみ〟と呼ばれ、この名が変化してムラサキシキブになったのでは、ともいわれる。

南天の実

なんてんのみ

南天燭《なんてん》
実南天《みなんてん》
白南天《しろなんてん》

メギ科
常緑低木

10～2月

南天の実に惨たりし日を憶ふ　沢木欣一

❖――朝起きて外を見ると、夜中に降った雪で一面雪景色に……そのような銀世界の中で見る南天の実はことに美しく気品がある。古くから「難（ナン）を転（テン）ずる」として縁起のいい木とされ、庭園などに広く植えられている。原産地は中国、インド、日本（本州南部、四国、九州）。梅雨時に白い花を咲かせ、その後、丸い小さな実を穂状に結ぶ。

❖――晩秋から冬にかけて、実は初めは青いが、寒くなるにつれて赤く色づき、真冬には真っ赤になる。実のなっている期間が長く、冬が深まり、街や公園や庭などの色彩が乏しい季節を、千両や万両などとともに彩ってくれる貴重な植物である。中国では本種を〝聖竹〟と称し、正月に祭壇に供えて新年を祝った。日本でもこれを受けついだのか、正月の床飾りや花材に用いられる。漢方ではナンテンは鎮咳薬として有名。

実が黄白色のシロミナンテン。

実南天曙楼は古びけり　川端茅舎《ぼうしゃ》

実南天鴎外生家北向きに　松崎鉄之介

名前の由来　中国では2つの名前がつけられていた。1つは赤い実を灯と見立た〝南天燭〟。もう1つは、茎が竹のようだからとの〝南天竹〟。そのため、2つの名前に共通の〝南天〟を和名にしたのである。

冬

青木の実

あおきのみ（あをきのみ）

桃葉珊瑚《たうえふさんご》
アオキ科　常緑低木

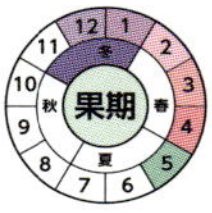

12～5月

❖──日本原産だが欧米でも人気が高い。欧米で本種のことをAucuba（アウクーバ）と呼んでいるのは、江戸期に、植物学者のツェンベリーがアオキバ（青木葉）の名前をそのまま学名として欧米に紹介したためである。

北海道南部から沖縄まで広く分布。果実は晩秋に赤熟《あかじゅく》し、楕円形。翌年の2月頃まで冬枯れの庭を彩る。ことに本種の上に雪が淡く降り積もった姿は美しい。白実になるものもあるので、赤実のなる木に接《つ》ぎ木して、正月を紅白で迎えるのもよい。

夕凍《ゆふじみ》のにはかに迫る青木の実　飯田龍太

冬蔦

ふゆづた

木蔦《きづた》
ウコギ科　常緑つる性木本

10～12月

❖──ナツヅタ（蔦）はブドウ科で秋に赤く色づき落葉する。しかし、ウコギ科の本種は落葉せず、冬でも青々しているのでフユヅタ（冬蔦）の名に。また、蔦に似ているが、つるが蔦より太くなって〝木〟になるので和名はキヅタ（木蔦）。日本でよく見かけるのはカナリア諸島・北アフリカ原産のカナリーキヅタとヨーロッパ原産のセイヨウキヅタ。両方ともつるから気根を出して樹木や岩に密着する。10～12月に黄褐色の小花を開く。果実は翌年4～5月に黒く熟す。

冬蔦の終の葉数となりて濃し　ながさく清江《きよえ》

カトレア

ラン科
多年草

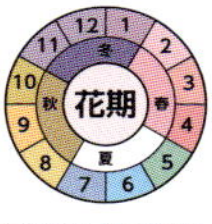

春咲き、秋咲き、冬咲き

回想の輪にカトレアの鉢華やか　小川孝

❖——洋蘭を代表する花で、その豪華さから〝花の女王〟とも呼ばれる。メキシコ、中央アメリカ、ブラジル原産。熱帯アメリカ（ブラジル、ベネズエラ、ニカラグアなど）の山岳地帯に分布し、樹木の樹皮や岩上に広く根を張る着生《ちゃくせい》蘭——ランは約1万5000種あり、大きく「地生《ちせい》蘭」と「着生蘭」の2つに分けられ、地生蘭の代表はシビジウム、着生蘭の代表は本種と胡蝶蘭——の一つである。1818年にブラジルの山中で発見されて英国に渡り、1824年に初めて花を開いた。

花の豪華さから「洋ランの女王」。

❖——日本への渡来時期は不明。日本では温室栽培され、植物学者の牧野富太郎が、その明るく豊かな花様《かよう》（花のかたち）と色彩を日の出の美しさに見立てて、「日の出蘭」と名づけた。長い間高価で高級な花だったが、近年は栽培がさかんになり、鉢植えや切り花として出回っている。

カトレアも見舞いし人も美しく　蒲田芳女

受賞者の胸のカトレア揺れやまず　中嶋秀子

名前の由来　1824年に初めてこの花を開花させた、英国の種苗収集家W・キャトレー（W.Cattley）にちなんで命名された。キャトレーの発音が変化してカトレアと呼ばれている。

千両

せんりょう
（せんりやう）

仙蓼《せんりやう》　草珊瑚《くささんご》　実千両《みせんりやう》

センリョウ科
常緑小低木

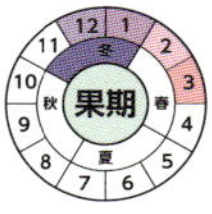

12～3月

老いざまのかなしき日なり実千両　草間時彦

❖――万両などとともに正月の縁起物としてなじみが深く、晩秋に光沢のある小さな美しい赤い実をつける小低木である。原産地は日本（本州以南）、台湾、中国、フィリピン、マレー。日本では東海地方、紀伊半島、四国、九州、沖縄に分布し、暖地の山林の樹下に自生する。樹高は50～80センチ。茎は緑色でやや皮質。葉は厚く、光沢のある長楕円形で鋸歯《きょし》がある。

❖――小さくて花びらのない、雌しべと雄しべだけでできている不思議なつくりの花を夏につけ、花後、小さい球形の実をたくさん結ぶ。冬になると熟して珊瑚のような赤い実になり美しい。まれに黄に熟す変種があり、それは黄実《きみの》千両という。本種は挿し木または実生《みしょう》（接《つ》ぎ木や挿し木ではなく種子から発芽させて生長させること）で容易に増やすことができる。

いくたび病みいくたび癒えき実千両　石田波郷

名は千両といふ明るくて寂しくて　有働亨《とおる》

名前の由来　中国の『本草綱目』に「百両金」という植物名があって、それは日本のカラタチバナであることがわかり、本種がカラタチバナに似ていて、なおかつ、少し大きいので、「千両」という名に。

万両

まんりょう
（まんりやう）

万両に日当たることのなかりけり　大橋越央子

硃砂根《まんりやう》

サクラソウ科
常緑小低木

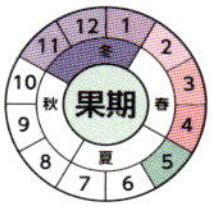

11～5月

❖――例句にも「万両に日当たることのなかりけり」とあるように、マンリョウの実は葉に隠れているので目につきにくい。冬に赤く熟し、翌年5月頃まで半年間も実をつけているのだが、日に当たることが少ない。ちなみにセンリョウとマンリョウの見分け方は、実が葉より下につくのがマンリョウで、実が葉より上につくのがセンリョウである。

❖――日本の関東以西、台湾、朝鮮、中国、インドに分布。暖地の樹陰などに自生。茎は直立、高さは60～90センチ。葉はセンリョウよりやや大きい。7月頃に枝の先に小さな白い花をつけ、花後、青い球形の実をつける。実は、冬になると真っ赤になるが、センリョウよりも色寂《さ》びて重々しく、実の粒も少し大きい。なお、本種が俳句でさかんに詠まれるようになったのはセンリョウと同じく大正末期以降である。

真っ赤な実が垂れ下がってつく。

万両のほかに生家の記憶なし　富安風生

万両やつねのこころをたひらかに　森　澄雄

名前の由来　江戸時代の『草木図説』などに「まんりょう」の名前で登場している。正月に赤い実がたくさんつくことから、マンリョウという景気のいい名前をつけて、暮れの市で売られたと思われる。

名の木枯る

なのきかる

❖なのきかる❖

銀杏《いちやう》枯《か》る　葡萄《ぶだう》枯《か》る
櫟《くぬぎ》枯《か》る　欅《けやき》枯《か》る
榎《えのき》枯《か》る　桜《さくら》枯《か》る

落葉樹木
銀杏、榎、楓など

写真・上：ケヤキ／下右：イチョウ／下左：エノキ

欅の秀枯るる仔細を極めたり　富安風生

❖—一般によく知られた木、あるいは名のある木が、すっかり葉を落として、枯れ果てた場合を「名の木枯る」という。ただ、これはあくまでも俳句世界の独特な言葉なので、ふつうは、「銀杏枯る」「欅枯る」などというように、具体的な木の名をつけて用いられる。枯れた樹木に薄い日が当たり、思いがけず形のよい枝ぶりを浮かび上がらせることもある。

❖—「名の草枯る」の姉妹季語である。ちなみに頭に「名の」がつく季語には「名の草枯る（名草枯る、枯葭ほか）」「名の木落葉（落葉の雨、落葉の時雨ほか）」「名の木散る（秋の落葉）」「名の木の芽（櫟の芽、欅の芽ほか）」「名の木の紅葉（雑木紅葉）」「名の草茂る（茂る草、夏草茂る）」がある。似た季語としては「冬木立」「冬木」「寒林」「冬枯」など。

銀杏枯れ星座は鎖曳きにけり　大峯あきら

枯櫟群れつつ猫をさへぎらず　石田波郷

まぎれゆく桜ばかりの枯木影　石田波郷

冬季

冬珊瑚

ふゆさんご

玉珊瑚《たまさんご》

ナス科
半耐寒性低木

11〜1月

夏から初秋にかけて白い花を下向きにつける。

夕鴉鬼門に鳴きて冬さんご　青木玉星

❖——ブラジル南部マディラ地方原産。1596年にヨーロッパに渡り、日本には明治期に渡来。今日では観賞用に庭園などで栽培されている。樹高は1〜1.5メートル。枝分かれを多くして細長い葉を互生している。本来は常緑だが、寒地では半落葉となる。夏から秋まで、葉のわきに白い小さな花を咲かせる。花びらは5つに深く裂けている。花後、実を結ぶ。果実は球形で、初めは緑色で、だんだんと色づき、11月頃に紅色に熟し、1月頃まで楽しめる。

❖——日本の昔の女性は日本髪に紅珊瑚の玉簪《かんざし》などを飾ったが、本種の実はその玉のように美しく、色彩の乏しい冬の庭にひときわ映える。寒さに弱いが、九州などの暖地では、細長い葉が冬でも青々としていて、赤い実との対比がとくに美しい。欧米ではクリスマス用の鉢物に。

冬珊瑚官退けば人も来ず　萩村汀鳳

掌にすくふ水のつめたさたまさんご　久松かつ子

名前の由来　球形の果実が初冬の頃、珊瑚色に熟すことからこの名前がつけられた。学名のpseudocapsicumは〝偽のトウガラシ〟の意であり、トウガラシとよく混同される。別名はソラナム、玉珊瑚。

深山樒

みやましきみ

人遠しみ山樒のあり所《どころ》　松瀬《まつせ》青々《せいせい》

❖——日本（福島県以南）原産。本州関東地方以西、四国、九州に分布。低山や林内の樹下に自生（群生）する小低木である。樹高は1メートルほど。葉は柔らかな皮質で楕円形、色は黄緑色で、葉裏には多数の油点がある。葉が樒《しきみ》に似ていることから名づけられた。ただし、樒はシキミ科の小高木で、まったくの別種。4月頃、枝先に芳香のある小さな白い花をつける。花後に約8ミリぐらいの球状の実を5～6個、晩秋から冬にかけてつける。冬になると真っ赤に熟して美しい。一部は冬を越す。

雌株は赤く熟す実をつける。

❖——この実には毒があるので注意がいるが、有毒植物とはいえ、色彩の乏しい冬の庭で、真っ赤な実が枝先に集まっているのは何ともうれしいものである。乾燥させた葉は足腰の痛みに効くといわれ、江戸時代には珍重された。秋から冬、果実がついているとき、生け花の花材とする。

姥捨《うばすて》の山中深山樒かな　福島　勲

深山樒を薬に商《ひさ》ぐ寺のあり　高橋克郎

名前の由来　本種は山地の藪の中で見かけることが多い。その生育環境と葉がシキミ（樒）に似ているのでこの名前がつけられた。どちらとも、他の樹木が茂っている尾根に多い。

❖みやましきみ❖

太山樒《みやましきみ》
庭躑躅《にはつつじ》
岡躑躅《をかつつじ》
ははら草

ミカン科
常緑小低木

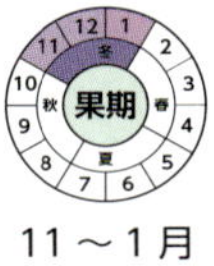

11～1月

藪柑子

やぶこうじ
（やぶかうじ）

山橘《やまたちばな》　藪《やぶ》たちばな
あかだま　ししくはず
平地木《へいちぼく》　蔓柑子《つるかうじ》

サクラソウ科
小低木

花期
7〜8月

佳き友は大方逝けり藪柑子　草間時彦

葉の陰に隠れるように球形の赤い実をつける。

❖——日本、台湾、朝鮮半島、中国原産。北海道の奥尻島、本州、四国、九州に分布。丘陵地の常緑樹林の下に自生する。観賞用として盆栽や庭にも植えられる。同じ科に属するマンリョウ（万両）の高さが1メートルほどになるのに対して、本種は10〜20センチしかないので、昔の和歌集などでは木ではなくて草に分類されている例もある。細くて長い地下茎をどんどん伸ばして繁茂する。

❖——夏、葉の腋《わき》に白い小花を咲かせるが、花が下向きに咲くのであまり目立たない。実は直径5ミリほどの球形で、10月頃にひっそりと紅熟する。ウメ、クロマツ、フクジュソウ、ナンテンなどといっしょに寄せ植えにして正月の飾りにする。栽培観賞は江戸時代に始まり、明治期には、葉の変わった品種の栽培が大流行したことがある。

冬青き苔の小庭や藪柑子　巌谷小波《いわやさざなみ》

藪柑子抜けば小石に根ありけり　峰　青嵐《せいらん》

名前の由来　山林の〝藪〟に生え、花がミカンの古い栽培種の〝柑子〟に似ているのでこの名に。古くはヤマタチバナと呼ばれ、『万葉集』にも詠まれている。緑の葉と赤い実が美しいので人気がある。

寒葵

かんあおい
（かんあふひ）

ウマノスズクサ科
多年草

12～2月

軒下の日に咲きにけり寒葵　村上鬼城《きじょう》

❖——冬に、シクラメンに似た葉の陰で、気づかれることなくひっそりと花を咲かせる古典園芸植物の一つである。日本原産。関東以西の本州と四国に分布し、山地の樹下に自生する。スギやヒノキの森林の、昼でも薄暗い陰地にもよく生育して、大きな株を見つけることができる。地中の根茎から短い葉柄を立て、その先にシクラメンに似たハート形の葉を2、3枚つける。葉の表面は、暗緑色のもの、斑《ふ》のあるもの、白い雲紋の見られるものなど変異があり、毛がまばらに生えている。

❖——花期は12月から翌年2月で、暗紫色または緑黄色の筒形の小花が、葉柄の根元にかたまってつく。半ば地中に埋まったように咲いているので、葉を分けないと見つけにくい。古くから根茎を鎮痛、鎮咳に用いてきた。

寒葵胸中ふかく花を秘す　青柳志解樹《しげき》

寒葵枯山水の片隅に　小宮山政子

名前の由来　葉の形が〝葵〟に似て、冬期に枯れずに花をつけることからこの名に。名前に〝寒葵〟がつくものは、関東寒葵（関東）、越《こし》の寒葵（北陸）、丸実《まるみ》寒葵（宮崎県）、尾長《おなが》寒葵（宮崎県）がある。

石蕗の花

つわのはな
(つはのはな)

夕闇に石蕗の明かりのまだ昏《く》れず　星野椿

❖――暖地の海辺で、冬をひとり謳歌するように、高々と花茎を立てて黄色い花を次々に開く初冬の花である。日本原産。東北地方の中部以南に分布。とくに中国地方、九州に多い。暖地の海辺や崖などに自生する。古くから庭園の下草、根締《ねじ》めとして植えられ、光沢のある常緑の葉が観賞されてきた。形態は蕗《ふき》に似るが葉が厚く光沢がある。10月から12月にかけて、葉から50～60センチの花茎を伸ばし、菊に似た鮮黄色の美しい花を高く咲かす。

鮮黄色の頭花は直径約５cm。

❖――本種は、『俳諧通俗誌』には〝犬茎《つは》の花〟、近世俳諧書『滑稽雑談』には〝槖吾花《つはぶき》〟と表記されていて日本の冬の花として親しまれてきたことがわかる。「石蕗」という表記は俗称で正しくは「槖吾」と書く。しかし、崖のそばに咲いて、形態が蕗に似ていることから「石蕗」という名がふさわしい。

淋しさの眼の行く方やつはの花　蓼《りょう》太

閼伽桶《あかおけ》を提げて海見る石蕗の花　甲斐遊糸《ゆうし》

名前の由来　正しくはツワブキで、葉に光沢があって、フキの葉に似ていることから、「艶葉蕗《つやはぶき》」とされ、その転訛《てんか》。漢名は「槖吾《とうご》」。これをツワと呼び、「石蕗」という表記を当てたと思われる。

槖吾《つは》の花
いしぶき
石蕗《つはぶき》の花

キク科
多年草

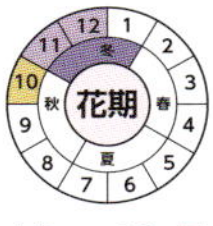

10～12月

落葉松散る《からまつちる》

マツ科　落葉高木

5月

❖──カラマツの名前の由来には、3つの有力な説がある。「落葉松《からまつ》」については、カラマツの葉は枯れて落ちるのでカレマツ→カラマツという説が。「唐松《からまつ》」については、本種の葉が、〝唐松の絵〟に描かれている松葉に似ているからという説と、日本の松は各種とも常緑なのに本種は落葉するので外国（＝唐）の松に違いない、という説がある。カラマツは芽吹きの美しさも有名だが、秋にいっせいに色づいた黄葉が、冬に入ると惜しげもなく散っていくさまが美しい。

きつつきも来て落葉松は梢《うれ》より散る　中沢文次郎

ポインセチア

猩々木《しやうじやうぼく》　クリスマスフラワー
トウダイグサ科　常緑低木

10～1月

❖──中央アメリカ、メキシコ原産。日本に導入されたのは明治の中頃だが、戦後急速に普及した。欧米ではクリスマスツリーとともに古くから飾られ、「クリスマスフラワー」とも呼ばれている。日本でもクリスマス行事・セール等が年々さかんになるにつれて、装飾用切り花、鉢物として用いられるようになった。本種をアメリカに最初に導入したのが政治家のポインセットで、名前はこの人物にちなんだもの。熱帯、亜熱帯地方では（沖縄でも）庭木として植えられている。

なにもかも終《おわ》つたポインセチアの緋《ひ》　田井美恵子

八手の花
やつでのはな

花八手《はなやつで》
天狗《てんぐ》の羽団扇《はうちは》

ウコギ科
常緑低木

11～12月

だまり雀又来しか花八ツ手降る　志田素琴《そきん》

❖——日本（福島県以南）原産。東北地方の南部から沖縄諸島までの海に近い山林に自生する。江戸時代に庭木として植えられるようになり、天保9（1838）年にはヨーロッパにも伝えられた。樹高は2メートルくらい。長い柄をもつ葉は20～40センチと大きく、手のひらの形に7～9裂するが、裂片の数は、通常は奇数で9枚が多い。それをあえて〝八手〟という名前にしたのは、八の数字は末広がりで、縁起がよいとされるためである。

❖——初冬、枝の先に白い小花を球状につける。花後、黒い球形の果実をつける。常緑で葉が大きいことから、かつては家の便所の近くに目隠し用に植えられることも多かった。古い時代の家の便所は家の北側に設けられることが多く、日陰でもよく育つヤツデはもってこいの樹木であった。

あさくさの袋物屋の花八つ手　星野麥丘人《ばくきゅうじん》

八ツ手散る楽譜の音符散るごとく　竹下しづの女

名前の由来　葉が長い柄をもち、大きくて分厚く、先が7つから9つに裂けて、手のひらの形をしていることからこの名に。別名を「天狗《てんぐ》の羽団扇《はうちわ》」といい、形が似ているところから名づけられた。

クリスマスローズ

❖クリスマセローズ❖

キンポウゲ科
多年草

12～4月

❖――12月の雪の中で開花するのにちなんでこの名前がつけられた。イギリスではクリスマスの花として珍重され、温室で栽培される。原産地は地中海沿岸から中欧。日本へは明治初期に渡来したという。冬から早春に咲き始め、晩春まで花を楽しめる。冬枯れた庭にやさしい姿を見せてくれる花の一つである。草丈が20～30センチで、根ぎわから葉が出る。冬に花茎を伸ばし、大輪の美しい花を咲かせる。

クリスマスローズ茶房にひかりをり　こじまあつこ

白花のニゲル種が本来のクリスマスローズ。

❖――現在栽培されている主なものは、レンテンローズ（別名 春咲きクリスマスローズ）で、花色は淡黄から褐色を帯びた黄緑色に変わる。もうひとつはクリスマスローズで、よくレンテンローズと混同されるが、ひとまわり小形で全体に丸みがあるので区別できる。花色は白で、背面が淡紫色を帯びている。

クリスマスローズ気難しく優しく　後藤比奈夫

通るたびクリスマスローズの首起こす　田口素子

名前の由来 本種の学名のヘレボルスには〝害する食べ物〟の意味もある。この種は薬草として利用されていたことがあり、ギリシア時代には「狂気を治療する薬」と呼ばれていたことがある。

水仙

すいせん

水仙花《すいせんくわ》
雪中花《せっちゅうくわ》
野水仙《のずいせん》

ヒガンバナ科
多年草

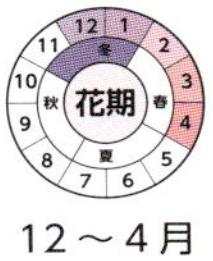

12～4月

水仙に津波の来るといふしらせ　赤尾恵以

❖―雪の中に咲くので「雪中華」とも呼ばれているように、厳しい寒さに耐え、雪の中でも芳香を放ちながら気品ある花を凛と咲かせる球根植物である。花の中心のカップ(カップ状の副花冠)が愛らしく、春の花壇には欠かせない。地中海沿岸原産。原産地からシルクロードを通って中国へ渡来した。日本には、中国が南宋だった時代(日本は鎌倉時代)に日本の修行僧が持ち帰ったといわれる。

❖―室町時代(15世紀)の国語辞典『下学集《かがくしゅう》』には、〝水仙〟の名前が登場している。日本では暖地の海岸に広く野生化していて、1～2月頃に、葉の間から高さ20～30センチぐらいの花茎を出し、茎の先に数個の花をつける。単にスイセンといえばニホンズイセンをさすことが多いが、1茎に1つの花を咲かせるもの、1茎に多数の花を咲かせるものなど、多くの園芸種がある。

寒中に清らかな花を開く。

水仙や来る日も来る日も海荒れて　鈴木真砂女

水仙や藪の付きたる売屋敷　浪化《ろうか》

名前の由来　古代の中国では、水辺で育つこの草のことを「水の仙人」と呼んだ。この草が広まっていくにつれ、水の仙人から水仙に。日本では「水仙」を音読みしたスイセンが広まった。

❖すいせん❖

葉牡丹

はぼたん

牡丹菜《ぼたんな》
アブラナ科　二年草、多年草

4月

❖——牡丹がつくが花ではない。しかし、冬枯れの花壇を明るく彩る貴重な植物である。江戸時代中期に渡来したキャベツの仲間のケールを観賞用に改良したもので、キャベツと母種を同じくする別変種である。オランダ菜として渡来した当初はそれほど美しいものではなかったが、以後、日本で改良を続けて、今日のような色彩に富む園芸品種が誕生した。緑色だった葉が中心部から次第に色づき始めるのは、関東以西では10月下旬から11月上旬頃。

葉牡丹の色ちがひなる二列かな　姫野丘陽

蠟梅

ろうばい（らふばい）

蠟梅《らふばい》　唐梅《からうめ》　南京梅《なんきんうめ》
ロウバイ科　落葉低木

10～1月

❖——原産地は中国。日本には江戸時代の後水尾《ごみずのお》天皇（慶長16～寛永5年）の時代に渡来した。当初は、カラウメ（唐梅）とかナンキンウメ（南京梅）の名で呼ばれた。ロウバイは中国名の音読み。樹高は2～5メートル。よく分枝する。葉の出る前の1～2月、蘭に似た高い芳香を放つ花をつける。内側の花弁は暗紫色、外側の花弁は半透明で黄色の光沢がある。花後、花托《かたく》が生長して長卵形の偽果《ぎか》を結ぶ。生長はやや遅い。庭園・公園樹、盆栽などに用いられる。

蠟梅や枝まばらなる時雨《しぐれ》ぞら　芥川龍之介

新年

楪

ゆずりは（ゆづりは）

交譲葉《ゆづりは》
譲《ゆづ》り葉《は》
親子草《おやこぐさ》
杠《ゆづりは》
弓弦葉《ゆづるは》

ユズリハ科
常緑高木

5～6月

追分や楪つけし門並び　鳥越憲三郎

❖—日本、中国、朝鮮半島原産。本州関東以西、四国、中国に分布。暖地の山地に自生、庭園などにも移植される。樹高は4～10メートル。中には15メートルにもなるものも。葉は互生し、長さが15～20センチと大きく狭長楕円形。光沢があり、厚い皮状となる。葉裏は白い。葉柄は紅色を帯びることが多い。枝は粗く、全体に大ぶりな感じの木である。枝が正月用に切り取られてしまうので、樹形がくずれていることが多い。

❖—5～6月、前年枝の葉の脇から緑黄色の小花をつける。10～11月、長さ8～9ミリの楕円形の果実が藍黒に熟して白い粉をふく。本種は新しい葉が出るまで古い葉が残ることから、橙《だいだい》（ダイダイなので代々にかける）と組み合わせて縁起をかつぎ、正月の飾り物に使われている。

雪山の照り楪も橙も　森　澄雄

餅のこな楪につき目出度けれ　高浜虚子

名前の由来　春、新芽が出るときに古い葉が落ちることから、代を譲るの意味、とする説が有力で「譲葉」とも書く。一方で、本種の葉脈が〝弓弦《ゆづる》〟に似ているため、という説もある。漢名は交譲木。

福寿草

ふくじゅそう（ふくじゆさう）

元日草《ぐわんじつさう》

キンポウゲ科
多年草

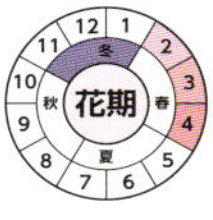

2～4月

福寿草家族のごとくかたまれり　福田蓼汀《りょうてい》

❖――原産地は日本、シベリア、サハリン、中国東北部、朝鮮半島、ヨーロッパ。野生種は北海道、本州、九州の山地に分布するが、北方に分布密度が高い。冬の終わり頃に、地下の根茎から短い茎を伸ばす。茎の下部は数枚の鞘《さや》で覆われている。最初の1輪は地表すれすれに咲くが、次第に茎が伸び、枝分かれした先に花をつけるようになる。

❖――菊に似た黄色い可憐《かれん》な花は新年を迎えるのにふさわしく、明るい。花が終わると葉が伸びて草丈が高くなり、開花していた頃とは同じ植物には見えなくなってしまう。晩春には枯れて秋まで休眠する。日本では〝新年を寿《ことほ》ぐめでたい花〟とされているが、ヨーロッパの福寿草は秋咲きで、花色が赤く、ギリシア神話の美少年アドニス（アドニスは本種の属名になっている）が、猪に牙で刺されて流した血の色といわれている。

紅花と呼ばれる品種「秩父紅」。

地に低く幸せありと福寿草　保坂伸秋

福寿草ゆるやかに過ぐ今の刻《とき》　能村登四郎

名前の由来　旧暦の元日に黄金色の花を開くところから、新年を祝うめでたい「福」「寿」の文字を用いた命名である。〝福告ぐ草〟だと語呂がよくないので、縮めてめでたく「福寿草」と名づけられた。

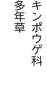

【ら】

ライラック 74
喇叭花（らっぱか・らっぱくわ）152
ラベンダー 90
乱菊（らんぎく）174
琉球木槿（りゅうきゅうむくげ・りうきうむくげ）169
竜脳菊（りゅうのうぎく・りゅうのうぎく）202
竜の髭（りゅうのひげ・りゅうのひげ）148
凌霄（りょうしょう）154
令法（りょうぶ・りやうぶ）29
令法茶（りょうぶちゃ・りやうぶちや）29
令法摘む（りょうぶつむ・りやうぶつむ）29
令法飯（りょうぶめし）29
リラ 74
リラの花（りらの花）74
リリー 13
竜胆（りんどう・りんだう）206
輪鋒菊（りんぼうぎく）190
縷紅草（るこうそう・るこうさう）165
留紅草（るこうそう・るこうさう）165
ルピナス 108
瑠璃菊（るりぎく）115
瑠璃蝶々（るりちょうちょう・るりてふてふ）75
麗春花（れいしゅんか・れいしゅんくわ）86
連翹（れんぎょう・れんげう）29
れんげ 21
蓮華（れんげ）156
蓮華草（れんげそう・れんげさう）21
蠟梅（ろうばい・らふばい）236
臘梅（ろうばい・らふばい）236
ローダンセ 26
ロシアひまはり（ろしあひまわり・ろしあひまはり）162
ロベリア 75

【わ】

わするな草（わするなぐさ）76
忘草（わすれぐさ）139
勿忘草（わすれなぐさ）76

深山竜胆（みやまりんどう・みやまりんだう）206
ミヨソティス 76
木槿（むくげ）189
虫取撫子（むしとりなでしこ）134
虫鬼灯（むしほおずき・むしほほづき）189
結香の花（むすびきのはな）26
紫華鬘（むらさきけまん）50
紫式部（むらさきしきぶ）219
紫式部の実（むらさきしきぶのみ）219
紫釣船（むらさきつりふね）195
紫丁香花（むらさきはしどい）74
むらさきはなな 20
紫茉莉（むらさきまつり）193
むら薄（むらすすき）175
群撫子（むれなでしこ）38
メイフラワー 53
めぐさ 185
毛輪花（もうりんか）89
もくげ 189
木春菊（もくしゅんぎく・もくしゆんぎく）101
木犀（もくせい）199
木犀の花（もくせいのはな）199
もくらに 28
木蓮（もくれん）28
木蘭（もくれん）28
もくれんげ 28
モスフロックス 56
黐の花（もちのはな）105
冬青の花（もちのはな）105
紅蜀葵（もみじあおい・もみぢあふひ）144

【や】

八重菊（やえぎく・やへぎく）174
八重藤（やえふじ・やへふぢ）55
八重山吹（やえやまぶき・やへやまぶき）71
夜開草（やかいそう・やかいさう）192
夜会草(やかいそう・やくわいさう)192
矢車菊（やぐるまぎく）135
矢車草（やぐるまそう・やぐるまさう）135
夜香蘭（やこうらん・やかうらん）49
野茶（やちゃ）58
八手の花（やつでのはな）233
藪えびね（やぶえびね）18
藪柑子（やぶこうじ・やぶかうじ）229
藪菖蒲（やぶしょうぶ・やぶしやうぶ）121
藪たちばな（やぶたちばな）229
やぶつばき 88
やまあららぎ 21
山兜（やまかぶと）201
山桑の花（やまぐわのはな・やまぐはのはな）168
山橘（やまたちばな）229
大和撫子（やまとなでしこ）180
山錦木（やまにしきぎ）218
山萩（やまはぎ）185
山女（やまひめ）193
山吹（やまぶき）71
山吹草（やまぶきそう・やまぶきさう）73
山藤（やまふじ・やまふぢ）55
山箒（やまぼうき・やまばうき）184
山帽子（やまぼうし）168
山法師の花（やまぼうしのはな・やまぼふしのはな）168
山木蓮（やまもくれん）21
山百合（やまゆり）136
夕顔（ゆうがお・ゆふがほ）170
夕顔棚（ゆうがおだな・ゆふがほだな）170
夕顔の花（ゆうがおのはな・ゆふがほのはな）170
ユーカリの木（ゆーかりのき）89
夕化粧（ゆうげしょう・ゆふげしやう）193
遊蝶花（ゆうちょうか・いうてふくわ）54
幽霊花（ゆうれいばな・いうれいばな）199
ゆきのはな 16
雪柳（ゆきやなぎ）30
雪割草（ゆきわりそう・ゆきわりさう）14
楪（ゆずりは・ゆづりは）238
交譲葉（ゆずりは・ゆづりは）238
杠（ゆずりは・ゆづりは）238
譲り葉（ゆずりは・ゆづりは）238
弓弦葉（ゆずるは・ゆづるは）238
ユッカ 150
油点草（ゆてんそう・ゆてんさう）202
ゆびはめぐさ 195
ゆりの木の花（ゆりのきのはな）108
百合（ゆり）136
瓔珞牡丹（ようらくぼたん・やうらくぼたん）50
吉野静（よしのしずか・よしのしづか）24
四葩の花（よひらのはな）111
よめがはぎ 28
嫁菜（よめな）28
夜顔（よるがお・よるがほ）192
ヨルザキアラセイトウ 173

紅芙蓉（べにふよう）181
紅木槿（べにむくげ）189
ヘリオトロープ 65
ヘリプテラム 26
ポインセチア 232
帚木（ほうきぎ・はうきぎ）158
帚草（ほうきぐさ・はうきぐさ）158
帽子花（ぼうしばな）175
鳳仙花（ほうせんか・ほうせんくわ）188
柞（ほうそ・はうそ）217
ぼうたん 103
鬼灯（ほおずき・ほほづき）189
酸漿（ほおずき・ほほづき）189
ホクシア 155
ほくり 19
ほくろ 19
木瓜の花（ぼけのはな）70
ぼさつばな 169
細葉麒麟草（ほそばきりんそう・ほそばきりんさう）113
菩提樹の花（ぼだいじゅのはな・ぼだいじゆのはな）132
菩提の花（ぼだいのはな）132
蛍草（ほたるぐさ）175
蛍袋（ほたるぶくろ）133
牡丹（ぼたん）103
ぼたんいちげ 34
牡丹園（ぼたんえん・ぼたんゑん）103
牡丹菜（ぼたんな）236
釦の木の花（ぼたんのきのはな）44
牡丹百合（ぼたんゆり）59
布袋葵（ほていあおい・ほていあふひ）166
布袋草（ほていそう・ほていさう）166
杜鵑草（ほととぎす）202
ほととぎすさう 202
ポピー 86
法螺貝草（ほらがいそう・ほらがいさう）195
ぼろんかづら 82
ポンポンダリア 153

【ま】

マーガレット 101
真木草（まきくさ）158
真拆の葛（まさきのかずら・まさきのかづら）126
柾の実（まさきのみ）218
木天蓼の花（またたびのはな）133
松の花粉（まつのかふん・まつのくわふん）71
松の花（まつのはな）71
まつばかんざし 48
松葉菊（まつばぎく）87
松葉牡丹（まつばぼたん）167
松虫草（まつむしそう・まつむしさう）190
山蘿蔔（まつむしそう・まつむしさう）190
松雪草（まつゆきそう）16
待宵草（まつよいぐさ・まつよひぐさ）155
茉莉花（まつりか・まつりくわ）89
ままつこ 51
眉つくり（まゆつくり）63
眉はき（まゆはき）63
眉掃草（まゆはきそう・まゆはきさう）24
檀の実（まゆみのみ）218
真弓の実（まゆみのみ）218
マリーゴールド 144
マロニエの花（まろにえのはな）105
金縷梅（まんさく）17
満作（まんさく）17
金縷梅の花（まんさくのはな）17
万寿菊（まんじゅぎく）144
まんじゆさげ 199
曼珠沙華（まんじゅしゃげ・まんじゆさげ）199
曼荼羅（まんだらげ）152
万桃花(まんとうか・まんたうくわ）152
万両（まんりょう・まんりやう）225
硃砂根（まんりょう）225
神輿草（みこしぐさ）119
実柘榴（みざくろ）197
水掛草（みずかけぐさ・みづかけぐさ）191
水懸草（みずかけぐさ・みづかけぐさ）191
水萩（みずはぎ・みづはぎ）191
水芭蕉（みずばしょう・みづばせう）134
三角草（みすみそう・みすみさう）14
みせばや 214
見せばや（みせばや）214
実千両（みせんりょう・みせんりやう）224
千屈菜（みそはぎ）191
鼠尾草（みそはぎ）191
溝萩（みぞはぎ）191
三椏の花（みつまたのはな）26
実南天（みなんてん）220
実紫（みむらさき）219
都忘れ（みやこわすれ）72
みやつこぎ 62
深山樒（みやましきみ）228
太山樒（みやましきみ）228

美女柳（びじょやなぎ・びぢよやなぎ）130
美人草（びじんそう・びじんさう）86
菲息菜（ひそくさい）20
未草（ひつじぐさ）149
日照草（ひでりそう・ひでりさう）167
一重菊（ひとえぎく・ひとへぎく）174
一重草（ひとえぐさ・ひとへぐさ）180
一つ葉（ひとつば）84
一人静（ひとりしずか・ひとりしづか）24
雛菊（ひなぎく）8
雛罌粟（ひなげし）86
雛桜（ひなざくら）75
緋木瓜（ひぼけ）70
向日葵（ひまわり・ひまはり）162
ひめあらせいとう 35
姫沙羅（ひめしゃら・ひめしやら）99
姫橘（ひめたちばな）195
姫黄楊（ひめつげ）60
姫野牡丹（ひめのぼたん）83
姫百合（ひめゆり）136
百日紅（ひゃくじつこう・ひやくじつこう）117
百日草（ひゃくにちそう・ひやくにちさう）160
百夜草（ひゃくやそう・ひやくやさう）175
白蓮（びゃくれん・びやくれん）156
ヒヤシンス 49
日向葵（ひゅうがあおい・ひうがあふひ）162
日向水木（ひゅうがみずき・ひうがみづき）25
瓢箪草（ひょうたんそう・ひょうたんさう）155
未央柳（びようやなぎ・びやうやなぎ）130
美容柳（びようやなぎ）130
ひるな 139
枇杷（びわ・びは）131
枇杷の実（びわのみ・びはのみ）131
富貴菊（ふうきぎく）39
富貴草（ふうきぐさ）103
風信子（ふうしんし）49
風船葛（ふうせんかずら・ふうせんかづら）204
風知草（ふうちそう・ふうちさう）163
風鳥草（ふうちょうそう・ふうてうさう）142
風蝶草（ふうちょうそう・ふうてふさう）142
風鈴草（ふうりんそう・ふうりんさう）133
風露草（ふうろそう・ふうろさう）164
深見草（ふかみぐさ）103
蕗（ふき）107
蕗菊（ふきぎく）39
蕗桜（ふきざくら）39
蕗の葉（ふきのは）107
蕗の広葉（ふきのひろは）107
フクシア 155
福寿草（ふくじゅそう）239
藤（ふじ・ふぢ）55
附子（ぶし）201
藤棚（ふじだな・ふぢだな）55
藤波（ふじなみ・ふぢなみ）55
藤の花（ふじのはな・ふぢのはな）55
藤房（ふじふさ・ふぢふさ）55
藤牡丹（ふじぼたん・ふぢぼたん）50
藤見（ふじみ・ふぢみ）55
扶桑（ふそう）169
扶桑花（ふそうか・ふさうくわ）169
豚の饅頭（ぶたのまんじゅう・ぶたのまんぢゆう）10
二人静（ふたりしずか・ふたりしづか）68
富貴草（ふっきそう・ふつきさう）165
仏桑花（ぶっそうげ・ぶつさうげ）169
葡萄枯る（ぶどうかる・ぶだうかる）226
葡萄の花（ぶどうのはな・ぶだうのはな）103
冬珊瑚（ふゆさんご）227
冬蔦（ふゆづた）222
芙蓉（ふよう・ふやう）181
木芙蓉（ふよう）181
プラタナスの花（ぷらたなすのはな）44
フランネル草（ふらんねるそう）81
フリージア 69
プリムラ 75
フレップ 145
フロックス 109
噴雪花（ふんせつか・ふんせつくわ）30
ぶんだいゆり 10
平地木（へいちぼく）229
ベゴニア 86
ペチュニア 87
紅蓮（べにはす）156
紅花翁草（べにばなおきなぐさ）34

ぶ）128
白頭翁（はくとうおう・はくとうをう）42
白牡丹（はくぼたん）103
白木蓮（はくもくれん）28
怕痒樹（はくようじゅ・はくやうじゆ）117
はくり 19
葉鶏頭（はげいとう）176
羽衣草（はごろもそう・はごろもさう）127
榛の花（はしばみのはな）27
蓮（はす）156
蓮池（はすいけ）156
蓮の花（はすのはな）156
パセリ 83
はたつもり 29
はちす 156
薄荷の花（はっかのはな）185
初菊（はつぎく）174
初萩（はつはぎ）185
初見草（はつみぐさ）185
はづみだま 148
はつゆり 10
初百合（はつゆり）23
花葵（はなあおい・はなあふひ）124
花馬酔木（はなあしび・はなあせび）32
はなあやめ 91
花筏（はないかだ）51
はないちげ 34
花銀杏（はないちょう）34
花海棠（はなかいどう・はなかいだう）64
花酸漿草（はなかたばみ）41
花簪（はなかんざし）26
花カンナ（はなかんな）172
花かんば（はなかんば）43
花擬宝珠（はなぎぼうし・はなぎばうし）112
花栗（はなぐり）118
花罌粟（はなげし）95
花榊（はなさかき）117
花サフラン（はなさふらん）11
花珊瑚（はなさんご）147
花縮砂（はなしゅくしゃ・はなしゆくしや）186
花棕櫚（はなしゅろ・はなしゆろ）100
花菖蒲（はなしょうぶ・はなしやうぶ）128
紫荊（はなずおう・はなずはう）66
花蘇枋（はなずおう・はなずはう）66
花菫（はなすみれ）8
花大根（はなだいこん）20
花煙草（はなたばこ）183
花爪草（はなつめくさ）56
花とべら（はなとべら）97
花合歓（はなねむ）157
花の宰相（はなのさいしょう・はなのさいしやう）98
花菱草（はなびしそう・はなびしさう）129
花芙蓉（はなふよう）181
花木瓜（はなぼけ）70
花水木（はなみずき・はなみづき）67
花木槿（はなむくげ）189
花八手（はなやつで）233
葉錦（はにしき）157
帚木（ははきぎ）158
地膚子（ははきぎ）158
帚草（ははきぐさ）158
母栗（ははくり）23
柞（ははそ）217
柞紅葉（ははそもみじ・ははそもみぢ）217
ははら草（ははらそう）228
葉牡丹（はぼたん）236
浜薊（はまあざみ）63
浜万年青（はまおもと）136
浜簪（はまかんざし）48
浜菊（はまぎく）203
浜牛蒡（はまごぼう）63
浜大根の花（はまだいこんのはな）49
浜木綿の花（はまゆうのはな・はまゆふのはな）136
葉山吹（はやまぶき）71
春黄金花（はるこがねばな）13
春咲きサフラン（はるざきさふらん）11
波斯菊（はるしゃぎく・はるしやぎく）149
春百合（はるゆり）23
はるをみなへし 46
番紅花（ばんこうか・ばんこうくわ）212
パンジー 54
半纏木（はんてんぼく）108
ヒース 40
ピーマン 177
飛燕草（ひえんそう・ひえんさう）125
射干（ひおうぎ・ひあふぎ）159
檜扇（ひおうぎ・ひあふぎ）159
彼岸花（ひがんばな）199
日車（ひぐるま）162
ひごろもサルビア 170
緋衣草（ひごろもそう・ひごろもさう）170
柃の花（ひさかきのはな）58
美女桜（びじょざくら・びぢよざくら）84

25
とどき 186
海桐の花（とべらのはな） 97
虎尾草（とらのお・とらのを） 126
鳥兜（とりかぶと） 201
鳥頭（とりかぶと） 201
黄蜀葵（とろろあおい・とろろあふひ） 137

【な】

菜芥（ながらし） 9
ナスタチューム 79
夏菊（なつぎく） 161
夏茱萸（なつぐみ） 102
夏水仙（なつずいせん） 161
夏椿（なつつばき） 99
夏椿の花（なつつばきのはな） 99
夏の菊（なつのきく） 161
棗（なつめ） 187
棗の実（なつめのみ） 187
撫子（なでしこ） 180
ななかまど 213
七竈（ななかまど） 213
ななかまどの実（ななかまどのみ） 213
名の木枯る（なのきかる） 226
楢紅葉（ならもみじ・ならもみぢ） 217
南京梅（なんきんうめ） 236
南天燭（なんてん） 220
南天桐（なんてんぎり） 206
南天の実（なんてんのみ） 220
南蛮（なんばん） 177
南蛮煙管（なんばんぎせる） 194
南蛮胡椒（なんばんこしょう・なんばんこせう） 177
南蛮藤（なんばんふじ・なんばんふぢ） 55
にほひ豌豆（においえんどう・にほひゑんどう） 44
匂ひ紫（においむらさき・にほひむらさき） 65
錦葵（にしきあおい・にしきあふひ） 124
錦芋（にしきいも） 157
錦木（にしきぎ） 215
鬼箭木（にしきぎ） 215
錦木の実（にしきぎのみ） 215
錦木紅葉（にしきぎもみじ・にしきぎもみぢ） 215
錦百合（にしきゆり） 49
日日花（にちにちか） 85
日日草（にちにちそう・にちにちさう） 85
日輪草（にちりんそう・にちりんさう） 162
日光黄菅（にっこうきすげ・につくわうきすげ） 151
にほひあらせいとう 35
二輪草（にりんそう・にりんさう） 61
庭草（にわくさ・にはくさ） 158
庭石菖（にわぜきしょう・にはぜきしやう） 106
庭躑躅（にわつつじ・にはつつじ） 228
接骨木の花（にわとこのはな） 62
忍冬の花（にんどうのはな） 96
ねこあしぐさ 119
ねこぐさ 42
猫柳（ねこやなぎ） 16
鼠黐の花（ねずみもちのはな） 88
女貞の花（ねずみもちのはな） 88
ねぶの花（ねぶのはな） 157
合歓の花（ねむのはな） 157
ねむりぎ 157
睡花（ねむりばな） 64
眠れる花（ねむれるはな） 64
野薊（のあざみ） 63
のうぜんかづら 154
凌霄の花（のうぜんのはな） 154
凌霄葉蓮（のうぜんはれん） 79
野菊（のぎく） 202
鋸草（のこぎりそう・のこぎりさう） 127
野紺菊（のこんぎく） 202
のしゅんぎく 72
野水仙（のずいせん） 235
野田藤（のだふじ・のだふぢ） 55
野萩（のはぎ） 185
野花菖蒲（のはなしょうぶ・のはなしやうぶ） 128
野藤（のふじ・のふぢ） 55
野鳳仙花（のほうせんか・のほうせんくわ） 195
野牡丹（のぼたん） 83
昇り藤（のぼりふじ・のぼりふぢ） 108
野茉莉（のまつり） 193

【は】

バーベナ 84
ハイビスカス 169
葉芋（はいも） 157
貝母の花（ばいものはな） 23
蠅毒草（はえどくそう・はへどくさう） 128
蠅取草（はえとりぐさ・はへとりぐさ） 128
蠅捕草（はえとりぐさ・はへとりぐさ） 128
蠅取撫子（はえとりなでしこ・はへとりなでしこ） 134
萩（はぎ） 185
はぎな 28
萩の花（はぎのはな） 185
白菖蒲（はくしょうぶ・はくしやう

うし）112
玉珊瑚（たまさんご）227
玉簾の花（たますだれのはな）79
玉の緒（たまのお・たまのを）214
玉箒（たまぼうき・たまばうき）184
田村草（たむらそう・たむらさう）184
ダリア 153
ダリヤ 153
団子花（だんごばな）39
断腸花（だんちょうか・だんちやうくわ）182
檀特（だんどく）172
ぢぢばば 19
千鳥草（ちどりそう・ちどりさう）125
地膚（ちふ）158
ちやうじぐさ 22
ちやうじな 182
中菊（ちゅうぎく）174
チューリップ 59
チューリップツリー 108
丁字（ちょうじ・ちやうじ）22
長春花（ちょうしゅんか・ちやうしゆんくわ）33
朝鮮朝顔（ちょうせんあさがお・てうせんあさがほ）152
提灯花（ちょうちんばな・ちやうちんばな）133
長命菊（ちょうめいぎく・ちやうめいぎく）8
散蓮華（ちりれんげ）156
月草（つきくさ）175
月見草（つきみぐさ）155
月見草（つきみそう・つきみさう）155
衝羽根朝顔（つくばねあさがお・つくばねあさがほ）87
黄楊の花（つげのはな）60
つまぐれ 188
爪紅（つまくれない・つまくれなゐ）188
つまべに 188
爪切草（つめきりそう・つめきりさう）167
露草（つゆくさ）175
釣浮草（つりうきそう・つりうきさう）155
釣鐘草（つりがねそう・つりがねさう）133
釣鐘人参（つりがねにんじん）186
釣舟草（つりふねそう・つりふねさう）195
吊船草（つりふねそう・つりふねさう）195
つる葵（つるあおい・つるあふひ）124
蔓柑子（つるこうじ・つるかうじ）229
連鷺草（つれさぎそう・つれさぎさう）147
石蕗の花（つわのはな・つはのはな）231
槖吾の花（つわのはな・つはのはな）231
石蕗の花（つわぶきのはな・つはぶきのはな）231
定家葛の花（ていかかずらのはなていかかづらのはな）126
デージー 8
鉄線（てっせん・てつせん）97
鉄線花（てっせんか・てつせんくわ）97
てつせんかづら 97
鉄砲百合（てっぽうゆり）136
手鞠の花（てまりのはな）102
繡毬花（てまりばな）102
粉団花（てまりばな）102
天蓋花（てんがいばな）162・199
天狗の羽団扇（てんぐのはうちわ・てんぐのはうちは）233
天竺葵（てんじくあおい・てんぢくあふひ）82
天竺牡丹（てんじくぼたん・てんぢくぼたん）153
天井守（てんじょうもり・てんじやうもり）177
唐辛子（とうがらし・たうがらし）177
唐辛（とうがらし・たうがらし）177
蕃椒（とうがらし・たうがらし）177
唐金盞（とうきんせん・たうきんせん）33
唐茱萸（とうぐみ）102
唐菖蒲（とうしょうぶ・たうしやうぶ）141
満天星躑躅（どうだんつつじ）51
満天星の花（どうだんのはな）51
当薬（とうやく・たうやく）200
闘陽花（とうようか・とうやうくわ）152
桃葉珊瑚（とうようさんご・たうえふさんご）222
十返りの花（とかえりのはな・とかへりのはな）71
ときしらず 33
常磐桜（ときわざくら・ときはざくら）75
蕺菜の花（どくだみのはな）121
時計草（とけいそう・とけいさう）82
常夏（とこなつ）180
土佐水木（とさみずき・とさみづき）25
蠟弁花（とさみずき・とさみづき）

しんぎく 9
ジンジャーの花（じんじゃーのはな） 186
沈丁（じんちょう・ぢんちやう） 22
沈丁花（じんちょうげ・ぢんちやうげ） 22
スイートピー 44
吸葛（すいかずら・すひかづら） 96
忍冬の花（すいかずらのはな・すひかづらのはな） 96
瑞香（ずいこう・ずいかう） 22
垂糸海棠（すいしかいどう） 64
水仙（すいせん） 235
水仙翁（すいせんおう・すいせんをう） 81
水仙花（すいせんか・すいせんくわ） 235
酔仙翁草（すいせんのう・すゐせんをう） 81
酔芙蓉（すいふよう） 181
睡蓮（すいれん） 149
蘇枋の花（すおうのはな・すはうのはな） 66
杉の実（すぎのみ） 213
鈴懸の花（すずかけのはな） 44
薄（すすき） 175
芒（すすき） 175
薄野（すすきの） 175
薄原（すすきはら） 175
鈴ふり草（すずふりそう） 18
鈴蘭（すずらん） 13
鈴蘭水仙（すずらんずいせん） 48
ストケシア 115
ストック 35・173
スノードロップ 16
スノーフレーク 48
洲浜菊（すはまぎく） 14
洲浜細辛（すはまさいしん） 14
州浜草（すはまそう・すはまさう） 14
菫（すみれ） 8
紫花地丁（すみれ） 8
菫草（すみれぐさ） 8
相撲取草（すもうとりくさ・すまふとりくさ） 8
すろ 100
背高泡立草（せいたかあわだちそう・せいたかあわだちさう） 177
西洋朝顔（せいようあさがお・せいやうあさがほ） 178
西洋山査子（せいようさんざし・せいやうさんざし） 53
西洋躑躅（せいようつつじ） 31
西洋鋸草（せいようのこぎりそう・せいやうのこぎりさう） 127
ぜがいさう 42
石韋（せきい・せきゐ） 84
石竹（せきちく） 123
石蘭（せきらん） 84
柘榴（せきりゅう・せきりゆう） 197
雪中花（せっちゅうか・せつちゆうくわ） 235
せつていくわ 151
節分草（せつぶんそう・せつぶんさう） 15
銭葵（ぜにあおい・ぜにあふひ） 124
ゼフィランサス 79
ゼラニューム 82
染指草（せんしそう） 188
千寿菊（せんじゅぎく・せんじゆぎく） 144
宣男草（せんだんそう） 139
禅庭花（ぜんていか） 151
千日紅（せんにちこう） 140
千日草（せんにちそう・せんにちさう） 140
せんぶき 17
千振（せんぶり） 200
千振の花（せんぶりのはな） 200
千本分葱（せんぼんわけぎ） 17
千両（せんりょう・せんりやう） 224
仙蓼（せんりょう・せんりやう） 224
草萩（そうはぎ・さうはぎ） 191
素馨（そけい） 89
底紅（そこべに） 189
蘇鉄の花（そてつのはな） 152
そのひぐさ 85

【た】

ダーリヤ 153
たいこのぶち 120
大山木（たいさんぼく） 96
泰山木の花（たいさんぼくのはな） 96
泰山木蓮（たいさんもくれん） 96
鯛釣草（たいつりそう・たひつりさう） 50
高嶺松虫草(たかねまつむしそう・たかねまつむしさう) 190
鷹の爪（たかのつめ） 177
鷹の羽薄（たかのはすすき） 175
立葵（たちあおい・たちあふひ） 124
立藤草（たちふじそう・たちふじさう） 108
忽草（たちまちぐさ） 119
ダチュラ 152
立浪草（たつなみそう・たつなみさう） 104
竜胆草（たつのいぐさ） 206
接骨の花（たづのはな） 62
煙草の花（たばこのはな） 183
玉簪花（たまぎぼうし・たまぎぼ

❖さ〜た行❖

しをに 198
紫苑（しおん・しをん）198
鹿鳴草（しかなきぐさ）185
ジギタリス 81
シクラメン 10
巵子（しし）114
四時花（しじか・しじくわ）85
ししくはず 229
ししのくびすの木（ししのくびすのき）18
刺繡花（ししゅうばな・ししうばな）111
七変化（しちへんげ）111
幣辛夷（しでこぶし）21
ジニア 160
シネラリア 39
芝桜（しばざくら）56
紫薇（しび）117
死人花（しびとばな）199
紫木蓮（しもくれん）28
繡線菊（しもつけ）94
下野草（しもつけそう・しもつけさう）80
繡線菊の花（しもつけのはな）94
射干（しゃが・しやが）121
著莪の花（しゃがのはな・しやがのはな）121
しやぐまさいこ 42
芍薬（しゃくやく・しやくやく）98
麝香豌豆（じゃこうえんどう・じやかうえんどう）44
麝香連理草（じゃこうれんりそう・じやかうれんりそう）44
沙参（しゃじん・しやじん）186
ジャスミン 89
蛇の髭（じゃのひげ・じやのひげ）148
蛇の髯の花（じゃのひげのはな）148
蛇の目エリカ（じゃのめえりか）40
蛇の目草（じゃのめそう・じゃのめさう）149
杪羅（しゃら・しやら）99
沙羅の花（しゃらのはな・しやらのはな）99
秋海棠（しゅうかいどう・しうかいだう）182
絨花樹（じゅうかじゅ・じゆうくわじゅ）157
十二単（じゅうにひとえ・じふにひとへ）43
秋明菊（しゅうめいぎく・しうめいぎく）211
十薬（じゅうやく・じふやく）121
棕櫚の花（しゅろのはな）100
椶櫚の花（しゅろのはな・しゆろのはな）100
春菊（しゅんぎく・しゆんぎく）9
春蘭（しゅんらん・しゆんらん）19
鍾馗水仙（しょうきずいせん）205
鍾馗蘭（しょうきらん・しやうきらん）205
常春花（じょうしゅんか・じやうしゆんくわ）33
猩々袴（しょうじょうばかま・しやうじやうばかま）57
猩々木（しょうじょうぼく・しやうじやうぼく）232
菖蒲池（しょうぶいけ・しやうぶいけ）128
菖蒲園（しょうぶえん・しやうぶゑん）128
菖蒲田（しょうぶた・しやうぶた）128
菖蒲見（しょうぶみ・しやうぶみ）128
聖霊花（しょうりょうばな・しやうりやうばな）191
女王花（じょおうか・ぢよわうくわ）143
諸葛菜（しょかつさい・しよかつさい）20
蜀木瓜（しょくぼけ）70
除虫菊（じょちゅうぎく・ぢよちゆうぎく）122
白樺の花（しらかばのはな）43
白菊（しらぎく）174
白萩（しらはぎ）185
紫蘭（しらん）101
白及（しらん）101
白葵（しろあおい・しろあふひ）124
白あやめ（しろあやめ）91
白梅擬（しろうめもどき）216
白罌（しろげし）95
白さるすべり（しろさるすべり）117
白式部（しろしきぶ）219
白妙菊（しろたえぎく・しろたへぎく）39
白南天（しろなんてん）220
白花藤（しろばなふじ・しろばなふぢ）55
白藤（しろふじ・しろふぢ）55
白芙蓉（しろふよう）181
白木瓜（しろぼけ）70
白木槿（しろむくげ）189
しろむら 25
白山吹（しろやまぶき）71
新榧（しんかや）210

クレオメ 142
クレマチス 97
黒鉄黐（くろがねもち）105
クロッカス 11
黒文字の花（くろもじのはな）12
黒百合（くろゆり）142
桑苺（くわいちご・くはいちご）114
桑の実（くわのみ・くはのみ）114
君子蘭（くんしらん）18
鶏頭（けいとう）173
五形花（げげばな）21
罌粟の花（けしのはな）95
芥子の花（けしのはな）95
化粧桜（けしょうざくら）75
月下美人（げっかびじん）143
けまん 50
華鬘草（けまんそう・けまんさう）50
華鬘牡丹（けまんぼたん）50
欅枯る（けやきかる）226
牽牛花（けんぎゅうか・けんぎゅうくわ）178
紫雲英（げんげ）21
げんげばな 21
げんげん 21
現の証拠（げんのしょうこ・げんのしようこ）119
こあらせいとう 35
紅黄草（こうおうそう・こうわさう）144
合昏（ごうこん・がふこん）157
紅蜀葵（こうしょっき・こうしよくき）144
香水木（こうすいぼく・かうすいぼく）65
香雪蘭（こうせつらん・かうせつらん）69
公孫樹の花（こうそんじゅのはな）34
後天木瓜（こうてんぼけ）70
香蒲（こうほ）78
河骨（こうほね・かうほね）120
高麗擬宝珠（こうらいぎぼし・かうらいぎぼし）112
小菊（こぎく）174
コクリコ 86
苔桃の花（こけもものはな）145
苔桃の実（こけもものみ）145
小米桜（こごめさくら）30
こごめなでしこ 38
小米花（こごめはな）30
小式部（こしきぶ）219
ご赦免花（ごしゃめんばな）152
コスモス 196
胡蝶花（こちょうか・こてふくわ）54・121
胡蝶菫（こちょうすみれ・こてふすみれ）54
胡蝶蘭（こちょうらん・こてふらん）145
こでまりの花（こでまりのはな）39
小粉団の花（こでまりのはな）39
小手毬の花（こでまりのはな）39
小手鞠の花（こでまりのはな）39
辛夷（こぶし）21
木筆（こぶし）21
こぶしはじか 21
駒草（こまくさ）146
小町草（こまちそう・こまちさう）134
こめやなぎ 30
濃山吹（こやまぶき）71
胡盧巴（ころは）173
紺菊（こんぎく）202

【さ】

サイネリア 39
早乙女花（さおとめばな・さをとめばな）68
榊の花（さかきのはな）117
鷺草（さぎそう・さぎさう）147
桜枯る（さくらかる）226
桜草（さくらそう・さくらさう）75
石榴（ざくろ）197
柘榴（ざくろ）197
笹百合（ささゆり）136
笹竜胆（ささりんどう・ささりんだう）206
さつまぎく 137
泊夫藍（さふらん）212
サフランの花（さふらんのはな）212
仙人掌菊（さぼてんぎく）87
更紗木瓜（さらさぼけ）70
更沙木蓮（さらさもくれん）28
さらの花（さらのはな）99
百日紅（さるすべり）117
さるとりいばら 52
猿捕茨（さるとりいばら）52
サルビア 170
沢桔梗（さわぎきょう・さはぎきやう）182
山帰来の花（さんきらいのはな）52
珊瑚樹の花（さんごじゅのはな）147
山査子の花（さんざしのはな）53
三色菫（さんしきすみれ）54
山茱萸の花（さんしゅゆのはな・さんしゆゆのはな）13
山椒の芽（さんしょうのめ・さんせうのめ）22

榧の実（かやのみ）210
カラー 93
蜀葵（からあおい・からあふひ）124
唐梅（からうめ）236
芥菜（からしな）9
芥子菜（からしな）9
カラジューム 157
烏扇（からすおうぎ・からすあふぎ）159
枸橘の花（からたちのはな）47
枳殻の花（からたちのはな）47
唐撫子（からなでしこ）123
唐一葉（からひとつば）84
唐木瓜（からぼけ）70
落葉松散る（からまつちる）232
カリフォルニアポピー 129
カレンジュラ 33
川柳（かわやなぎ）16
川原撫子（かわらなでしこ・かはらなでしこ）180
寒葵（かんあおい・かんあおひ）230
元日草（がんじつそう・ぐわんじつさう）239
諼草（かんぞう）139
萱草の花（かんぞうのはな・くわんざうのはな）139
萱草（かんぞう・くわんざう）139
広東木瓜（かんとんぼけ）70
カンナ 172
かんばの花（かんばのはな）43
雁来紅（がんらいこう）176
木苺（きいちご）90
黄菊（きぎく）174
桔梗（ききょう・ききやう）180
桔梗撫子（ききょうなでしこ・ききやうなでしこ）109
菊（きく）174
菊作（きくづくり）174
菊菜（きくな）9
菊蕗（きくふき）39
黄華鬘（きけまん）50
木豇豆（きささげ）210
楸（きささげ）210
木豇豆の実（きささげのみ）210
きせる草（きせるぐさ）194
きぞめぐさ 179
きちかう 180
狂茄子（きちがひなす）152
吉字草（きちじそう・きちじさう）165
木蔦（きづた）222
狐草（きつねぐさ）68
きつねのてぶくろ 81
きのめ 22
きはちす 189
木五倍子の花（きぶしのはな）32
貴船菊（きぶねぎく）211
擬宝珠（ぎぼうし）112
擬宝珠の花（ぎぼうしのはな・ぎばうしのはな）112
ぎぼし 112
君影草（きみかげそう・きみかげさう）13
君代蘭（きみがよらん）150
夾竹桃（きょうちくとう・けふちくたう）111
麒麟草（きりんそう・きりんさう）113
金英花(きんえいか・きんえいくわ)129
金柑の花（きんかんのはな）195
金橘（きんきつ）195
金魚草（きんぎょそう・きんぎよさう）116
金銀花(きんぎんか・きんぎんくわ)96
金茎花（きんけいか・きんけいくわ）121
錦鶏菊（きんけいぎく）140
金化粧（きんげしょう・きんげしやう）193
金糸桃（きんしとう・きんしたう）130
金盞花（きんせんか・きんせんくわ）33
ぎんなんの花（ぎんなんのはな）34
金木犀（きんもくせい）199
銀木犀（ぎんもくせい）199
金蓮花（きんれんか・きんれんくわ）79
金縷梅（きんろばい）17
銀縷梅（ぎんろばい）17
草烏頭（くさうず・くさうづ）201
草夾竹桃（くさきょうちくとう・くさけふちくたう）138
草珊瑚（くささんご）224
くさしもつけ 80
草野牡丹（くさのぼたん）83
草山吹（くさやまぶき）73
孔雀草（くじゃくそう・くじやくさう）149
くすぐりの木（くすぐりのき）117
梔子の花（くちなしのはな）114
櫟枯る（くぬぎかる）226
虞美人草（くびじんそう・ぐびじんさう）86
グラジオラス 141
栗咲く（くりさく）118
クリスマスフラワー 232
クリスマスローズ 234
栗の花（くりのはな）118
九輪草（くりんそう）95
車百合（くるまゆり）136

うばたま 159
梅擬（うめもどき）216
梅嫌（うめもどき）216
落霜紅（うめもどき）216
裏葉草（うらはぐさ）163
裏紅一花（うらべにいちげ）37
ゑくぼ花（えくぼばな・ゑくぼはな）30
えくり 19
蝦夷菊（えぞぎく）137
翠菊（えぞぎく）137
蝦夷竜胆（えぞりんどう・えぞりんだう）206
榎枯る（えのきかる）226
ゑのころやなぎ 16
海老根（えびね）18
化偸草（えびね）18
蝦根（えびね）18
瘧草（えやみぐさ）206
エリカ 40
延命菊（えんめいぎく）8
花魁草（おいらんそう・おいらんさう）138
黄蜀葵（おうしょっき・わうしよくき）137
大菊（おおぎく・おほぎく）174
大花君子蘭（おおはなくんしらん）18
大松雪草（おおまつゆきそう・おほまつゆきさう）48
大待宵草（おおまつよいぐさ・おおまつよひぐさ）155
黄心樹（おがたま・をがたま）38
小賀玉の花（おがたまのはな・をがたまのはな）38
黄心樹木蓮（おがたまもくれん・をがたまもくれん）38
岡躑躅（おかつつじ・をかつつじ）228
をかととき 180
岡虎尾（おかとらのお・をかとらのを）126
オキザリス 41
翁草（おきなぐさ）42
おしろい 193
白粉草（おしろいぐさ）193
白粉花（おしろいばな）193
をだまき 45
苧環の花（おだまきのはな）45
乙女桜（おとめざくら・をとめざくら）75
鬼の醜草（おにのしこぐさ）198
鬼百合（おにゆり）136
薺蒿（おはぎ）28
おほあらせいとう 20
おほでまり 102
おほはるしやぎく 196
おめかづら 193
思草（おもいぐさ・おもひぐさ）194
面影草（おもかげぐさ）71
万年青の実（おもとのみ）209
親子草（おやこぐさ）238
御山竜胆（おやまりんどう・おやまりんだう）206
和蘭あやめ（おらんだあやめ）141
和蘭海芋（おらんだかいう）93
オランダぎせる 194
和蘭菖蒲（おらんだしょうぶ・おらんだしやうぶ）141
和蘭石竹（おらんだせきちく）92
オランダ芹（おらんだぜり）83
オランダ躑躅（おらんだつつじ）31
和蘭撫子（おらんだなでしこ）92
和蘭水葵（おらんだみずあおい・おらんだみづあふひ）166

【か】

ガーデンストック 173
カーネーション 92
ガーベラ 115
海芋（かいう）93
海紅（かいこう）64
海棠（かいどう・かいだう）64
貌佳草（かおよぐさ・かほよぐさ）98
かがみ草（かがみぐさ）71
篝火草（かがりびそう・かがりびさう）10
鵝掌草（がしょうそう・がしやうさう）61
霞草（かすみそう・かすみさう）38
風草（かぜぐさ）163
堅香子の花（かたかごのはな）10
片栗の花（かたくりのはな）10
かたしろぐさ 111
かたばな 10
かたばなうばゆり 10
桂の花（かつらのはな）199
カトレア 223
纈草（かのこそう・かのこさう）46
鹿子草（かのこそう・かのこさう）46
樺の花（かばのはな）43
かはほね 120
兜菊（かぶとぎく）201
兜花（かぶとばな）201
蒲（がま）78
かま草（かまくさ）175
荚蒾の実（がまずみのみ）208
かまつか 176
蒲の葉（がまのは）78
かみかづら 193

さくいん

すべての見出し季語と傍題（関連季語）を五十音順に並べています（ゑ→え、を→お）。太字になっているものが見出し季語です。読みが現代仮名遣いと歴史的仮名遣い両方ある場合は、（　）内に併記しています。

【あ】

藍微塵（あいみじん・あゐみぢん）76
葵（あおい・あふひ）124
葵の花（あおいのはな・あふひのはな）124
青芥（あおからし・あをからし）9
青木の実（あおきのみ・あをきのみ）222
青棗（あおなつめ・あをなつめ）187
青花（あおばな・あをばな）175
あかだま 229
赤花藤（あかばなふじ・あかばなふぢ）55
秋咲きサフラン（あきざきさふらん）212
秋桜（あきざくら）196
秋珊瑚（あきさんご）13
秋田蕗（あきたふき）107
秋の麒麟草（あきのきりんそう・あきのきりんさう）177
通草（あけび）193
木通（あけび）193
通草かづら（あけびかずら・あけびかづら）193
あけぶ 193
朝顔（あさがお・あさがほ）178
浅黄水仙（あさぎすいせん）69
胡葱（あさつき）17
浅葱（あさつき）17
あさま黄楊の花（あさまつげのはな）60
薊（あざみ）63
薊罌粟（あざみげし）95
薊の花（あざみのはな）63
アザレア 31
紫陽花（あじさい・あぢさゐ）111
馬酔木の花（あしびのはな・あせびのはな）32
あしぶ 32
アスター 137
あせび 32
あせぼ 32
あせみ 32
あづさゐ 111
厚物咲（あつものざき）174
アネモネ 34
油菊（あぶらぎく）202
アマリリス 110
編笠百合（あみがさゆり）23
あめりか山法師（あめりかやまぼうし・あめりかやまぼふし）67
渓蓀（あやめ）91
紫羅欄花（あらせいとう）35
ありのひふきぐさ 180
有馬蘭（ありまらん）145
アルメリア 48
粟黄金菊（あわこがねぎく・あはこがねぎく）202
泡立草（あわだちそう・あわだちさう）177
飯桐の実（いいぎりのみ・いひぎりのみ）206
錨草（いかりそう・いかりさう）36
碇草（いかりそう・いかりさう）36
石の竹（いしのたけ）123
いしぶき 231
医者いらず（いしゃいらず・いしやいらず）119
磯菊（いそぎく）207
いたちぐさ 29
いたちはぜ 29
一花桜（いちげざくら）75
一花草（いちげそう・いちげさう）37
一むら薄（いちむらすすき）175
銀杏枯る（いちょうかる・いちやうかる）226
銀杏散る（いちょうちる・いてふちる・いちやうちる）208
銀杏の花（いちょうのはな・いちやうのはな）34
一輪草（いちりんそう・いちりんさう）37
いとくり 45
糸繰草（いとくりそう）45
糸薄（いとすすき）175
糸葱（いとねぎ）17
糸蘭（いとらん）150
いはぎく 207
いはぐみ 84
いはのかは 84
いへにれ 15
岩蘭（いわらん・いはらん）145
鬱金香（うこんこう・うこんかう）59
鬱金の花（うこんのはな）179
うじころし 128
薄黄木犀（うすぎもくせい）199
羽蝶蘭（うちょうらん・うてふらん）145
うつし花（うつしはな）175
うばがしら 42
菟芽木（うはぎ）28

あ行

［監修者略歴］

石田郷子（いしだ・きょうこ）

1958年、東京都生まれ。埼玉県飯能市在住。椋《むく》俳句会代表、俳句誌「星の木」同人。俳人協会、日本文藝家協会会員。よみうり文芸（読売新聞）選者、2018年より東京俳壇（東京新聞）選者。句集に『秋の顔』『木の名前』『草の王』（ふらんす堂）、そのほかの著書に『名句即訳　蕪村』（ぴあ）、『名句即訳　芭蕉』（同）、『今日も俳句日和』（角川学芸出版）、『季語と出合う　俳句七十二候』（NHK出版）など。

企画編集：蔭山敬吾（グレイスランド）
執　　筆：『美しい「歳時記」の植物図鑑』編集委員会
執筆協力：金田初代・金田一（アルスフォト企画）
写真提供：アルスフォト企画
装丁・本文デザイン：下川雅敏（クリエイティブハウス・トマト）
D　T　P：明昌堂

美《うつく》しい「歳時記《さいじき》」の植物図鑑《しょくぶつずかん》
——身近な園芸植物で俳句がひろがる！

2019年12月10日　第1版第1刷印刷　2019年12月20日　第1版第1刷発行

編　　者　『美しい「歳時記」の植物図鑑』編集委員会
発 行 者　野澤伸平
発 行 所　株式会社山川出版社
〒101-0047　東京都千代田区内神田1-13-13
電話　03（3293）8131（営業）　03（3293）1802
https//www.yamakawa.co.jp/
振替　00120-9-43993
印 刷 所　半七写真印刷工業株式会社
製 本 所　株式会社ブロケード

 ISBN978-4-634-15157-4 C2092